DESAPARECIDAS

THOMAS EIDSON

DESAPARECIDAS

EDITORA RECORD
RIO DE JANEIRO • SÃO PAULO
2004

CIP-Brasil. Catalogação-na-fonte
Sindicato Nacional dos Editores de Livros, RJ.

G34d Eidson, Thomas, 1944-
Desaparecidas / Thomas Eidson; tradução Domingos Demasi... [et al.]. – Rio de Janeiro: Record, 2004.
368p.:

Tradução de: The missing
ISBN 85-01-06996-5

1. Romance norte-americano. I. Demasi, Domingos, 1944- . II. Título.

04-0460 CDD – 813
CDU – 821.111(73)-3

Título original norte-americano:
THE MISSING

Tradução de: Clovis Marques, Domingos Demasi, Roberto Muggiati, Ruy Jungmann e Maria Cláudia de Oliveira

Tradução feita a partir de “The missing”, obra editada pela Random House mediante acordo com o autor, que fez pequenas alterações em seu texto original, de 1995, publicada pela Putnam sob o título “The last ride”.

Impresso no Brasil

ISBN 85-01-06996-5

PEDIDOS PELO REEMBOLSO POSTAL
Caixa Postal 23.052
Rio de Janeiro, RJ – 20922-970

EDITORA AFILIADA

PREFÁCIO

Houve uma vez um lugar e uma época conhecidos como o Oeste Selvagem...

Hoje, é fácil pensar no Velho Oeste como história antiga. É história, mas não tão antiga assim. Quando Custer e a Sétima Cavalaria resistiram até o fim no Little Bighorn, Alexander Graham Bell já tinha inventado o telefone. E quando Gerônimo rendeu-se pela última vez ao governo dos Estados Unidos, Harry Truman e Franklin Delano Roosevelt já tinham nascido. Rose Eddy, minha avó, que teve a casa de sua família queimada pelos índios na reserva Fort Sill, costumava me dizer que o Oeste Selvagem "não estava a mais de um grito de distância".

Muito foi escrito ao longo dos anos sobre a grande saga do Oeste americano, sobre as coisas ruins e as boas. A maior parte do que foi escrito falava sobre homens... os caubóis, pistoleiros, índios e homens da lei. E eles sem dúvida merecem seu lugar na história da fronteira. Mas eu optei por povoar meus romances com as mulheres que ficavam ao lado deles ou sozinhas, mulheres as quais a sociedade esperava que suportassem sem reclamar ou resmungar, cargas de dor, trabalho e sofrimento desiguais e, muitas vezes, ultrajantes.

Naquela época como agora, as mulheres cuidavam dos filhos e dos doentes, da construção de suas casas e da defesa de seus entes queridos, e sofriam com uma solidão que os homens da fronteira jamais enfrentaram, e, suspeito, jamais compreenderam. O Velho Oeste era um mundo de homens... tornado muito melhor pelas mulheres que o habitavam.

W. H. D. Koerner, artista especializado em retratar o Oeste, chamava essas mulheres da fronteira de "Madonas da pradaria". Talvez elas se parecessem com madonas para muitos. Para mim, eram simplesmente o que as mulheres têm sido desde que os primeiros de nossa espécie caminharam sobre a terra: as guardiãs da alma humana, que sempre alimentaram com obstinação a chama do que significa ser um ser humano decente. Santas, não. Mas muitas delas com certeza eram abençoadas.

Tenho o grande privilégio de descender de uma longa linhagem de mulheres do Oeste. De minha mãe, Genevieve, que permaneceu ao lado do meu pai e viu a fazenda de trigo – e seu mundo – esvair-se na poeira do Kansas durante a Grande Depressão. À minha avó materna, Rose, que, depois que a casa de sua família foi queimada pelos índios, seguiu, já adulta, com a irmã Ethel, para tomar posse de 160 hectares de pradarias no Kansas. À minha avó paterna, Hettie Pearl, que criou seus três filhos sozinha em Liberal, Kansas, depois que meu avô, Marion Franklin, contraiu "a morte branca" (tuberculose) e a deixou para montar um rancho de gado no sul do Colorado e morrer sozinho, para não infectar sua família com a temível doença. À minha tia-avó, Olive, uma índia cherokee, que manteve a terra de sua família no Kansas enquanto o marido, Theodore, como tantos outros homens do Oeste, viajava pelo país. À minha bisavó Amanda Elizabeth, que, em 1870, criou seis filhos homens até se tornarem adultos no ambiente selvagem que era o rancho de meu bisavô, William Marshall, no Rio Cimarron, em Oklahoma.

Maggie Baldwin, protagonista de *Desaparecidas*, é exatamente como essas mulheres. Acima de tudo, em primeiro lugar e para sempre, é esposa e mãe e fará o que for preciso para manter-se fiel a esses papéis. Mas ela é bem mais do que uma dona-de-casa diligente. É uma mulher de grande força interior e convicção. Acredita em um Deus cristão e em dedicar-se, em tempo integral, se necessário, a ajudar os pobres, doentes e feridos, que vão para o rancho dos Baldwin em busca de cuidados.

Mas Maggie Baldwin também pode ser muito teimosa e implacável... e, às vezes, radicalmente anticristã. Quando seu pai – que a deixou desolada ao partir, mais de 30 anos antes, abandonando-a e sua mãe por uma mulher apache – reaparece em sua vida para morrer, Maggie nada quer com ele. Tudo o que pode se forçar a dizer é "Ele pode morrer em outro lugar. Assim como chegou aqui, pode ir embora."

Desaparecidas foi escrito como parte de uma trilogia de romances *western* que visualizei tematicamente como fé (*St. Agnes' Stand*), família (*Desaparecidas*) e amigos (*All God's Children*). Em *Desaparecidas*, Maggie Baldwin aprende que uma família às vezes cresce de formas inesperadas.

Mais importante, porém, é que Maggie cresce de suas próprias formas inesperadas. Ao longo da história, seus valores – os valores das fêmeas da espécie – permanecem instintivamente intactos. Acho que foram essas qualidades em Maggie Baldwin, qualidades intuitivas compartilhadas por tantas mulheres da fronteira, que chamaram a atenção de Hollywood para esta história.

Quando *Desaparecidas* foi publicado pela primeira vez, fui entrevistado sobre o romance no rádio. Em particular, a repórter queria saber se eu achava que as mulheres de hoje possuíam os mesmos valores e força das mulheres do Velho Oeste. Apesar de não ser um especialista no assunto, eu disse que para mim parecia que o sentido fundamental do que é ser humano tem sido bem cuidado e guardado pelas mãos capazes do sexo feminino, e passa de geração a geração, desde tempos imemoriais.

Em relação à força e à autoconfiança da mulher moderna, eu disse que não tinha como saber.

Pelos oito anos seguintes não pensei muito nessa questão da força... até uma noite fria em um cânion isolado no Novo México, durante as filmagens de *Desaparecidas*. Estava sentado em um toldo provisório atrás do grande diretor, Ron Howard, quando ele olhava fixo para uma telinha, a observar a jovem e talentosa atriz Cate Blanchett interpretar uma cena... várias e várias vezes. Era uma cena de resgate na qual a srta. Blanchett – Maggie Baldwin – enfrenta um pequeno grupo de apaches renegados para que suas filhas pudessem escapar. Era, também, uma cena de chuva – criada por *sprinklers* gigantes no céu – e a srta. Blanchett estava encharcada. Na verdade, era a única pessoa molhada no *set*. O resto de nós estava com frio, mas seco.

Até hoje não tenho certeza do objetivo pelo qual aqueles dois gigantes do cinema – Horward e Blanchett – trabalhavam juntos com tanto empenho para alcançar nas inúmeras tomadas daquela ceninha. Todos os desempenhos pareciam perfeitos para mim. Mas eles seguiam em frente, como o fazem grandes artistas, para aprimorar e melhorar seu trabalho. A chuva artificial – chuva abundante e gelada – continuava a cair, e a srta. Blanchett, com a roupa ensopada, tremia e interpretava. As câmeras filmaram vezes e vezes seguidas. Estava ficando tarde, a temperatura despencava na noite do deserto, e todos estavam exaustos. Quem estava em piores condições era, tenho certeza, Cate Blanchett. Mas ela seguia em frente, decidida e determinada a atingir algo dentro dela como atriz.

Eu estava sentado ali, tentando não dormir, as câmeras apontadas para o rosto de Cate, quando finalmente vi algo novo nos olhos dela, algo duro e com uma determinação estóica. E soube naquele momento que Cate Blanchett – como os grandes atores fazem – tinha-se *tornado* Maggie Baldwin. A vida das filhas dela estava sendo ameaçada e ela ia fazer o que fosse preciso para protegê-las. Ela era mais que uma atriz com frio que repetia falas. Era a fêmea que protegia nossa espécie.

Então, com as câmeras ainda girando, escutei Ron Howard dizer: "Ela é uma mulher muito forte." E soube, de imediato, a resposta que eu devia ter dado àquela repórter de rádio oito anos antes...

Para meus pais
Geneviene e Richard

"Nenhum de nós jamais se esquecerá
de Erwin Street..."

CAPÍTULO 1

Brake Baldwin viu o cavaleiro quando ele passava ao largo das tamargueiras. Puxou os óculos para baixo, olhando por cima do jornal para ver se o estranho realmente se aproximava, e os empurrou de volta, retomando a leitura. A noite começava a cair, nuvens pesadas juntavam-se no céu revolto. Um bacurau piava na colina por trás da estrebaria. O som parecia distante – ele não sabia por quê. Os troncos grossos dos choupos próximos do regato escureciam no lusco-fusco, a noite ia se fechando sobre o pequeno vale do rancho do Novo México.

Ele voltou à manchete do jornal: PRESIDENTE DECLARA QUE O OESTE SELVAGEM ACABOU. Incrível. Simples assim: acabou. 1886, e já era passado – num estalar de dedos. Segundo o jornal, Santa Fé estava se preparando para comemorar com um desfile de invenções modernas e um concerto no velho Plaza. Certamente valeria a pena dar uma olhada, pensou.

A égua baia relinchou na pastagem à passagem do cavalo do estranho, mas ficou sem resposta. Baldwin voltou a dar uma espiada – o cavaleiro avançava lentamente na luminosidade mortiça, o vento batendo forte à frente da chuva que se aproximava. Dessa vez ele demorou mais o olhar no outro, percebendo que havia algo diferente, mas o turbulento crepúsculo já ia muito avançado para que pudesse enxergar à distância.

Para se livrar da tensão nos ombros, Baldwin murmurou o ditado favorito da avó: quem nasce no mato não se assusta com coruja. O homem e seu cavalo estavam agora atravessando o pomar, enquanto as árvores silvavam no prenúncio de tempestade. O animal trazia a cabeça baixa e parecia a ponto de tombar. Baldwin ouviu a estrebaria abrir-se lá atrás. Mannito também vira o cavaleiro. O velho mexicano estava com quase setenta e cinco anos, mas tinha o faro fino de quem envelheceu com as artimanhas de mescaleros, chiricahuas e seus irmãos apaches. Felizmente, aqueles dias eram apenas lembranças desagradáveis. Talvez o jornal tivesse razão, talvez o Oeste Selvagem estivesse mesmo acabado.

Ele ouviu outra porta, o som de venezianas se fechando, e concluiu que Maggie estava de novo cuidando da mulher com seus filhos. Há dias estava o tempo todo às voltas com os três. Ela não era médica, mas trabalhara como enfermeira por mais de vinte anos, e se saía melhor que muita gente, mantendo uma espécie de pequena enfermaria. A maioria de seus pacientes eram mexicanos pobres, como aquela mulher e os filhos.

O cavaleiro emergiu lentamente da sombra, e Baldwin olhou para ele, querendo sorrir, mas o castigado fuzil Sharps atravessado na cela o dissuadiu. Na coronha da velha arma viam-se motivos riscados a prego, à maneira dos índios. Ele meteu o jornal debaixo do braço, deixando a mão cair lentamente, num reflexo que o deixou surpreso, pois fazia anos não empunhava um revólver.

"*Malo*", resmungou Mannito. "Mau." O mexicano, de chapéu na mão para enfrentar o vento, apertava os olhos tentando enxergar o estranho na noite escura; até que se voltou e desapareceu na sombra, provavelmente para buscar a espingarda, deduziu Baldwin.

O fazendeiro empertigou-se. O cavaleiro havia deixado a montaria a alguns metros e sentou-se, olhando fixo para ele.

– Noite – disse Baldwin.

O sujeito assentiu com a cabeça. Os olhos de Baldwin percorreram-no devagar. Era um homem velho, talvez setenta anos, e alto, perto de um metro e noventa, uma magreza cadavérica, mas com uma certa barriga. Branco ou mestiço, não dava para dizer. Devia ter sido um verdadeiro touro – mas agora era todo ossos, arestas e cavidades. O rosto bruto parecia queimado, e as feições, improvisadas com postas de argila que não se encaixavam; o enorme nariz havia sido quebrado, talvez mais de uma vez, e ele parecia cansado ou bêbado, ou as duas coisas. A indumentária não podia ser mais estranha: uma mistura de estilos indígena, mexicano e da fronteira. Há pelo menos quarenta anos ninguém mais se vestia daquele jeito. Os olhos de Baldwin foram de novo atraídos pelas feições brutais daquele rosto.

Um pequeno *terrier* branco e preto, do tamanho de uma boa descalçadeira, estava encarapitado na garupa do cavalo, os pêlos sacudidos pela tempestade, lembrando a Baldwin um cachorro que vira certa vez no circo. Sem mais nem menos, o bicho voou num salto de onde estava, bateu no chão e começou a trotar agitado ao redor das pernas do fazendeiro – mas a uma distância segura –, rosnando como se pesasse cinqüenta quilos, e não cinco.

– Ele morde? – gritou Baldwin, passando por cima do crescente fragor da tempestade.

O velho voltou a assentir com a cabeça, por um momento lembrando a Baldwin um demônio a cavalgar aquele vento sombrio. Usava a camisa de pele de alce dos curandeiros pawnee, de um azul algo lúgubre, recoberta de estrelas em brilhante seda dourada e com as mangas rematadas numa franja negra. Uma beleza. As mãos enormes eram protegidas por luvas de montaria, e no fino pescoço ele trazia apertado um longo lenço negro com broche dourado; o mais estranho é que estava com as pernas de fora, por baixo de uma longa tanga apache. Seu corpo era terrivelmente descarnado. Baldwin mordiscou o lábio, tentando imaginar quem diabos seria aquele velho desgraçado. Parecia saído de um número de circo do Oeste Selvagem; tudo nele era antigo, como se tivesse saltado com seus animais de algum cânion perdido no tempo.

– Tomara que ele não me morda.

– Chaco! – disse o estranho com voz firme, prendendo uma tosse na garganta.

Relâmpagos faiscaram na colina por trás deles, iluminando rapidamente o rosto duro do velho gigante, e um trovão ribombou devagar pelo vale. O cãozinho já havia parado de rosnar quando o estranho o chamou pelo nome, e agora levantava a perna no lugar onde se detivera, lançando um jato de mijo que Baldwin jurava destinado a ele; em seguida arremessou para a frente num belo salto, arranhou o estribo do homem, contorceu-se e tocou rapidamente sua coxa para então – com o fazendeiro esquivando-se ligeiramente – correr lépido de volta à garupa do cavalo. Acontecera tudo tão rápido, que Baldwin nem saberia contar.

– Muito esperto.

O velho não respondeu.

Alguém acendeu a lamparina na cozinha da casa da fazenda e a luz que entrou pela janela fez reluzir o cinturão do estranho, seu coldre e o cartucho, cada centímetro ornamentado com prata bruta extraída de moedas mexicanas. Ele parecia velho e andrajoso, mas firme, os olhos pequenos e sombrios, e carregava um arsenal suficiente para acabar com metade do exército mexicano. Baldwin se perguntava se não seria só bravata. O velho estava olhando para a janela da cozinha.

– Não quer jantar conosco? – perguntou Baldwin contra o vento.

Ao som da voz na ventania, a tordilha empinou-se, os olhos semi-cerrados. Era velha e ossuda como o homem que a cavalgava – uma égua chickasaw de raça pônei, com sangue espanhol e selvagem correndo nas veias. Era seguida por uma jovem mula baia que mordiscava distraidamente o estribo do velho.

– Alice – disse ele, afastando a burrinha com um gesto. Ela relutou mas obedeceu. Grande feito conseguir que uma mula faça alguma coisa, pensou Baldwin.

– Propriedade dos Baldwin? – perguntou o velho em funda voz arrastada mas inteligível, com seu toque indígena.

O fazendeiro limitou-se a observá-lo, enfiando o chapéu na cabeça.

– Um sujeito na estrada me disse – arriscou o velho gigante, sufocando novo acesso de tosse que o fez estremecer e tomando um trago de uma garrafa de uísque.

– Seu nome? – perguntou Baldwin.

– Samuel Jones.

Baldwin estudou-o por mais um momento e disse:

– Brake Baldwin. Os animais devem estar querendo comer.

Baldwin virou-se e se dirigiu para a estrebaria, sabendo que Mannito lhe dava cobertura lá de dentro e imaginando que o estranho provavelmente também o sabia. O sujeito não parecia propriamente um peregrino. Nem de longe. Baldwin parou e voltou-se para olhá-lo. Continuava de olhos fixos na janela da cozinha, como que hipnotizado pela luz, os cabelos e a roupa sacudindo violentamente ao vento.

– Pegadas recentes de cavalo aí na colina – fez o velho, sem tirar os olhos da casa.

– Provavelmente vadios – berrou Baldwin contra a ventania cada vez mais forte.

– Oito. Nenhum com ferradura. – O estranho fez uma pausa, continuando a fixar a janela. – Um batedor. Não são vadios.

Baldwin voltou a sentir a tensão nos ombros e tratou de sacudi-la, pensando que o velho estava querendo puxar conversa. Eles tinham sido importunados por bandidos mexicanos alguns anos atrás, e há mais tempo ainda pelos índios. Mas ultimamente andava tudo calmo e em paz. Virou-se e retomou o caminho da estrebaria. O estranho olhou uma última vez para a janela, estalou a língua tocando a égua para a frente e a acompanhou. Lá dentro estava mais calmo, e ali na escuridão Baldwin pôde ouvir Mannito tentando abafar o riso.

– É um mexicano? – perguntou o velho.

Baldwin observou-o por um momento e disse:

– Ele trabalha para mim.

– Diga-lhe então que não ria de mim. – O estranho tossia muito, como se tentasse expelir algo do pulmão; em seguida começou a respirar em pequenos sorvos, como um peru posto para correr no sol.

– Eu disse que ele trabalha para mim. Não há o menor problema. Se é difícil entender, pode seguir em frente.

Mannito saiu do escuro, carregando a espingarda. Chaco avançou em suas botas.

– *Alto!* – berrou o mexicano.

O minúsculo *terrier* sentou-se e ergueu as patas dianteiras, como se pedisse misericórdia.

O estranho pareceu surpreendido com a pronta desistência do cão e olhou fixo para Mannito por um instante, enquanto o homenzinho lhe arreganhava os dentes; tomou então mais um bom trago da garrafa de uísque que trazia consigo e caminhou para a janela da estrebaria, mais uma vez olhando em direção da casa. Voltou a relampejar, e os traços magros e marcados do rosto bruto se iluminaram – o sujeito parecia um candidato a linchamento, pensou Baldwin. Foi então que soprou o sudeste, açoitando o telhado e as paredes com a chuva.

Baldwin desatou a cincha da sela mexicana na barriga da tordilha, espiando o velho gigante por cima do lombo do animal. A sela era grande, com um pesado arção folheado a prata e longos estribos *tapaderos*.

– Interessado em alguma coisa? – perguntou o fazendeiro.

– Só dando uma olhada.

– É só uma casa.

O velho não disse nada.

– Por aqui estamos acostumados com arções mais leves, e não do tipo mexicano – disse Baldwin, passando as mãos pela prata finamente trabalhada e fixando o sobrenome espanhol gravado no metal.

O estranho voltou-se e ficou a observá-lo por um momento.

– O antigo dono desses arreios tentou me matar.

Baldwin olhou para ele sem saber se estava blefando, mas sabia que o velho não era espanhol, nem meio espanhol.

– Que aconteceu com ele?

– Eu estava montando com os chihenne – disse o estranho, ignorando a pergunta.

Apaches de Warm Spring. Mais uma novidade – os velhos vagabundos de estrada da região gostavam de se gabar de terem cavalgado com os fora-da-lei. Ele deixou passar aquela, sentindo que de qualquer maneira o velho paspalhão não ia dizer-lhe se havia roubado ou matado o sujeito.

– Mannito vai tratar dos seus animais.

– Não. Nem ponha as mãos neles.

Baldwin olhou para o rosto incrustado do sujeito, aqueles olhos pequenos e fundos que pareciam ter visto demais a vida. Acabou de examiná-lo lentamente, imaginando que em outros tempos podia ter sido um grande criador de caso, e disse:

– Meu amigo, não comece.

O velho gigante caminhou até a égua e começou a limpar seu magro traseiro com um punhado de palha, enquanto segurava a garrafa com a outra mão. Parecia ainda mais alto junto do animal.

– Sem problema. Mas não quero que encoste nos meus animais. Não confio em mexicanos.

Enquanto ele fazia o serviço, Baldwin via a contração dos músculos de sua mandíbula.

– *Mucha mierda* – disse Mannito, dando meia-volta e saindo.

– Que quer dizer isto? – perguntou Jones, com uma voz que ainda era capaz de deixar uma pessoa nervosa.

– Esqueça – respondeu Baldwin.

Baldwin a observava à luz amarelada das lanternas Rochester, lembrando-se da matéria no jornal sobre as coisas do futuro, as maravilhas da civilização, e desejando que Maggie já pudesse dispor delas. Ela tinha voltado da enfermaria e estava no fogão. Vista de trás, o vestido de algodão mostrava sedutoramente seu corpo esguio; o cabelo castanho grosso, brilhando à luz da lanterna, vinha apanhado com naturalidade num simples rabo-de-cavalo. Muitos homem se gabavam da beleza de suas mulheres. Mas Baldwin não. Maggie havia sido tão generosamente aquinhoada por Deus que apregoar seus atributos seria chover no molhado. Era o tipo de mulher que ficava ainda mais bonita à luz do sol.

Os dois filhos mais velhos estavam olhando para ele. Acabou de ajeitar a pistola e levou jocosamente um dedo aos lábios. A casa banhava em iluminação sombreada, numa mistura de marrons e vermelhos, e cheirava a madeira queimando e pão no forno. Maggie e ele a haviam modelado em cada detalhe. Logo se viam estilo e conforto em suas linhas pesadas.

Embaixo havia um grande aposento, com pé-direito equivalente a dois andares – dando uma sensação de espaço aberto. Erguidas com toras brutas, as paredes grossas eram calafetadas com adobe branco e decoradas com cabeças de veado e tapetes indígenas. Grandes lanternas pendiam do teto em correntes pesadas, criando aqui e ali acolhedoras zonas de luz amarelada.

Lily, a filha de 17 anos, que voltara dias antes do Internato de Meninas Salutaire em Denver, estava lendo em frente à pesada lareira de pedra, onde ardia um fogo hospitaleiro. Ele observara algumas mudanças nela. Para começo de conversa, já era uma mulher feita. Havia notado entre suas coisas um pacote com a inscrição "Para um busto perfeito"; ela se vestia com mais capricho, e passara a chamá-lo de "pai", em vez de "papai". E como todo jovem quase adulto, pensava que sabia mais do que realmente sabia. Mas de qualquer maneira sempre havia achado mesmo que a Criação era em parte obra sua. Ele a ficou observando por mais algum tempo. A grande beleza da mãe havia sido plenamente legada, o que era uma vantagem, pois, ao contrário de Maggie, para Lily as aparências eram importantes.

James estava sentado à mesa da cozinha, agitado com uma miniatura de trem. Vinha da montaria e ainda trazia o chapéu e os safões, com a corda enroscada no chão. Tinha os ombros largos, para seus 15 anos. Baldwin piscou para ele, caminhou na ponta dos pés até Maggie, que continuava de costas, e enlaçou-a pela cintura, com a camisa molhada pela chuva.

Ela se retesou, e logo sorriu.

– Eu sabia que você estava aí. Vá se lavar, o jantar está pronto.

– O irmão mais velho de Jerônimo vem jantar conosco.

– Quem?

– Um suposto índio, meio maluco. A cara mais feia que eu já vi na vida. E com um zoológico esquisitíssimo atrás.

Ela voltou-se ainda enlaçada em seus braços e sorriu para ele.

– Está mexendo comigo?

Passados tantos verões e invernos, só agora começavam a aparecer leves riscas em sua pele, no canto da boca e sob os olhos. Uma grande beleza ainda.

– Não. Uma cara de assustar. Branco. Todo fantasiado. Se gaba de ter cavalgado com os chihenne. Parece doente e bebe demais... – desconfio que veio para se tratar.

Lily havia se aproximado e ficou ali esticando o belo rosto, a pele macia e branca. Só mesmo com muita força de vontade para preservá-la do sol naquela região.

– Homem branco cavalgando com apaches. Mais um velho mentiroso.

– Lily, hoje é domingo! – ralhou a mãe, voltando a sorrir e olhando para o marido. – Será divertido, uma nova companhia.

Tão rapidamente quanto chegou, a chuva passou. Quando Baldwin retornou à estrebaria, Jones, sentado num monte de feno, o rosto macilento contraído, não tirava os olhos da boca do cano da espingarda de Dorothy Baldwin. O pequeno *terrier* puxava com força a perna da calça da menina.

– Dot!

– Peguei este índio. Moço, tira este maldito cachorro de cima de mim ou eu juro que vou atirar nele.

A mula cutucava amistosamente a garota nas costas.

Baldwin ouvia perfeitamente Mannito dando risinhos no escuro. E voltou a ouvir as mesmas palavras: "*Mucha mierda.*" O velho também as ouviu, fulminando com os olhos na direção do mexicano.

– Chaco – resfolegou Jones. O cão desistiu e subiu no monte de feno.

– Dot, venha aqui, por favor – disse Baldwin, voltando-se e caminhando em direção à porta.

Estava fazendo força para não sorrir. A mula jovem seguia Dot como um enorme cão, distraindo-se em puxá-la por trás. Espevitada em seus 11 anos, os olhos brilhantes, o cabelo cor de cobre e o rosto bronzeado, Dorothy Baldwin sorvia a vida com avidez. Era alta e desajeitada, um jeito meio tosco. Certamente seria bonita um dia, mas por enquanto era apenas magra, e mais parecia um garoto. Ela afastou delicadamente a mula.

– Este homem é nosso convidado. Você não pode sair por aí apontando uma arma carregada para o primeiro que aparece – disse Baldwin. – Nós já conversamos sobre isto.

– Tudo bem. Mas ele parece perigoso. Por acaso já o viu de perto?

– Não é motivo para apontar uma arma engatilhada para alguém. Fique longe dele. E olhe como fala.

O cãozinho correu para dentro da casa à frente deles, sentou-se e fez pose de sofredor, tremendo como se estivesse numa nevasca. Alice, a mula, o teria seguido, se Dot não a detivesse. Maggie começou a rir.

Baldwin notou que Jones limpara a lama da roupa, e quando tirou o chapéu ficou evidente que havia untado os cabelos longos. Trazia numa das manoplas um desconjuntado ramo de flores do deserto e cheirava a uísque e tabaco, mas também a colônia adocicada. Ao redor da cabeça, uma faixa vermelho vivo, estilo apache. Parecia um enfezado pavão do deserto. E bem nervoso. Por um momento, Baldwin teve a sensação de que poderia fugir.

Maggie estava depositando uma travessa de biscoitos na mesa e rindo para o cãozinho quando o velho entrou. Voltou-se então com um sorriso de boas-vindas. Mas quando seus olhos encontraram os do estranho, sua expressão subitamente mudou, o sorriso desapareceu. Lily tinha dado um passo para trás e lá ficou, com a mão na garganta.

– Maggie, este é Samuel Jones.

Maggie Baldwin continuou se apoiando na mesa, um crucifixo balançando no pescoço.

– Maggie...

Ela empertigou-se.

– Ama – disse o velho, hesitante.

Maggie estudou suas feições. E então, numa voz tranqüila que Baldwin nunca ouvira e não desejaria ouvir de novo, disse:

– Tire-o desta casa.

– Maggie!

– Tire-o desta casa.

Samuel Jones deixou as flores e escapuliu com o cãozinho.

Ouvindo alguém bater à porta, Maggie voltou-se para a janela aberta do quarto, tentando enxergar na escuridão lá fora e esfregando lentamente as mãos, como se estivessem doendo. Ela sabia que o marido estava ali atrás, no portal. Mas não se voltou.

Começara a se lembrar de coisas em que não pensava havia mais de vinte e cinco anos, e não estava gostando nada de pensar nelas agora. Esfregou o rosto e passou as mãos no cabelo.

– Ele não é índio – disse Baldwin.

– Eu sei.

– Chamou-a de Ama.

Ela limitou-se a sacudir a cabeça. Baldwin esperou um pouco antes de voltar a falar.

– Quem é ele?

Ela não respondeu.

– Maggie!

– Não quero falar.

Parecia que as palavras lhe doíam.

– Maggie, não faz sentido.

Ela virou-se e o olhou bem nos olhos.

– Por favor. Nunca diga que alguma coisa ligada a esse velho não faz sentido.

Jones e Mannito empunhavam armas quando Baldwin voltou à estrebaria. A coisa ia se tornando corriqueira, e Baldwin não gostava nada daquilo. O mexicano estava agachado perto dos alforjes do estranho, com sua velha espingarda de fragmentação apontada para o sujeito de um ângulo que com toda certeza lhe permitiria separar a parte de cima da parte de baixo do corpo; Jones estava de pé com um pequeno revólver prateado de salão no punho gigantesco, e uma carranca assustadora. Baldwin ficou surpreso de ver o velho empunhando uma arma "proibida". O sujeito era cheio de histórias, e apesar de velho e doente, Baldwin sentia que seria difícil domá-lo.

– O mexicano estava mexendo nas minhas coisas – disse o velho com voz tétrica, e começou a tossir feio.

– *Bandito* – observou Mannito.

– Isso não é da sua conta – retrucou Jones, tentando recobrar o fôlego.

– Abaixem essas armas! – cortou Baldwin.

Baldwin ficou observando para ver onde o velho carregava a pequena pistola, mas Jones virou-se e a escondeu sem que ele pudesse ver onde. O sujeito era mesmo hábil.

– Mannito, deixe-nos sozinhos.

– *Mucha mierda* – confirmou o mexicano ao se afastar.

– Que quer dizer isto?

– Não estou nem aí para o que quer dizer – retrucou Baldwin, fazendo uma pausa. – O que você tem a ver com minha mulher?

O velho ignorou-o, agachando-se e voltando a guardar os objetos que Mannito tirara do alforje, a espinha dorsal e os omoplatas apontando sob a camisa, o pescoço fino e encarquilhado. Havia nele uma dignidade rude, e Baldwin sentiu pena, sem saber por quê. Ele sabia que o sujeito não haveria de dizer-lhe nada sobre Maggie. E mesmo sem saber por que, apreciava isto nele.

– Você pode ficar um dia ou dois – apenas fique longe da minha família.

Um cavalo relinchou na escuridão lá fora. Baldwin apagou a chama da lanterna e saiu para a noite, tentando entender a própria desconfiança. Alguma coisa que não era capaz de definir estava mobilizando algo muito estranho em seu cérebro. Ouviu uma arma ser engatilhada atrás de si. Jones se esgueirara para fora da estrebaria, mantendo-se na sombra mais escura do portal, onde não podia ser visto. A quem pensa que está enganando?, pensou Baldwin. O velho Sharps descansava no braço do sujeito, com naturalidade.

Mannito apareceu em seguida, espingarda a postos, aproximando-se do velho gigante e compartilhando com ele a escuridão. O que quer que o estivesse incomodando também estaria espicaçando aqueles dois, pensou Baldwin. Lado a lado eles formavam uma cena absurda: guerreiros antigos e disparatados, ignorando deliberadamente um ao outro. A aparência do velho gigante era a mais assustadora que Baldwin jamais vira. Observando-o ali naquele momento, ficou pensando de novo se não era tudo bazófia. Voltou-se então para o pasto mergulhado na escuridão.

A grande égua baia empinava as orelhas para a frente, o olhar fixo na noite. Sua cria olhava na mesma direção. Baldwin não enxergava nada, mas tinha certeza de que havia um cavalo estranho em algum lugar lá fora.

– Alô! – gritou para a escuridão.

Silêncio.

– Venha comer algo quente – voltou a gritar. Nenhuma resposta. Mas ele sentia que havia alguma coisa que lhe escapava à visão. Talvez um cavaleiro, pensou, ou quem sabe apenas um cavalo selvagem.

– Estão lá adiante – disse o velho, e suas palavras pareciam carregadas de ameaça.

Mannito fez que sim.

– Pelo menos, já é alguma coisa – disse Baldwin.

A porta da frente da casa se abriu, e Maggie apareceu com sua bolsa de primeiros socorros. Ela parecia cansada, o que o incomodou, pois raramente adoecia ou dava sinais de esgotamento. Ela parecia hesitar, à luz das janelas da casa, até que desceu da varanda e lentamente caminhou no escuro em direção à casinhola que ficava cerca de cinqüenta metros abaixo da sede da fazenda. Para o pessoal da região, o lugar era conhecido como enfermaria Baldwin. O velho Jones foi-se virando para acompanhá-la com os olhos. Baldwin não conseguia enxergá-lo. Nem a Maggie.

Mannito foi em direção à casa, e Baldwin sabia que o homenzinho esperaria que Maggie voltasse a salvo para casa para se recolher. Jones passou por ele. Baldwin apanhou o fuzil e foi dar uma caminhada na escuridão. Não encontrou nada.

Maggie havia passado a noite na enfermaria, e estava ajoelhada ao lado da cama da mexicana, tentando fazê-la tomar um caldo, mas a mulher recusava e quase sem forças virava a cabeça no travesseiro. O sol da manhã se derramava pela porta e as janelas da casinhola, iluminando o interior e fazendo reluzir as fileiras de garrafas de remédio sobre a mesa.

Maggie limpou o rosto da mulher, sacudindo um pouco seus longos cabelos úmidos, e foi em direção às camas das crianças. Um menino e uma menina, de seis ou sete anos. Magros e pálidos, ardiam em febre, as roupas esfarrapadas encharcadas de suor. Ela limpou os dois rostinhos com um pano úmido. Estavam ambos inconscientes, o que a assustou. Daquele jeito, com aquela febre, não durariam muito. Ela já vira crianças pequenas naquele estado partirem muito depressa.

Estava lutando contra o pânico que lhe subia pelo peito. Ela tentara fazê-los expelir a doença pelo suor, acendendo o pequeno fogão da casa pequena e fechando as janelas, mas a febre não havia cedido, e as temperaturas subiram ainda mais. Administrara-lhes láudano e acetato de chumbo e bismuto, pois a doença apresentava os sintomas do cólera – diarréia e desidratação. Mas não havia o menor alívio. E raramente as vítimas do cólera duravam mais que um ou dois dias. Ela fechou os olhos e esfregou o rosto, sentindo-se impotente.

Maggie apanhou sua Bíblia, ajoelhou-se ao lado das camas das crianças e leu em voz alta o Salmo 23, rezando em seguida o Pai-Nosso. Exausta depois de três dias de acompanhamento intensivo, desabou na cadeira de balanço no centro da casinhola e caiu num sono agitado, sonhando com a mãe e a irmã. Assim ficou divagando até que sentiu algo errado.

Ela acordou assustada. O ramo de lírios silvestres do deserto estava numa lata de café sobre a mesa dos remédios. Os olhos de Maggie voltaram-se para a cama onde estava o menino mexicano. Havia um arco de brinquedo ornamentado com penas e contas e três pequenas flechas repousando nele. Pelas marcas de entalhe na madeira, dava para ver que havia sido feito há pouco tempo. Maggie retesou-se, sentindo que havia mais alguém com ela ali, e voltou-se para a cama da menininha. Samuel Jones debruçava-se sobre a criança.

– O que está fazendo?

Ele ergueu o tronco e mostrou-lhe uma bonequinha de madeira, pintada de vermelho, verde e azul. Sorriu para ela e voltou a debruçar-se sobre a menina.

– Hopi Tihus – disse então, depositando a figurinha de madeira nas mãos da menina.

– Você não tem o direito de estar aqui – disse Maggie.

Jones deu alguns passos e ajeitou os lírios na lata que lhes servia de vaso. Era quase cômico vê-lo tentar arranjar as delicadas hastes com suas manoplas. Ao terminar, ele voltou-se e passou os olhos pela enfermaria.

– Muito agradável.

– Por favor, saia.

Com seus trajes indígenas, a camisa azul de curandeiro e o colar de contas, ele parecia uma figura selvagem. Assentiu com a cabeça e estendeu-lhe a mão. Mannito estava atrás dele junto à porta.

– Ponha o líquido para ferver e dê a ela, Ama. – Numa das mãos, ele trazia um saquinho de couro.

Ao ouvir aquele nome, ela se retesou.

– Por favor, não me chame assim. – E depois de um momento: – E não confio em coisas que venham de você.

Ele virou-se, entregou o saco a Mannito e se foi. O mexicano entrou, examinando o conteúdo.

– O que é?

– Não sei – respondeu ele, derramando um punhado na palma da mão. – Plantas desidratadas. – E fazendo uma careta: – Insetos.

Mannito olhou para as crianças.

– *Pobres hijos* – disse com tristeza, entregando a ela o saquinho. – Pobres crianças.

– Você está querendo que eu dê isto a eles?

– Não fazem mal, *señora* – concluiu ele, partindo.

Lá de fora, Maggie ouvia Jones começar a cantar: "Hey-a-a-hey! Hey-a-a-hey!" Olhou pela porta e o viu sentado no chão de pernas cruzadas, solenemente fumando um longo cachimbo indígena. Ela fechou os olhos, sacudiu a cabeça e apertou a Bíblia contra o corpo, como se fosse um talismã contra aquele canto pagão.

Samuel Jones voltou à estrebaria, lá permanecendo por toda a tarde até o escurecer. Aproveitou o tempo para trabalhar nos seus couros, estendendo a sela, os freios, as peças de carregamento da mula, as botas, as luvas, o cinturão com o coldre e o cartucho e limpando-os com pedaços de pano e pequenas escovas, para em seguida lustrá-los cuidadosamente com óleo de sela.

Dot estava deitada de barriga para baixo no alto de um monte de palha de aveia, lendo um livro e observando-o. Ela nunca tinha visto alguém tratar seus petrechos com tão tedioso cuidado e minúcia, tirando a poeira de cantos e costuras com um canivete, massageando fundo o óleo nas partes de couro. Estava muito impressionada. Mannito ofereceu-lhe um pouco de óleo mexicano. Jones sacudiu a cabeça, parecendo irritado. Dot percebia que a maior parte dos equipamentos era velha, mas o cuidado que mereciam evidentemente era enorme, e estavam agüentando bem a passagem dos anos, periodicamente remendados e encordoados com couro cru, cada peça escura e flexível, como velhos objetos de arte.

Quando acabou com o couro, ele estendeu suas armas numa lona e começou a cuidar delas do mesmo jeito cuidadoso e metódico – lubrificando, verificando molas e apertando parafusos, afiando as lâminas de seus vários facões, machadinhas de guerra e pontas de flecha. Sem saber por que, Dot gostava de estar por perto, vendo-o trabalhar. Chaco ficava junto dele, afastando-se apenas para visitar periodicamente o velho mexicano, mas sempre retornando prontamente. O cavalo e a mula também ficavam por perto, como animais domésticos – estranha demonstração de lealdade.

Dot gostava da velha égua, uma grulla – cinza-rato era como se chamava na região a coloração de seu pêlo. Apesar de cansado, ossudo e meio bambo, o bichinho comia de tudo; a menina deduziu que tinha mesmo de ser assim, para poder carregar o velho grandalhão e sua pesada sela de prata por aquelas terras áridas. E tinha também outra coisa, ele parecia ter uma espécie de orgulho, que a menina podia ver bem no fundo dos lagos leitosos de seus olhos. Nada a ver com um rocinante desses bem caturros, pelo menos era o que achava Dot. Os outros podiam zombar, mas ela achava que a tordilha era mesmo um belo animal. Quanto a Alice, a mula, era simplesmente de uma divina doçura; o animalzinho mais dócil e feliz que Dot jamais vira, nunca dissimulada ou irrequieta. Já no caso do cachorrinho, a menina achava simplesmente que não servia para nada. Egoísta, cheio de si e muito ruinzinho.

Dot ficou observando o velho trabalhando em seu fuzil. Suas feições rudes ainda a assustavam um pouco; mas ela já se acostumava com seus longos silêncios e não se ofendia, mesmo quando ele se recusava a responder a suas perguntas. Ela detestava aquela tosse seca que o deixava sem fôlego, fazendo-o arfar como se estivesse sendo estrangulado; era o único momento em que ele parecia perder o controle das coisas, mas ela estava se habituando àqueles acessos. Ele nunca os comentava; mas ainda assim ela ficava pensando que decididamente havia algo errado com ele.

Dot estava tão fascinada com o velho que só saiu da estrebaria quando sua mãe tocou o sino do jantar impacientemente pela terceira vez. E começou a comer tão depressa que o pai teve de dizer-lhe que se acalmasse. Ela não gostava daquele silêncio na mesa. Eles sempre conversavam animadamente. Ficava se perguntando como aquele velho tinha o poder de mudar a maneira como eles se comunicavam. Era estranho. E decidiu que ele realmente não era uma pessoa qualquer. E disso ela gostava.

De volta à estrebaria, ela se recostou num monte de feno, examinando-o por alguns momentos, e começou a ler de novo o seu livro. Mannito e seu pai haviam começado a ferrar os cavalos à luz da lanterna, a lareira acesa e estalando, e havia no ar um cheiro de lenha queimando, madeira e forragem. Era o seu lugar favorito. Ela adorava os cheiros, os sons e toda aquela atividade.

Quando acabou de guardar suas armas, Jones fez uma coisa que a chocou; foi até a baia onde seu pai dissera que ele podia ficar e voltou com um livro em uma das mãos e seus minúsculos óculos na outra. Dot concluiu que o livro era surpresa para todo mundo, pois Mannito e seu pai ficaram segurando no ar a pata de um grande cavalo ruão, os olhos grudados no velho por tanto tempo que o animal quase caiu. Jones simplesmente os ignorou, levando os óculos ao rosto e sentando-se num monte de feno, para logo cair absorto na leitura. Quanto mais o observava, com aqueles olhos concentrados por trás dos óculos, mais curiosa ela ficava. Era uma figura estranha naqueles trajes indígenas extravagantes, percorrendo atentamente as páginas do livro como se estivesse na Biblioteca Pública de Santa Fé. Finalmente, a curiosidade foi demais.

– O que o senhor está lendo?

Jones não levantou os olhos da página.

– Um livro.

Ela ficou vermelha e começou a dizer algo irônico sobre aquele seu jeito grosseiro, mas viu que seu pai estava sorrindo para ela, e a raiva passou. Quando Mannito saiu para a noite lá fora, Baldwin viu que estava olhando para o velho gigante e resmungando de novo "*Mucho mierda*". Se chegou a ouvir o comentário, Jones não deixou transparecer.

– Amarre esse potro – gritou Baldwin para ele. – Ele pode se queimar.

A égua baia deu-lhes algum trabalho, preocupada com a cria, empinando a cabeça e dançando, até que Baldwin deu um laço no seu focinho e o apertou para baixo. Ela não queria saber daquilo, e tratou de se adaptar nervosamente ao habitual ritual da ferragem. Eles a haviam posicionado ao lado de uma das baias, e Mannito apoiou-se nela com o ombro, jogando o peso do animal para o outro lado para levantar mais facilmente a pata do seu lado. Ágil e elétrico, ele trabalhava rápido, raspando, cortando e limando, removendo o excesso de casco e modelando o que restava, com cuidado para não machucar a ranilha. Em seguida, apanhando as ferraduras que haviam comprado de uma empresa de St. Louis, colocou-as contra os cascos do animal, até sentir que se adaptavam bem. Satisfeito, segurou-as com uma longa pinça e as mergulhou no carvão em brasa da lareira, enquanto Baldwin acionava o fole.

Não demorou para que o metal adquirisse uma luminosidade rósea e Mannito o retirasse do fogo, começando a castigá-lo com seu pequeno malho. Dot gostava daquele clangor ritmado, do martelo percutindo na bigorna. Mannito voltou a verificar a adaptação da ferradura no casco, deu mais algumas marteladas no metal e então, satisfeito, mergulhou-o num balde de água, respingando água e liberando um vapor sibilante. Encostando-se novamente no animal, ele se abaixou a seu lado, apanhou uma pata, com o malho na mão e os pregos na boca, e rapidamente martelou a ferradura no casco, aparando e limando onde necessário. Baldwin segurava a égua, falando com ela e esfregando-lhe as orelhas.

Enquanto o mexicano trabalhava, o fazendeiro observava seu dorso.

– Mas afinal que quer dizer *mucha mierda*? – perguntou, tranqüilamente.

O homenzinho olhou para cima e disse:

– Muita merda, *señor.*

– Ótimo – fez Baldwin. – Chega de criar caso, OK?

– Oquei, *señor* Brake – concordou Mannito, mostrando os dentes.

Baldwin ainda segurava a cabeça do animal e Mannito acabava de se inclinar para apoiar a última pata em sua própria perna, coberta por um avental, quando o potro deu um guincho. Não um relincho como outro qualquer, mas um grito agudo de dor e medo.

Àquele ruído, a égua desembestou, corcoveando e escoiceando, deixando Mannito estatelado e arrastando Baldwin pelo estábulo, agarrado ao cabresto. Dot tratou de proteger-se escalando um monte de feno. Olhou para ver se encontrava o velho. Ele havia desaparecido em sua baia, e retornou momentos depois com o seu Sharps, desaparecendo na noite.

– A lanterna – gritou de volta para Baldwin.

O fazendeiro e Mannito seguiram-no no escuro. Foi fácil localizar o bicho – o pêlo cinzento perfeitamente visível nas sombras da noite. O lobo havia dado uma patada na garganta do potro mas errou o alvo, atingindo o lombo.

– Bicho filho da mãe! – exclamou Baldwin.

O animal desapareceu na escuridão, com Chaco no seu encalço. O velho assobiou para o cãozinho, que imediatamente se deteve e ergueu a pata num poste. Jones abaixou-se e apoiou o seu Sharps no varão da cerca, trazendo a gasta coronha ao ombro. Baldwin apertava os olhos, tentando seguir a mancha peluda que se esgueirava pelas sombras da pastagem. Mas perdeu-a de vista. Pensou que a estava vendo de novo, mas não. Tarde demais.

Se o velho quisesse dar um tiro, devia ter-se apressado assim que eles saíram da estrebaria. Mas Baldwin imaginou que seus reflexos já estavam lentos. Pelo menos ele não tinha ficado nervoso nem atirado por engano no potro.

Jones continuou recurvado sobre a cerca, mirando na noite pelo longo e pesado cano do velho fuzil. Baldwin não tinha a menor dúvida de que aquele fuzil era capaz de atingir bem longe, mas o problema é que não havia um alvo.

– Rápido demais para nós – disse Baldwin, tentando amainar o embaraço do velho por não ter conseguido dar um tiro. Mannito fez que sim com a cabeça. Chaco latia orgulhoso. O velho mexicano riu do animal.

– Você não estaria com esta coragem toda se o lobo tivesse parado de correr – fez Dot para o cachorro, de quem não gostava muito desde que ele se havia agarrado à perna de sua calça.

Baldwin caminhava em direção à égua e ao potro trêmulo quando o Sharps explodiu na escuridão, faiscando como um relâmpago e apanhando o fazendeiro de surpresa com uma forte concussão que o fez cambalear.

– Minha Nossa Senhora, Jones! Mas o que é isto? Atirando no escuro?...

O ganido ouvido à distância o fez calar-se e voltar-se para o velho. Naquele momento, olhou para ele de outro jeito – sempre haveria motivos para olhar para ele de outro jeito. Primeiro o livro, e agora aquele tiro no escuro. Era mesmo um sujeito estranho, não podia ser simplesmente ignorado. Nem entendido com facilidade. Talvez aquele tiro tivesse sido pura sorte, mas o jeito como o velho ergueu-se lentamente e retirou o longo cartucho ainda quente da culatra, enfiando-o cuidadosamente no cinturão para depois recarregá-lo, indicava que não. O velho gigante era perfeitamente capaz de dar conta de si. Na realidade, Baldwin se perguntava agora se seria capaz de matar Jones, mesmo sob ameaça de morte. Parecia uma idéia maluca, e ele ficou imaginando por que lhe ocorrera. Mas de uma coisa tinha certeza: Jones era perigoso.

– *Madre de Dios!* – foi tudo que Mannito conseguiu dizer. E ficou repetindo.

– Filho-da-puta – resmungou Dot.

– Dot! – cortou Baldwin, rispidamente.

– Desculpe.

– Pensei que você usasse óculos – disse o fazendeiro a Jones quando ele se voltou e começou a caminhar de volta à estrebaria.

– Só para perto. De longe eu enxergo bem.

– Parece mesmo.

A porta da casa se abriu, e Maggie chegou à varanda com uma espingarda.

– Brake – chamou, tentando enxergar na escuridão.

– Está tudo bem, Maggie. O sr. Jones atirou num lobo.

Maggie ficou um instante sem responder. Até que disse:

– Para matar coisas ele é bom – e voltou para dentro de casa.

Baldwin observava o sujeito de perfil, mas sua expressão não mudou. Dot parecia confusa com o comentário da mãe, e Baldwin pôs a mão em seu ombro, fazendo leve pressão.

Levando lanternas na montaria, Mannito e Baldwin encontraram o lobo ferido no quadril na encosta sul e lhe deram o tiro de misericórdia. Mais vinte metros, e ele teria escapado por trás das árvores. Eles calcularam que o tiro havia sido dado de uma distância de trezentos metros. Em total escuridão. Mais vinte metros apenas até as árvores. Pensando bem, o fazendeiro chegou à conclusão de que não tinha sido sorte. O velho esperara o lobo chegar à encosta e começar a subir – sabendo que estaria ofegante e se movendo com dificuldade, e que em algum momento se voltaria para ver o perigo atrás de si. Era sempre assim. Quando já se sentiam seguros, eles sempre paravam e olhavam para trás. Era o momento esperado por um caçador experiente; e fora exatamente o que fizera Jones. Mas à noite? Como podia tê-lo visto?

– Esse desgraçado não precisa de muito espaço para dançar – disse a Mannito.

– *Madre de Dios!* – era mais uma vez tudo que o mexicano conseguia dizer sobre aquele tiro incrível.

CAPÍTULO 2

Os dois dias que Baldwin autorizara Jones a permanecer na propriedade já chegavam a quatro. O fazendeiro não tinha uma explicação, a menos que estivesse com pena do velho. No fundo, achava que era isto. Estava nascendo a manhã do quarto dia, fazia frio, uma névoa subia das cisternas. Baldwin estava no pasto, apoiado numa pá, vendo Maggie afastar-se lentamente da casa em direção à encosta oeste. Voltou a tentar imaginar quem era aquele velho, e o que tinha a ver com a vida dela. Ou o que não tinha.

Samuel Jones parecia ser tão bom como médico quanto no tiro – o casal de crianças mexicanas corria pelo pátio como se nunca tivesse estado doente. Sua mãe continuava acamada, mas havia melhorado. Fosse como fosse, o sucesso do velho gigante não havia amolecido Maggie. Baldwin nunca a vira comportar-se como vinha fazendo com Samuel Jones. Havia ficado contra ele desde o primeiro momento em que o tinha visto. Uma loucura.

Com o canto dos olhos ele via o pequeno cercado de estacas. A irmã de Maggie, Thelma, e Julia, a mulher de Mannito, estavam enterradas ali. E sempre que alguma coisa a incomodava, Maggie visitava seus túmulos.

Baldwin agarrou com mais força a pá. O velho saíra da estrebaria, lentamente caminhando em seu passo largo na direção de Maggie, seguido pela mula e o cãozinho. Estava sem camisa e usava um chapéu negro de caubói surrado, um peitoral sioux, tanga e botas de camurça – uma mistura e tanto. Suas histórias e roupas indígenas eram uma miscelânea de tribos: pawnee, apache, sioux, navajo. Rigidamente antiquado e isolado, Jones também podia estar perdendo um pouco o juízo. E Baldwin sabia que ele bebia demais.

Maggie estava de pé junto à cerca de estacas, a cabeça baixa, segurando a Bíblia com as mãos. Se sabia que o velho estava a seu lado, não deixou transparecer. Jones tirou o chapéu e abaixou o olhar do mesmo jeito. Ela não fez qualquer menção de sua presença por um longo tempo. Os dois ficaram ali, ombro a ombro, como um casal a ponto de ser enlaçado, enquanto a mula mordiscava as botas do velho. Chaco estava sentado ao lado de Maggie, como se fosse conduzir a noiva no casamento de mentirinha. O casalzinho de mexicanos postou-se atrás deles, o menino com seu arco de brinquedo e a menininha com a boneca tihus, pensando provavelmente que era alguma ocasião solene. Baldwin pulou o regato.

Agora Maggie estava falando com o velho. Momentos depois, como se fossem atores de uma estranha peça, ela rodopiou e deu-lhe uma bofetada, e os dois se viraram e começaram a se afastar – Maggie em direção à casa, o velho de volta à estrebaria.

E foi tudo. Baldwin aceitava muitas coisas, mas se Maggie dava agora para esbofetear estranhos que bebiam demais, carregavam armas pesadas e atiravam do jeito que ele atirava, já era mais que tempo de acabar com aquilo.

Baldwin deixou que os olhos se acostumassem à luz fraca da estrebaria. Mannito saíra a cavalo com James e Dot para ver as crias nascerem, depois de pôr o gado para pastar. A estrebaria estava sossegada, fachos de luz se projetando das janelas nas zonas de sombra, algumas poucas moscas zunindo preguiçosamente no ar. Baldwin olhou ao redor à procura do sujeito. Nada.

– Jones!

Silêncio. Ele virou-se e deu alguns passos pelas baias. O velho dormia na última delas, sobre palha nova providenciada por Mannito. O mexicano tinha coração. Curiosamente, pensou Baldwin, os dois antigos guerreiros pareciam ter acertado uma trégua. Não amigos, mas dispostos a conviver no estábulo. Baldwin parou e apurou os ouvidos. Chaco gania.

O velho estava deitado de barriga para baixo, com o cachorro sobre as costas, lambendo-lhe a nuca. Chaco mostrou os dentes quando Baldwin se ajoelhou do lado do sujeito.

– Não vou machucar ninguém, garoto.

O cãozinho rosnou mas não se mexeu quando ele sentiu o coração de Jones. Virou-o e Chaco saltou para o lado, continuando a rosnar. Um fio de sangue escorria pelo canto da boca de Jones. Ele ainda estava com um bom batimento cardíaco, e respirava. Baldwin recostou-o num fardo de feno, cobrindo-o com uma manta indígena azul, e ficou esperando. O cãozinho ficou sentado ao lado do velho com ar pesaroso. Baldwin teve a sensação de que Chaco já vira antes uma cena daquelas, e não gostou nada disso.

Jones ficou algum tempo se agitando, revirando-se e resmungando. Por duas vezes Baldwin ouviu-o chamar "Yopon". Perdido em seu mundo de sombras, Samuel Jones lutava desesperadamente contra alguma coisa que Baldwin não podia ver, mas pressentia.

Era mesmo um temperamento estranho, pensou Baldwin, olhando ao redor. Por trás daquelas feições grosseiras havia alguma sensibilidade, um estilo. Ele cuidava da baia da cavalariça como se fosse sua casa. Nas paredes pendiam pahos sagrados – bastões de oração multicoloridos, ornamentados com penas e imagens dos deuses kachina. Eram usados por três tribos do Sudoeste: os pueblo, os apache e os navajo, de modo que ele não podia ter certeza de onde vinham. Um rosário de milho seco com contas vermelhas e azuis estava junto aos pahos. Uma grande mala de couro cru pintado parecia ser dos apache.

Mais uma vez ele ficou tentando imaginar quem era aquele homem, aquele sujeito que Maggie odiava. Ela nunca havia falado de algum parente vivo. Olhando ao redor na baia, Baldwin sentia-se na cabana sagrada de algum xamã zuni ou apache. E se o velho fosse um mestiço? Sua indumentária era uma bizarra mistura de diferentes tribos. Enfileiradas numa bancada, viam-se seis garrafas de uísque de mescal. Ele havia chegado à fazenda totalmente inspirado, e não parara mais. Era um hábito. E Baldwin podia apostar que ele era capaz de perder as estribeiras.

Quando Jones voltou a si, eles ficaram apenas se olhando. O velho estava sentado, tirando fiapos de palha da manta. Ao acabar, dobrou-a cuidadosamente e guardou-a na mala de couro cru. Baldwin ficou observando. Era evidente que ele prezava muito aquela manta.

Finalmente, Baldwin perguntou:

– Há quanto tempo você está assim?

Samuel Jones não estava para brincadeiras.

– Seis meses, talvez sete.

– Muita dor?

– Alguma.

– Procurou um médico?

– Dos dois tipos.

A expressão de Baldwin deixava claro que não havia entendido.

– Apache e branco.

– E?...

Jones ergueu a mão aberta, com a palma voltada para Baldwin, e a deixou cair, como se estivesse jogando alguma coisa no chão. Era a linguagem do silêncio, e Baldwin sabia que o gesto significava "ruim". Assentiu com a cabeça para o velho, que se limitava a olhá-lo, coçando a cabeça do cãozinho. Chaco parecia feliz de novo.

Maggie estava na cadeira de balanço da varanda, a Bíblia no colo, de tal modo apertando um pano retorcido que os nós dos dedos ficavam brancos. Baldwin postou-se na escada e a ficou observando por um momento; virou-se então e passou a contemplar o vale. Ela olhava ao longe as montanhas de arenito.

– Ele veio para morrer.

Ele sentia na nuca o olhar dela. Voltou-se e olhou para ela. Estava chorando em silêncio, as lágrimas descendo pelo rosto.

– Quem é ele, Maggie? Por que veio morrer aqui?

– Não me importa – soluçou ela.

– Ele fez uma viagem penosa para acabar seus dias aqui. – Ele a observava. – Por sua causa. Ele a chama de Ama. Quem é ele?

Maggie parecia estar chorando convulsivamente, os braços enlaçando o próprio corpo, como se estivesse com frio. Ele a estreitou, enquanto ela soluçava. Quando finalmente parou, ela se aproximou do corrimão e ficou contemplando as montanhas ao longe.

– Maggie.

– Ele é o meu pai – disse ela, exausta.

Os dois ficaram sentados na varanda até que o sol transpôs o riacho e começou a baixar na direção das montanhas avermelhadas. Lily apareceu duas vezes, mas Baldwin balançou a cabeça e ela voltou para dentro. Maggie continuava sentada, a cabeça entre as mãos, o olhar perdido na pastagem.

– Quero que ele vá embora – disse.

– Pensei que os seus pais haviam morrido.

Maggie sacudiu a cabeça lentamente. Ficaram calados por alguns momentos, e ela repetiu:

– Quero que ele se vá.

– Não, Maggie.

– Por quê?

– Porque ele está morrendo.

– Ele pode morrer em outro lugar. Assim como chegou aqui, pode ir embora.

– Não podemos fazer isto.

– Eu posso.

– Não. Não podemos. E – Baldwin hesitou – ele vai passar a fazer as refeições aqui em casa.

Foi como se lhe tivesse dado uma bofetada.

– Não posso estar com este homem na minha casa. Não posso, Brake.

Ela parecia desesperada.

Baldwin deu uma longa tragada no cigarro e soprou a fumaça longe.

– É nosso dever, Maggie.

– Por favor, não me peça isto – gemeu ela.

– Ele é seu pai, Margaret.

Ela estava chorando muito de novo. Mas sua voz parecia controlada quando voltou a falar.

– Eu tinha dez anos quando ele foi embora. Mamãe estava esperando Thelma. Nós nunca tivemos muito, mas tínhamos alguma coisa. Tínhamos uma velha fazenda. Depois que ele se foi, perdemos tudo. Mamãe trabalhava como faxineira, lavava roupas à noite, cozinhava para a ferrovia.

Baldwin ficou observando suas mãos, que torciam e repuxavam o esfregão como se fossem rasgá-lo.

– Ela nunca parava. Queria nos dar alguma coisa. Mas nós só ficávamos vagando, de cidade em cidade. Sempre à procura dele. Sempre numa busca que nem Thelma nem eu entendíamos realmente. Nunca tínhamos um lar. Nem amigos. Só aquela busca desesperada de Deus.

Maggie lançou o olhar bem longe.

– Eu o amava, costumava rezar à noite para que ele voltasse. Eu rezava toda noite, Brake, até cair no sono. Achava que podia fazê-lo voltar para casa. Sentia que tudo ia ficar bem se ele simplesmente voltasse. Mas ele nunca voltou. E agora que está aqui, e eu vejo quem ele é, sei que as coisas não teriam ficado bem mesmo se ele voltasse.

Maggie repousou a cabeça nos joelhos.

– Acho que mamãe perdeu um pouco a razão – disse ela tranqüilamente. – Ela continuou sempre a se comportar como se ele ainda estivesse com ela. Eu costumava ouvi-la tarde da noite falando com ele como se estivesse ali a seu lado, e eu ficava horrorizada com aquilo. Passei a odiá-lo porque ela não conseguia deixar de amá-lo. E ainda o odeio. Ela simplesmente não resistiu e morreu.

Ela ergueu o rosto para ele.

– Este homem com quem você se preocupa tanto, Brake, matou a minha mãe. Não posso ficar com ele aqui.

Ela voltou a repousar a cabeça nos joelhos por alguns momentos. Mas logo tornou a erguê-la e a olhar para o marido.

– Ele se juntou com uma índia. Abandonou a mim e à minha mãe por uma prostituta índia.

Ela soluçava baixinho.

– Não posso ficar com ele aqui em casa – voltou a dizer.

Baldwin observava os choupos balançando à brisa suave, e voltou-se novamente para ela. Ela parecia pequena e infantil, sentada ali com os braços ao redor dos joelhos, a Bíblia numa das mãos.

– Nós temos de fazê-lo – disse ele tranqüilamente. – Não é só uma questão entre você e ele.

– Não? Então o que é?

– Nossos filhos. Esse homem é avô deles.

– E daí?

– Eles não podem nos ver escorraçá-lo daqui, a ponto de morrer como ele está, como se fosse um qualquer. É o sangue deles. Eles têm direito de conhecê-lo – seja bom ou mau. Você e eu não temos o direito de impedi-los.

Ele fez uma pausa.

– E eles vão conhecê-lo na nossa casa.

– Nesse caso eu vou morar na estrebaria.

Baldwin estudou sua expressão e viu que ela estava falando sério.

Lily estava havia meia hora discutindo com o pai. Agora sentava-se muito retesada junto à lareira, espremida entre o irmão e a irmã, parecendo abatida e à beira das lágrimas. Nem Dot nem

James haviam dito uma única palavra. Nem contra nem a favor. Baldwin deduziu que aquele silêncio desconfortável se explicava por terem sido informados de que eram parentes de Jones. Mas sabia também que não era só isto. Eles estavam assustados com a tristeza da mãe. Ela estava sentada numa cadeira a poucos metros, parecendo mergulhada em pensamentos sombrios. Para uma pessoa habitualmente alegre e conversadora, sua melancolia perturbava mais os filhos menores que a notícia que acabavam de receber. Ainda assim, ele ficou achando que logo eles haveriam de acolher o novo avô.

Olhando no entanto para Lily e vendo a fria determinação por trás de seus olhos, ele entendeu que ela resistiria por muito tempo ao parentesco com o velho. Talvez para sempre. Samuel Jones simplesmente não entrava no seu mundo. Não entrava mesmo. Desde pequena, Lily quis ter uma vida romântica, como as que apareciam em suas revistas. Ele sentia muito por ela. Mas sentir não mudaria a realidade das coisas. Nem as fantasias passageiras e o sonhar de olhos abertos. E o fato é que Jones era um parente consangüíneo.

Baldwin não levou em consideração que a filha mais velha tinha uma sensibilidade especial para coisas mais refinadas. Mas sabia também que essas pessoas raramente se davam bem naquelas terras bravias. Ela tinha de enfrentar a realidade, em vez de ficar querendo que as coisas fossem o que não eram.

– Ele não é meu avô – disse ela, emburrada.

– É sim. E você vai tratá-lo com respeito – retrucou Baldwin com firmeza.

– Mamãe!...

Maggie olhou para Lily, mas não respondeu. Ela e Brake nunca haviam interferido quando o outro estava lidando com as crianças. E não seria agora que Maggie haveria de fazê-lo, mesmo perturbada como estava.

Brake respeitosamente esperou que a mulher tivesse tempo para responder; por fim, quando viu que não o faria, disse a Lily:

– Você não precisa perguntar a sua mãe como se comportar com o seu avô. Nenhum de vocês precisa.

Já estava escurecendo quando Dot aproximou-se de Samuel Jones do outro lado da plantação de milho. A lua cheia aparecia, brilhando sobre as árvores mais altas e derramando luz sobre o velho. Ele tinha um ar misterioso naquela luminosidade pálida, sentado no chão com as pernas descobertas, uma velha camisa de curandeiro de pele de alce amarelo, coberta de contas verdes e espinhos brancos de porco-espinho, e uma manta vermelha amarrada na cintura. Usava botas apache, com as pontas reviradas, e tinha a cabeça descoberta e os longos cabelos grisalhos apanhados em espessas tranças cobertas de camurça; nas orelhas, grandes brincos de fios de bronze. Sacudia numa das mãos um pequeno chocalho navajo e cantava baixinho. Chaco estava sentado a seu lado. Ambos pareciam contemplar alguma coisa nas sombras do vale. Dava para sentir o cheiro de álcool nele.

Dot queria falar com ele, mas sentia-se nervosa. O rosto do velho ainda era o mais feio que jamais vira. Mas ela já começava a se acostumar. Tratou então de limpar a garganta. Nem ele nem o cãozinho se mexeram. De repente ela começou a se sentir estranha – como se estivesse sendo observada. Começou a olhar nervosamente para a zona de sombras ao seu redor, sem conseguir se livrar daquela sensação estranha. Nada. Mas a impressão incômoda não ia embora. Em algum ponto da escuridão alguma coisa assustou três pardais, que começaram uma algazarra de chilreios na noite. Lentamente, foram se aquietando. Ela ficou tentando imaginar o que os havia assustado.

Dot ficou prestando atenção por um momento, até que deixou para lá aquela sensação incômoda e voltou-se para o velho. Ele estava olhando de lado para ela. Chaco mostrava os dentes, como se estivesse sorrindo ou quem sabe comendo uvas azedas.

Dot aproximou-se.

– Você realmente é meu avô?

– É o que a sua mãe diz?

– É o que o meu pai diz.

Ele assentiu.

– Acho que sou.

Dot cruzou os braços e examinou o perfil do velho, e logo voltou-se e passou a contemplar o milharal, remoendo pensamentos na cabeça. Virou-se de novo para ele e perguntou:

– Como devo chamá-lo?

Ele não respondeu.

– Como os outros o chamam?

– Jones.

Ela balançou a cabeça.

– Meu pai me mandaria dizer "Sr. Jones" ou "Vovô Jones". Mas não está certo, pois somos parentes próximos.

Ele não respondeu.

– Papai disse que você viveu com os sioux.

Ele fez que sim.

– Como eles o chamavam?

– Comedor de Tripas.

– Não funciona – ela foi respondendo. Não podia se imaginar na mesa do jantar, sentada ao lado de Lily e dizendo "Comedor de Tripas, por favor passe o molho". Coçou-se e ficou matutando alguns instantes. – Talvez simplesmente "Vovô". – E depois de uma pausa: – Está bem assim?

Ele assentiu, Dot também fez sinal com a cabeça e mostrou os dentes. De repente ela estava gostando da idéia de chamar aquele velho esquisito de "Vovô". Alguma coisa nele, algo que parecia perigoso e diferente, fazia-a gostar de estar por perto e de ser sua parenta. Não lhe importava o que Lily pensasse.

– De onde você é?

– Da montanha.

– Qual?

– Madres do México.

Dot apertou os olhos para ele.

– Está zombando de mim?

Ela sabia que as montanhas Madres do México ficavam uns 500 quilômetros para o sul. Quinhentos quilômetros de extensões desérticas. Ficou abismada que a velha tordilha tivesse percorrido toda aquela distância com a enorme sela prateada e seu avô no lombo.

Ele esticou o braço e afagou o dorso do cãozinho com a mão nodosa e razoavelmente estropiada.

– Você percorreu essa distância toda só para ver mamãe? – perguntou Dot, os olhos fixos nas mãos do velho, com suas manchas vermelhas.

– Minha filha – disse ele, como se essas palavras pudessem explicar tudo.

Dot pensou um pouco e disse:

– E por que nunca veio antes?

O velho não respondeu.

Ambos atentaram para o pio da coruja de orelhas longas que estava no choupo perto do riacho. Ela percorria a pastagem quase todas as noites. Lily a havia batizado de Verônica. Os grilos cantavam alto no ar frio. Dot jogou a cabeça para trás e olhou para as estrelas, que pareciam ao alcance da mão, enquanto remexia os pés na areia. Ela adorava a fazenda.

– Se você é índio eu também sou, certo?

– Eu sou índio, mas não de sangue índio.

– Como assim?

Ele apontou para o peito.

– Isto não quer dizer nada.

O velho não respondeu.

Dot ficou achando que seu ponto de vista havia prevalecido. E logo depois recomeçou, sentindo-se mais à vontade com suas feições brutas.

– Mamãe diz que você não é cristão.

Ele ficou contemplando a noite.

– É verdade?

– Antigamente.

Dot escrutou seu rosto, esperando uma explicação. Como não viesse, disse:

– Nunca conheci um pagão.

Ele concordou.

– Por que você está sentado aqui no escuro?

O velho demorou muito a responder, como se estivesse decidindo se devia ou não despachá-la. Finalmente, disse:

– Estou falando com as forças espirituais.

– Quem são? – perguntou ela, esticando o queixo, como se pensasse que ele devia ser maluco.

Ele ficou a observá-la por uns momentos.

– Se você não é capaz de aprender as coisas, então me deixe em paz – disse então, com a voz firme e muito séria.

Dot pôs as mãos nas cadeiras e começou a resmungar, mas mudou de idéia sem saber por quê.

– Sobre o que você está falando com elas?

– Coisas. Minhas coisas. Não têm importância para você.

Ela jogou o peso do corpo num dos pés descalços e pôs o outro contra a perna oposta, equilibrando-se como o flamingo que vira num dos livros da mãe.

– Onde elas estão?

Dot olhava nervosamente ao redor, lembrando-se dos pardais que se haviam assustado em seu poleiro noturno.

Jones retomara sua cantoria e não respondeu. Estava agora plenamente banhado pelo luar, e para ela ficava parecendo um homem santo.

Dot agachou-se e distraidamente esticou a mão para tocar o cãozinho. Ele avançou, e ela saltou para trás, com uma gota de sangue brotando num dedo. Sacudiu a mão machucada no ar e chupou o próprio sangue. Estava quebrado o encanto daquele momento.

– Eu devia matá-lo – disse ela com raiva, enquanto o cãozinho continuava a encará-la, não parecendo menos zangado.

Jones não deu atenção àquelas rusgas.

Dot ficou observando o velho. Ele se havia voltado de costas para ela e estava de novo sacudindo o chocalho.

– Vovô. – Jones não se voltou. – Vovô, você consegue achar coisas?

Ele não respondeu.

– Com os seus cânticos... consegue achar coisas?

– Que coisas? – perguntou ele, finalmente, sem olhar para ela nem parar de sacudir o chocalho.

– Um gato.

– Há quanto tempo ele se foi?

– Ela. Duas semanas.

– É muito tempo. Os coiotes gostam de gatos dos homens brancos. Vou ver se ela ainda está viva.

Ela apareceu aliviada.

– Obrigada. O nome dela é Harriet.

Ele começou a cantar mas teve um forte acesso de tosse. Quando passou, ficou tentando recuperar o fôlego e olhando para a escuridão.

– Fique longe das colinas por algum tempo.

– Por quê?

Ele não disse mais nada. Ela ficou pensando que ele parecia assustador, mas era divertido. E estava gostando da sua cantoria.

– Você me ensina a medicina indígena?

Ele olhou pelas sombras até bem longe, com ar sério, não zangado ou irritado, mas simplesmente tranqüilo e acolhedor, e já fazia menção de responder quando a voz de Maggie o interrompeu:

– Não, não vai ensinar nada. Vai guardar suas idéias pagãs para si mesmo. Ou então terá de deixar esta fazenda.

Jones não se mexeu.

Dot virou-se para ver a mãe de pé a alguns metros, observando o velho.

– Mãe, eu tenho de encontrar Harriet.

– Você não vai encontrá-la com magia indígena. Só vai conseguir fazer sua alma ficar doente. Se quer Harriet de volta, reze ao Senhor.

Neste momento o velho gigante voltou-se e olhou bem no rosto de Maggie com uma expressão estranha, difícil de traduzir. Ficou a observá-la até que ela se sentiu mais perturbada.

– Se tem alguma coisa a dizer, diga – desafiou Maggie.

Ele sacudiu lentamente a cabeça. Ela continuava a olhá-lo fixamente.

– Não, prossiga – fez ela, sarcástica. – Faça o favor, diga o que está pensando.

Jones abaixou a cabeça, parecendo examinar o tecido de sua manta.

– Diga – insistiu Maggie com firmeza. – Seja honesto pelo menos uma vez.

– Mamãe – interferiu Dot, contorcendo-se.

Jones olhou para o rosto da filha, examinando seus belos traços, enxergando algo mais – sua teimosia – e percebendo que ela não ficaria satisfeita enquanto ele não dissesse o que tinha na cabeça. Finalmente, disse:

– Eu estava pensando no que você disse à menina.

– E o que foi?

Ele hesitou um momento e prosseguiu:

– Que ela deve rezar para o deus cristão.

Ele parou de falar e ficou evidente que não queria prosseguir – sentindo que havia ido longe demais. Mas já era tarde.

– Continue – exigiu ela.

O velho sopesou cuidadosamente a resposta e disse:

– Não vai funcionar, só isto.

– Como ousa?! – explodiu Maggie. – Dot, vá para casa, por favor.

Os dois ficaram olhando enquanto a menina se afastava. Quando já não podiam ser mais ouvidos, Maggie voltou-se lentamente e ficou olhando com raiva para ele.

– Ouça bem. Você fugiu com uma índia qualquer. Problema seu e escolha sua. Mas agora está aqui, e está aqui porque meu marido tem um bom coração. Mas se começar a ensinar suas idéias pagãs a Dot... – Maggie parou e ficou um momento olhando para ele. – Eu o mato. Juro que mato.

O velho deu as costas e ficou contemplando a noite, até que se voltou novamente para ela.

– Ainda assim não vai funcionar – disse tranqüilamente. – O seu deus não vai achar o gato.

– Posso me comunicar com meu Deus quando quiser – devolveu ela, a voz tremendo de raiva. Virou-se e começou a caminhar em direção à estrebaria.

Ele começou a cantar de novo, elevando a voz na noite e acompanhando-a com os olhos. E continuou com sua toada monótona muito depois que ela já havia desaparecido, invocando seus espíritos para que lhe dissessem por que sentia aquela terrível apreensão. Seria apenas uma premonição da morte se aproximando? Ou sua incapacidade de aceitar que Maggie o odiava? Por algum motivo ele não parecia acreditar em nenhuma das duas hipóteses.

Jones desistiu, convencido de que não receberia resposta naquela noite. Pelejava para se levantar, respirando em dolorosos sorvos, quando de repente seu corpo se enrijeceu, os olhos fixos numa visão fugidia: um rosto de homem – um indígena –, um rosto fora do tempo e do espaço, flutuando no céu da noite. E de repente desapareceu. Os três pardais voltaram a chilrear, e depois se acalmaram em seu poleiro.

Samuel Jones estava tremendo.

Cerca de duas horas depois, Baldwin viu Jones de pé no luar com ar melancólico, olhando para Maggie lá dentro da estrebaria, entretida na leitura da Bíblia à luz da lanterna. O velho tinha por ela uma espécie de respeito reverencioso. Podia parecer absurdo, mas agora Baldwin entendia melhor. Foi então que Mannito saiu da estrebaria, juntando-se a Jones. Nenhum dos dois disse nada, duas solenes sentinelas na noite. Aquela dupla estranha, de pé lado a lado, duros e empertigados, por mais de uma hora. Até que Jones começou a cantarolar. Minutos depois, Mannito tinha aderido à cantoria. Dois velhos, um índio de coração, o outro mexicano; dois velhos de pé lado a lado na escuridão, cantando juntos como selvagens meio enlouquecidos. Baldwin não estava entendendo nada.

Sentada sobre a palha na estrebaria, Maggie tentava ler uma passagem do Novo Testamento à luz da lanterna, ao mesmo tempo em que tentava sem êxito neutralizar o som da cantoria estridente dos dois velhos, ignorando a raiva que fermentava no seu peito. E, afinal, para que estava Mannito se envolvendo com ele? Os dois gritando na escuridão como malucos. Não tinha nada a ver com o mexicano. Maggie comprimiu os lábios de irritação e ficou observando um camundongo que se esgueirava na sombra pela parede da estrebaria. Aquele indivíduo conseguia contaminar as pessoas com suas idéias absurdas. Ela já vira aquela cena.

Maggie tentou ignorar o cheiro de pinho fresco que vinha pelo ar. O galho estava pendurado no caibro do telhado. Fechou os olhos. Sabia que havia sido ele. Ele fazia a mesma coisa na velha estrebaria da fazenda, sempre que ela ia dormir ao relento com os primos. Ficou surpresa de ver que ele ainda se lembrava. Era um pinheiro junípero, o que significava que ele tinha cavalgado quilômetros para encontrá-lo. Mas não importava. Não mudava nada.

Certamente não bastava para apagar sua lembrança da mulher índia, ou o pecado que ele cometeu contra sua mãe. Ela imaginava aquela mulher com dentes estragados, cabelo sujo e piolhos. O que provavelmente não estava muito longe da verdade. Ele as havia abandonado em troca de uma gentalha pagã. Ela balançou a cabeça.

Maggie tentava ignorar aquela encantação monótona, mas não conseguia. Agarrou com mais força a Bíblia, abrindo numa passagem de Lucas: "Pedi, e ser-vos-á dado." Ela lia repetidas vezes a frase, lembrando-se do insulto que ele havia proferido – que Deus não seria capaz de ajudar. Começou a rezar, mas hesitou.

Maggie raramente pedia alguma coisa a Deus. Na realidade, não se lembrava de jamais tê-lo feito, exceto quando as crianças adoeciam. Se alguma vez havia pedido, não se lembrava de ter recebido algo parecido com uma resposta divina. Este pensamento incomodou-a; fechou os olhos e a Bíblia e apertou muito o livrinho. "Meu Deus querido. Pode parecer uma coisa sem importância, mas preciso de Sua ajuda. Preciso provar a Dot que o Senhor vai ajudá-la se ela precisar."

Maggie sentiu-se tola, ingrata, por pedir a Deus uma coisa assim. Começou a abrir os olhos, mas o canto estridente estava ainda mais alto e ela se agarrou com mais força ainda à Bíblia, aumentando sua determinação.

– Senhor, preciso de Sua ajuda para encontrar a gata Harriet.

O coaxar dos sapos à beira do riacho era ruidoso na noite estival, no momento em que Baldwin entrou na estrebaria. Mannito já se havia recolhido a seu quarto nos fundos da cavernosa construção. As três crianças estavam em casa, preparando-se para ir para a cama. Jones dormia, ou assim parecia, envolto em suas mantas indígenas no chão em frente à estrebaria, com seus fiéis animais cochilando ao redor.

Maggie ainda estava sentada no cobertor, e continuava a ler a Bíblia à agradável luz da lanterna, cuja lamparina emitia um sonzinho sibilante. Não era um som suficientemente alto para se sobrepor aos sossegados ruídos dos cavalos em suas baias, de onde emanava um agradável calor animal. Baldwin sentiu um leve calafrio nos ombros. Alguma coisa na escuridão além da porta da estrebaria – algo que parecia errado ou fora do lugar – continuava a incomodá-lo. Ele vinha tentando entender o que era, mas não conseguia, e tratou de espantar a sensação desagradável.

Embora soubesse que ele estava de pé ali diante dela, Maggie recusava-se a tirar os olhos do livro. Ele sorriu consigo mesmo e sentou-se no cobertor, dando um gemido de brincadeira. Ela continuou a ler.

– Por que você não volta para casa? – perguntou ele, tranqüilamente.

Ela balançou a cabeça.

– Perguntei se ele não queria dormir lá dentro, mas ele não quer.

– Ele virou um nativo – disse ela. – E é teimoso.

– Ah!... – fez ele, abrindo um sorriso. – Ainda bem que você não herdou nada disso.

Maggie virou a cabeça e olhou para ele, e ele sentiu que tinha dito a coisa errada.

– Brincadeira. – Ficou esperando que ela dissesse alguma coisa. Como se mantivesse calada, disse: – Ele está dormindo aí em frente. Vamos para casa.

– Não posso – respondeu ela em voz suave mas firme.

– Por quê? Ele não está lá.

– Se eu for, será como se tivesse aceitado que ele esteja aqui. E isto eu não aceito, Brake. Não vou dar a ele esta vitória sobre mim.

Ele a ficou olhando de lado.

– Não é uma competição esportiva. – Ele fez uma pausa. – Pense nas crianças.

Ela jogou a cabeça para trás, para evitar que as lágrimas rolassem, e ficou examinando as sombras perto dos caibros da estrebaria.

– Eu penso. Elas não conhecem ele. Mas eu conheço. Você não vai querer que eu simplesmente esqueça o que aconteceu com a minha mãe.

Ele ficou um momento a observá-la, limpou a garganta e disse:

– Vou sim.

Além das paredes grossas, ouviram Jones começar a cantar sua toada monótona. Maggie começou a soluçar violentamente e Brake abraçou-a, apertando-a contra si.

– Não posso – gritou ela. – Dói como se tivesse acabado de acontecer.

– É só porque você voltou a vê-lo depois desses anos todos... você vai superar.

Ela sacudiu a cabeça.

– Só depois que ele for embora.

Ele examinou seu belo rosto à luz suave da lanterna, voltando a sentir lá dentro aquela sensação agradável de calor, e se espichou no cobertor ao lado dela.

– Você tem de conseguir.

– Por quê?

– Porque estou velho demais para dormir no chão duro em noites frias.

Agora ela ria e chorava ao mesmo tempo, e logo ficou ouvindo a suave ladainha de Jones. Era um som estranhamente calmante, misturado ao sacudir ritmado do chocalho. Um som que parecia poder ficar eternamente flutuando na escuridão.

Mais tarde naquela noite, Lily estava em seu quarto escovando o cabelo e contando quantas vezes passava a escova. Todas as noites ela o fazia 250 vezes, levando meticulosamente a escova da raiz até a ponta dos cabelos castanhos, para ficarem mais brilhantes. A casa estava silenciosa e sossegada. A família dormia no primeiro andar. Todos, menos sua mãe. Lily sentia orgulho de sua oposição ao velho. Atrás de si, sentia entrar pela janela uma leve brisa que ondeava suavemente a cortina.

Infelizmente, seu pensamento voltou-se de novo para Samuel Jones. Ela tentava imaginar o que pensariam seus colegas da escola se soubessem que ele era seu avô. Certamente haveriam de rir. Aquele sorrisinho assassino. Ela tremeu só de pensar. A melhor coisa da fazenda, talvez sua única coisa boa, era que ficava tão longe no meio do mato que seus amigos nunca a visitavam. Logo, nunca descobririam sobre ele. Aquele lugar era como um minúsculo grão de poeira num infinito universo de sujeira. Assim, pelo menos, seus colegas nunca poderiam encontrar Samuel Jones por acaso. E não seria ela que haveria de contar-lhes a respeito. Nunca. Aquele velho só era motivo de constrangimento.

Ela ficou contemplando seus belos traços no espelho da penteadeira e tentou imaginar o que diria sua mãe se ficasse sabendo das anquinhas. Ela era capaz de adivinhar o que diria o pai – ou pelo menos como olharia para ela. Muito provavelmente ele faria alguma piada. E não teria a menor graça. Ela decidiu então não contar a nenhum dos dois. Afinal, já estava crescida. As anquinhas estavam no auge da moda. Ela haveria de usá-las quando voltasse à escola.

Lily abaixou os braços para descansar. Ainda estava se olhando no espelho quando veio pela primeira vez aquela sensação. Era uma espécie de arrepio na nuca, com a impressão de que havia alguém de pé atrás dela. "Dot", disse ela. "Não comece a me assombrar. Você sabe que eu não gosto."

Lily virou-se, e para sua surpresa o quarto estava vazio. A cortina esvoaçava levemente na brisa da noite. Ela voltou-se novamente para a penteadeira e recomeçou as escovadelas. Seus olhos deram com o pequeno busto de mármore de Lorde Byron que lhe havia sido presenteado pela colega de quarto no último dia de aula. Ela sorriu. Sarah era uma gracinha. Lily deteve-se, com a escova no cabelo, e ficou ouvindo. Não conseguia se livrar daquela estranha sensação de que havia alguém atrás dela. Voltou-se de novo.

O quarto estava vazio. Seus olhos eram atraídos pela cortina da janela. Estava fechada, mas ela não conseguia se livrar daquela sensação de que havia alguém lá fora. Trêmula, aproximou-se e ficou parada junto a ela. Esticou um braço e deu um puxão na cortina. Nada além da noite e dos pios de um pássaro à distância.

CAPÍTULO 3

— Ele é capaz de encontrar qualquer coisa, simplesmente sonhando com ela. Tem poderes sobrenaturais – disse Dot, exagerando sua conversa com o avô e derramando as ervilhas de uma vagem numa tigela depositada no chão, à sua frente. – Mesmo se fosse um minúsculo diamante enterrado numa montanha de areia, ele era capaz de encontrar. Assim – rematou, estalando os dedos.

– Ele é um maluco mentiroso – disse Lily.

– Você não devia falar assim dele – reclamou James, virando-se para elas. – Ele é nosso avô.

– Meu, não.

A tarde chegava ao fim, e os três estavam trabalhando na grande horta próxima do riacho. Os longos renques e caniçados de folhas verdes – feijão tropical, tomate, cebola, abóbora, pimenta mexicana e acelga – pareciam extravasar o espaço da horta, proliferando no calor e na forte luminosidade daquela terra seca. Dot não estava olhando para as plantas, mas examinando como Lily se vestia. Era uma das coisas que admirava na irmã.

Estava observando atentamente sua indumentária, mas preocupada em que ela não notasse. Lily usava uma linda blusa vermelha de corte masculino, com enchimentos nos ombros e manga comprida bufante, e uma longa saia preta. Calçava as recém-lançadas botas negras de pelica e cano alto. Estava linda, pensou Dot. Seus cabelos castanhos macios estavam penteados ao estilo de Paris: um coque no alto, com os fios da frente puxados para trás sem repartir no meio. Era o último grito em Nova York e na Europa, dissera-lhe Lily.

Dot achava que a irmã era uma das garotas mais lindas do mundo. Ela e Lily estavam sentadas de pernas cruzadas numa manta, separando ervilhas para o jantar. James cuidava, ali perto, de abrir os canais de irrigação que alimentavam a horta.

– Você ouviu o papai dizer – prosseguiu ele, extraindo lama do primeiro renque de plantas e observando o pequeno regato descer lentamente até os legumes.

– E você viu a cara que a mamãe fez – retrucou Lily. – Ela não parece ter ficado nada feliz. Simplesmente não ia contestar o pai.

– E você vai? – desafiou James, limpando a lama do rosto bronzeado.

– Não. Apenas não vou aceitar este homem como meu avô.

– Só porque você não gosta dele, não quer dizer que ele não seja seu avô – disse Dot com convicção, derramando mais uma fieira de ervilhas na tigela que estava entre as duas.

– Ele pode perfeitamente ser seu avô, se você quiser, Dotty Baldwin, mas meu é que não vai ser. Não tenho nada a ver com aquele velho fedorento metido a índio – fez ela, ajeitando o cabelo.

– É melhor não deixar o papai te ouvir falando assim – advertiu James, jogando montes de lama na vala para interromper o fluxo de água.

Lily ignorou-o e puxou o gorro para trás, ajeitando o longo laço de cetim. Dot estava furiosa com ela por falar assim do avô. Mas gostava de Lily. Ela não só era bonita como inteligente e corajosa – indo à escola em Denver, por exemplo. Claro que também era meio posuda, mas era sempre boa com ela. Comprava coisas para ela, livros e gravuras, e conversava com ela como se fossem iguais. Ela voltou a separar as ervilhas.

James recostava-se apoiado na pá e observava Lily.

– Por que você está usando esse chapéu se o sol já está quase se pondo?

– É o que está na moda.

– Que maluquice!

– Você não entende.

– Eu entenderia se tivesse algum sentido – retrucou ele, apertando os olhos e olhando fixamente para o belo rosto da irmã mais velha.

– O que está olhando? – perguntou ela.

– Nada – apressou-se ele a responder, como se quisesse esconder um segredo. Instantes depois, lançou para ela nova olhadela furtiva.

Lily começou a ficar incomodada.

– Qual é o problema? – perguntou, acariciando lentamente o rosto.

James sacudiu a cabeça.

– Não é nada.

– James, diga o que é.

– Não, realmente, não é nada. Eu nem tenho certeza.

– Certeza de quê? – perguntou Lily, começando a ficar alarmada.

– Verdade, não acho que seja nada.

– James Baldwin, diga de uma vez! – fez Lily, cheia de ansiedade.

– OK, mas não vai ficar zangada comigo. É só por causa da luz desta hora – disse ele, voltando a apertar os olhos e analisando o rosto da irmã de diferentes ângulos. – Estou vendo que você parece com o vovô.

Lily deu um pulo e marchou enfurecida em direção à casa, ajustando a longa saia rodada nas pernas. James rolava no chão de rir.

– Não provoque a Lily – ralhou Dot. – E não fique brincando com o vovô.

Jones estava tranqüilamente sentado à mesa do jantar, a atenção fixada no prato à sua frente. Apenas fingira comer, por polidez. Baldwin ficava observando seu olhar distante e preocupado, e teve a certeza de que o velho não ia durar muito mais. Perguntava-se o que se passava em seu velho coração. Baldwin sentia que ele não queria continuar vivendo, mas ainda não estava pronto para morrer, um relógio perdendo a corda.

Jones nem se mexia, apenas olhava para o prato. Parecia terse recolhido a uma zona muito distante da própria mente, fugindo deste mundo. Baldwin não o censurava. Seu mundo havia desaparecido. O fazendeiro notou que faltava um dedo em uma de suas enormes mãos, muito feridas. Eram as mãos de um homem que havia entrado em luta corporal com a terra e seus habitantes. Quem era afinal aquele indivíduo? E como teria sido a vida do homem que trouxera ao mundo a mulher que amava? Era algo trágica. Disso ele tinha certeza.

Histórias não faltavam. E nada bonitas. Por que havia abandonado a mulher e as filhas? Seria simplesmente maluco? Baldwin não acreditava. Achava que o velho gigante sabia perfeitamente o que estava fazendo, por mais estranho que parecesse aos outros.

Lily estava na cadeira da mãe na cabeceira da mesa, usando um vestido de babados e gola alta, ignorando o velho e fazendo beicinho.

– Eu tiro os pratos – disse James.

– Antes disso, filho – disse Jones, respirando com dificuldade e se abaixando para pegar no chão um saco de aniagem –, tenho aqui umas coisas.

Aparentemente ele tinha chegado com uma lista de coisas e tratava de verificá-las com pressa, como se pudesse não ser capaz de chegar ao fim. Baldwin pensou que ele tinha lá seus motivos, Jones não tinha mesmo muito tempo. Era uma pena.

O velho enfiou a mão no saco e tirou um embrulho do tamanho de um travesseiro, recoberto por um couro cru de cores vivas. Olhou para Lily e estendeu-lhe o volume. Sem graça, ela levantou-se, como se fosse virar e sair correndo.

– Da minha mulher.

– Da vovó? – perguntou Lily, com a incredulidade na voz.

O velho ficou vermelho.

– Da Yopon – disse tranqüilamente.

– Não, obrigada – disse Lily.

– Lily, é um presente – interferiu Baldwin com voz grave e pausada.

Lily apanhou o embrulho, as mãos trêmulas, olhando-o fixamente, como se o simples fato de segurá-lo fosse desagradável.

– Que foi que você ganhou, Lil? – perguntou Dot, excitada.

Quando Lily desfez o embrulho, Baldwin viu a manta azul que estivera na baia e mais alguma coisa. Lily abriu a boca e jogou tudo no chão, enojada.

– Que é isto?

– Uma garra de águia. A manta era de Yopon – disse o velho, solene.

– Para que uma mulher haveria de querer essa coisa nojenta? – soltou ela, o rosto desfigurado numa careta.

– Lil!...

– Para ter força – interrompeu Jones – e ser capaz de fugir do perigo. – Ele ficou um momento estudando o rosto de Lily. – Talvez você precise um dia.

– Que maluquice! – exclamou Lily, subitamente desviando o olhar. Baldwin voltou-se, acompanhando o seu olhar, e viu Maggie de pé na porta.

– Pare de contar suas mentiras indígenas a essas crianças.

– Margaret – interveio Baldwin.

Ela estava de olhos fixos no rosto do velho.

– Brake, por favor. Não vou deixar que ele encha a cabeça das crianças de idéias pagãs, para glorificar a si mesmo e ao demônio. Ele não passa de um homem que abandonou a mãe e a avó deles por uma pele-vermelha. Apenas isto. – Ela caminhou até a mesa e ostensivamente encarou de perto o velho. – Confesse. O senhor é um blasfemador... um bígamo que amava mais os selvagens que sua própria família.

Samuel Jones estava de olhos fixos no prato, como que paralisado.

– Margaret, já chega.

Jones ergueu a mão para calar Baldwin.

– Não, não chega – continuou Maggie. – Mas não vou atrapalhar o resto do seu grande delírio indígena.

Ela subiu a escada e desapareceu no quarto, e segundos depois eles começaram a ouvi-la chorar. Os olhos de Lily dardejaram.

– Por que o senhor não vai embora? Aqui não é sua casa.

– Lily – disse Baldwin –, você não é sua mãe. E não vou permitir que fale assim nesta casa.

Lily levantou-se de um salto da mesa e correu para o quarto, batendo a porta.

Baldwin resistiu ao impulso de ir atrás dela; foi quando Mannito deu um forte suspiro e disse:

– Ahhh, as *señoritas*, *bonitas* criaturas, não? Lindas, não?

Aquela gentileza quebrou o encanto, e o mexicano e James riram sem jeito. O velho não se mexeu. Baldwin ajudou-o a levantar-se da mesa. Dot o viu cambalear até a porta e passou a manga do vestido nos olhos.

Quando saíram para a noite lá fora, Jones foi sacudido por um forte acesso de tosse, emitindo um som profundo e aquoso. Baldwin sentou-o na cadeira de balanço e se dirigiu à cerca. A noite estava fria e estrelada. Um coiote solitário gania perto da casa. Baldwin desceu da varanda para dar uma olhada. Os ganidos pararam.

Baldwin esperou um segundo e disse:

– Maggie não devia...

– Pare – interrompeu-o Jones com severidade. – Não quero ouvir coisas ruins a respeito de Margaret. Ela é uma boa moça. Orgulho-me dela. Tinha todo direito de dizer o que disse.

Baldwin concordou.

Ao deixar a casa, Mannito deteve-se junto a Jones e envolveu seus magros ombros na manta azul.

– Boa noite, *viejo* – disse então.

Jones afastou-o.

Já passava da meia-noite. A névoa proveniente do fundo do regato se havia aproximado rapidamente. Isto raramente acontecia, mas quando acontecia, o ar ficava parecendo um rio de limo. Neblina suficiente para perder uma montanha de vista – ou a alma.

Lily caminhou lentamente até a casinha atrás da enfermaria, levando consigo uma vela e uma de suas revistas de moda. A cabana estava com um cheiro terrível, exatamente o tipo de coisa que ela detestava na fazenda. Na cidade, as pessoas usavam privadas dentro de casa. Ela tentara convencer o pai a comprar uma, mas ele se limitara a achar graça.

Ela parou de ler e percorreu com os olhos as paredes ao redor. O interior parecia ainda mais sombrio do que de hábito, com as vigas de madeira gastas pelo tempo oscilando lúgubres à luz fraca da vela. Ela concluiu que aquela sensação de desânimo era provocada pela névoa.

Estava usando um gorro para proteger o cabelo da umidade, mas de repente o cabelo já não tinha mais importância; achou que o boné a impedia de ver direito e o arrancou, endireitando-se e segurando-o nas mãos trêmulas, sem saber ao certo o que a estava incomodando. Ficou olhando para ele, tentando atrair outros pensamentos. O gorro era um exemplo perfeito do que havia de errado com aquela vida rústica. Seu pai e todos os homens da região só o chamavam de boné de carvoeiro. Por mais que ela o corrigisse, para ele continuava sendo um boné de carvoeiro.

Lily aguçou a atenção. Havia ouvido alguma coisa pela primeira vez. Um som provocado por alguma coisa grande. Talvez um cavalo. Ficou esperando para ouvir de novo, o coração batendo mais rápido. Nada. Só o vento. Ele soprava dos penhascos de arenito com um som agudo e estridente, doído e feminino. Ela detestava aquilo. Voltou então para sua revista. Mas momentos depois a coisa recomeçou: passos leves na noite. Ela não os ouvia apenas, podia senti-los também.

– Alô?... Mannito? – chamou, sem obter resposta.

Começou a chamar mais alto, mas de repente deteve-se. O velho podia estar querendo assustá-la. Sabia que ela não gostava dele, que o considerava uma fraude. Ela sentiu-se algo aliviada, certa de que era ele.

Virou a cabeça lentamente para ouvir algum som. Nada. Só a impressão fantasmagórica de que alguém estava se movimentando na escuridão. Lily tentou conter o pânico que tomava conta dela. A porta não tinha tranca, apenas uma lingüeta de madeira, que podia ser estourada com um bom tranco. Ela se preparou para o que viesse.

A noite parecia tensa, debaixo de um estranho silêncio.

– Papai! Mannito!

Ela ficou ouvindo, consciente de que estava distante demais da casa e da estrebaria, com suas paredes espessas, para ser ouvida, mas na esperança de que seus gritos assustassem o velho. Olhou então fixamente para a porta, sentindo que a qualquer momento seria aberta num safanão.

Lily disparou pela densa neblina adentro, mantendo-se instintivamente recurvada e seguindo sempre à frente. Alguma coisa se mexeu a sua frente; alguma coisa escura que tentou atingi-la e não conseguiu.

Ela saiu correndo, enroscando-se e se esquivando aterrorizada, sem saber para onde estava correndo mas sem parar, e com medo de gritar. Até que caiu, tropeçando na areia e percebendo que no pânico se havia afastado ainda mais da casa em direção à encosta norte. Ela se abaixou, o coração batendo disparado, tentando ouvir alguma coisa na escuridão que a cercava.

Teve de esperar muito até voltar a ouvi-los. Passos. Ele estava à procura dela. Ela se enroscou toda, fazendo-se tão pequena quanto possível. O som parou.

Ao ser tocada pela mão, Lily desmaiou. Só acordou quando estava sendo carregada por alguém, berrando semiconsciente para tentar livrar-se daquele confuso pesadelo.

– Minha neta – disse Jones. – Psss.

Baldwin observava o velho. Estavam ambos na estrebaria, e Lily acabava de acusar Jones de a ficar seguindo no escuro. O vento da noite soprava forte lá fora. Maggie enlaçava as duas filhas, trazendo-as bem próximas e olhando fixo para o pai.

Jones estava apenas com sua tanga e as botas de camurça, e esfregava tinta vermelha no rosto, sem dar atenção aos outros. O mexicano o observava de perto.

Lá fora, o vento ganhava ainda mais força, e a névoa há muito se havia dispersado. Maggie e as meninas estavam perto da porta, num débil círculo luminoso projetado pela lanterna, como se ali se sentissem mais seguras. O mexicano aproximou-se de Baldwin.

– Que foi, Mannito?

O homenzinho voltou-se e olhou para o velho gigante, já agora com o rosto e o corpo cobertos por estranhas formas em preto e vermelho.

– Ele não fez nada, *señor*. É possível até que a tenha salvo. Nada mais.

– Salvo de quê?

Mannito continuou observando o velho se preparando para lutar com alguma coisa na noite.

– Não sei. Apenas conheço este *viejo,* só isto.

Baldwin ficou olhando para o rosto do mexicano e assentiu. Jones agora aproximava-se da porta com seu arco e suas flechas. Lily imediatamente tratou de sair do seu caminho, como se temesse que ele fosse cortar sua garganta. Maggie ficou onde estava.

– Brake – chamou então, sem tirar os olhos da terrível máscara vermelha do pai –, ele tentou assustar a Lily.

– Mamãe, não diga isto – pediu Dot.

Jones deteve-se em frente a elas.

– Neta. Você vai encontrar o seu gato dentro de cinco dias.

– Baboseira – lançou Maggie.

Ele avançou em silêncio para a escuridão e o açoite da areia.

Samuel Jones não capturou a fera da noite. Ninguém tampouco pôde encontrar pegadas na manhã seguinte, pois a tempestade de areia apagara qualquer traço. Qualquer traço, menos uma pegada meio apagada que pareceu estranha a Jones. A vela e a revista de Lily ainda estavam na casinha. Seu gorro tinha desaparecido. Baldwin achou que havia sido carregado pelo vento. Mas não Jones, que tampouco considerou natural a morte do pardal que encontrou atrás da cabana.

No rosado alvorecer de dois dias depois, a tordilha havia desaparecido, e Jones percorria desatinado a estrebaria. A trégua tinha chegado ao fim. Ele avançou para Mannito no curral, jogando-o contra a parede, sacando o punhal e apontando-o para o pescoço do mexicano.

– O que fez com ele? – resfolegava o velho.

– *Qué?*

– Não me venha falar mexicano! Meu cavalo... *caballo...* onde está?

– *No sé...* eu não sei!

– É melhor ir dizendo, se não quiser perder os miolos.

– Você *loco*? Eu não vi seu cavalo. Provavelmente morreu. Já estava velho.

– É melhor que não tenha morrido!

Jones atirou o homenzinho no chão e saiu correndo da estrebaria, assobiando para chamar o velho animal. Baldwin e Lily haviam saído cedo a cavalo para inspecionar as vacas no alto do vale, enquanto James e Dot iam buscar a correspondência na estação ferroviária. Alice, a mula, zurrava à distância. Jones tomou a sua direção.

A tordilha estava a seu lado no pasto, a língua para fora, terrivelmente inchada, com a respiração rápida e superficial, o ventre engolfando a coluna vertebral no flanco direito. Durante a noite anterior, tinha saído para o campo orvalhado e se banqueteado. Alice rodava freneticamente em torno dela, sempre zurrando.

O velho deu um gemido fundo ao cair de joelhos ao lado da égua, cuja barriga, inchada, estava com o dobro do volume normal. Sabia que ela estava morrendo e nada podia fazer para salvá-la. Já tinha visto outros cavalos morrerem por causa da forragem verde dos brancos.

O Povo achava que a magia das feiticeiras brancas é que matava seus cavalos. Mas ele sabia das coisas. Eram na realidade os gases que estouravam as tripas. Uma morte horrível. Ele não queria que sua cinzentinha sofresse aquela agonia.

Tirou a pequena pistola de seu esconderijo e sentou-se ao lado do bicho, acariciando-lhe a cabeça e pensando nos anos que haviam passado juntos. Haviam percorrido os piores anos da sua vida. E ela nunca o deixara na mão. Admirava sua resistência e sua lealdade. Começava a sentir um aperto na garganta, e sabia que o que estava sentindo era mais que simples admiração. A egüinha estava sofrendo terrivelmente, arquejando muito, o corpo coberto de suor.

O mexicano agachou-se perto dela, colocou as mãos no enorme ventre intumescido e começou a apalpá-lo, batendo com as pontas dos dedos na pele esticada. Chaco aproximou-se lentamente do velho animal, farejando-o e ganindo, até que se sentou ao lado do mexicano, tiritando. Mannito continuou a apalpar a barriga da égua. Jones o observava. O homenzinho pressionou com a mão uma área entre a soldra e as costelas, e o bicho relinchou e sacudiu a cabeça. Alice investiu em sua direção e começou a mordiscá-la. O velho mexicano tratou de afastá-la.

– Deixe o bicho – rosnou Jones.

Mannito ignorou-o, continuando a explorar a barriga; de repente, levantou-se e saiu correndo na direção do estábulo, seguido por Chaco. Ao retornar, trazia uma caixinha de madeira. Agachou-se novamente e começou a remexer nela, retirando instrumentos de metal estranhos e colocando-os de lado, até que finalmente encontrou o que queria. Parecia um alfinete de chapéu, de seus trinta centímetros. Jones não estava gostando da expressão decidida no rosto do velho mexicano. Engatilhou a pistola. O bicho já havia sofrido o bastante; ele não deixaria que o mexicano o torturasse ainda mais.

Mannito tirou o chapéu, atirando-o para trás e arregaçando as mangas. Seu cabelo era de um branco mortiço. Jones observava-o atentamente.

– Tire as mãos dela.

Jones pôs o cano da pistola contra o crânio da égua. Mannito caiu ajoelhado entre as pernas do animal, já agora tomado pelas convulsões da morte. Alice investiu de novo, mordiscando. Mas ele não queria saber.

Mannito voltou a tamborilar o lombo inchado com seus dedos ossudos, auscultando os órgãos internos. Sabia que o tempo estava acabando. Voltou a cabeça na direção de Jones, concentrando-se, tentando visualizar o ponto crítico.

Olhando para o velho gigante, Mannito sabia que eram amigos, ainda que Samuel Jones não tivesse consciência disso. A idéia daquela amizade com Jones parecia bastante estranha ao mexicano. Mas ainda assim estava certo de que ela existia. Não fazia diferença que Jones nunca lhe tivesse dirigido uma única palavra amistosa. Palavras de gentileza não significavam nada. Mannito sabia que ambos compartilhavam muito mais que palavras, mais que apenas suas duas longas vidas. Instintivamente se entendiam. E ele sempre sentira que o entendimento mútuo era a base da verdadeira amizade. As provas eram muitas. Ambos haviam perdido suas esposas, assim como a maioria dos filhos, tinham levado vidas muito duras, na solidão, longe dos seus. Eram homens pobres, mas donos de outro tipo de riqueza: acreditavam em algo muito maior que eles mesmos. Era esta a verdadeira riqueza. Eram essas coisas, pensava Mannito, que os tornavam *amigos*.

Como prova adicional dessa amizade, Mannito lembrou-se de que desde sua chegada o velho gigante participava silenciosamente do trabalho na estrebaria: transportava feno, limpava as baias, enchia os cochos de água. Era algo que Mannito respeitava muito no amigo. Apesar de gravemente doente, não era um vadio. Era um homem de caráter, que sabia retribuir. Na semana anterior, Mannito havia encontrado seu burro, Peso, meticulosamente lavado e escovado, os cascos limpos e polidos, seu pequeno e gasto cabresto cuidadosamente emendado com couro cru. Havia agradecido a Jones. Mas o velho simplesmente o ignorara. Ainda assim, ambos estavam sabendo.

Mannito sorriu consigo mesmo ao olhar para Jones, feliz por identificar aqueles pequenos indícios de sua amizade.

A partir daquele dia, Mannito falava com ele sempre que estavam na estrebaria. Jones nunca respondia, mas Mannito sentia que estava ouvindo, que avaliava e pesava as coisas que ele dizia. Aquelas conversas de um só amainavam a solidão. Ele gostaria que Jones tivesse mais tempo pela frente. E que viesse a reconhecer sua amizade.

– Estou avisando! – berrou o velho, apontando a pistola para Mannito e tentando levantar-se. – Se machucá-la, vou espalhá-lo em pedacinhos por esta fazenda toda.

Mannito voltou a olhar para a velha égua. Sabia que seu amigo Jones não haveria de atirar nele, mas não estava tão certo de que não viraria a pistola contra si mesmo se perdessem o animal. As mãos de Mannito tremiam. Ele nunca havia tentado salvar um cavalo com inchação. O longo e fino trocarte de metal escorregava em suas mãos suadas.

Voltou a olhar para Jones e tentou sorrir, rezou em silêncio para a Mãe de Jesus, inclinou-se para a frente e enfiou o alfinete gigante na barriga do bicho. Jones levantou a pistola; ouviu então aquele forte *shhhhhhhh* e viu perplexo o ventre da égua murchar como um balão furado.

Mais incrível ainda foi o efeito no velho animal. Ele parou de ofegar e gemer e ficou deitado quieto na relva. Minutos depois, levantou-se com dificuldade e começou a pastar de novo, como se nada tivesse acontecido. Jones afastou-a das folhas frescas e ficou olhando espantado para o mexicano. Mannito agachou-se, mostrando-lhe os dentes, e então começou a rir, parecendo um macaquinho todo encarquilhado, não cabendo em si de felicidade por ter salvado o animal velho.

– Muitíssimo *bueno*, hein?! – fez o mexicano, segurando o alfinetão.

Chaco dançava nas patas traseiras. Alice farejava a égua. Jones assentiu com a cabeça, ainda chocado com a milagrosa recuperação do animal. Mannito estendeu a mão para a corda que enlaçava o pescoço da égua.

– Vou andar. Ela precisa se movimentar. Eu olho ela. *Muy bueno* – disse ele, passando a mão pelo velho pônei. – Vou andar – repetiu, aproximando a mão de Jones.

Jones olhou para aquela mão, e depois para o rosto do outro. Ainda estava embasbacado.

– Vou andar – disse Mannito mais uma vez.

Jones continuava a olhar para ele. Finalmente, entregou-lhe a corda e voltou a assentir com a cabeça na direção do homenzinho, mas nada disse. Era o bastante. Mannito entendeu.

– Não foi nada, *viejo*.

A noite caía a passo rápido. Baldwin e Lily ainda não tinham voltado da vistoria do gado no pasto. Jones começava a ficar preocupado. Baldwin era bem esperto. Desde a noite da tempestade de areia, Jones notara que ele andava com sua pistola e estava sempre por perto da filha mais velha. Mas o sujeito não tirava da cabeça que só um caubói apaixonado havia perseguido a sua Lily. Jones tentara convencê-lo do contrário. E o mesmo fizera Mannito. Mas ele não ouvia. Jones ficou examinando as montanhas cor de ferrugem que cercavam o pequeno vale, na esperança de que a teimosia do fazendeiro não o metesse e à sua filha em problemas no caminho.

Turrão e difícil de amedrontar, Baldwin se parecia com a maioria dos homens que construíram alguma coisa naquela imensidão. E Jones sabia que por isto é que o Povo tinha tantos problemas com eles. Eles faziam o que tinham de fazer para sobreviver. Não eram pessoas más, apenas durões e seguros de si. E nos últimos dias, as vacas de Brake Baldwin – que eram todo o futuro de sua família – vinham trazendo bezerros ao mundo sem qualquer assistência, naquela terra bravia. O fazendeiro sabia que alguns daqueles animais precisariam de sua ajuda, ou haveriam de morrer. Assim foi que Brake Baldwin embrenhou-se nas pastagens, acontecesse o que acontecesse, levando consigo a filha, para ficar sob sua proteção.

Mannito fora deixado em casa para cuidar de Maggie. Na cabeça do fazendeiro, Maggie estava segura. Simplesmente algum jovem caubói tinha caído de amores por Lily. A garota certamente tinha um corpo capaz de derrubar muito marmanjo. Mas Jones não via as coisas exatamente assim. Sentia que havia algo mais. Apenas não sabia com certeza o quê.

De algumas conversas entreouvidas na estrebaria, ele sabia que James e Dot tomariam a carroça e passariam a noite na cidadezinha da estação ferroviária. De modo que naquela tarde, depois de ir olhar a égua para certificar-se de que se estava realmente recuperando e de deixar o mexicano com Maggie, ele tomara um cavalo de Baldwin e seguira os dois jovens até bem entrado o deserto, para ter certeza de que estavam em segurança. Por três vezes ele se havia distanciado quilômetro e meio para cada lado da linha do trem para verificar se não haviam rastros de cavalo a acompanhá-la. Nada.

Convencido, retornara à fazenda, chegando já avançado o dia, o corpo moído de exaustão. Chaco latia para anunciar sua chegada, do alto da garupa da égua. Maggie estava sentada na varanda. Não foi capaz de reconhecê-lo. Mannito montava guarda protegido pelas sombras da estrebaria, segurando as rédeas de uma montaria nova, com a velha espingarda atravessada nas costas. Alice zurrava feliz.

– *Los niños*? – perguntou Mannito, montando a cavalgadura e apontando para a cidade.

Jones assentiu.

– Eu cavalgo para *señor* Brake. – Deteve-se, olhou fixamente para Jones e começou a dizer mais alguma coisa, mas aparentemente mudou de idéia. Jones via perfeitamente que ele estava tenso. Era um sentimento que compartilhavam. Finalmente, Mannito simplesmente sorriu e disse: – Boa noite, *viejo*.

Jones não disse nada.

Mannito observou-o mais um pouco, nitidamente com alguma coisa na cabeça, até que se voltou com o cavalo e começou a esporear forte em direção às colinas que iam desaparecendo na poeira vermelha que se levantava.

Jones teria partido com ele, mas não queria deixar Maggie desprotegida. Se houvesse algum problema, ela também estaria envolvida. Ele seguiu por um tempo o pontinho negro do mexicano com seu cavalo no horizonte, tentando entender o que o sujeito lhe havia tentado dizer. Não tinha certeza. Mas ele certamente queria dizer alguma coisa.

Jones voltou-se e olhou para a casa escura no meio das sombras. A lua subia no alto da montanha. Maggie tinha razão: aquele não era seu lugar. Por isto nunca tinha vindo antes. Não era justo com ela. Não estava certo simplesmente voltar à sua vida depois daqueles anos todos. Se não estivesse morrendo, não o teria feito. Mas estava, e viera para vê-la uma última vez. Agora precisava ir em frente. Qualquer um seria capaz de saber como ela se sentia. Não se podia criticá-la.

Pensando a respeito, ele ficou imaginando que bem poderia voltar ao coração das velhas terras chihenne. Esta idéia feriu algum nervo dentro dele. Lá estivera com Yopon anos antes. Pela última vez estiveram juntos e livres. E por um bom tempo ele se viu retornando àquelas andanças em pensamento. Obrigou-se então a parar.

Lá estava ele em frente à estrebaria, uma broca funda perfurando de dor o seu peito, e andava lentamente em círculo, estudando as árvores que escureciam, a estrebaria, o pasto e a casa. Queria lembrar-se de tudo ali, tudo que dizia respeito a ela, pelo maior tempo possível.

Tomou um trago da garrafa, deixou-a no chão e caminhou desajeitado em direção a ela, sem saber onde botar as mãos. Deteve-se em frente à varanda onde ela estava. Chaco o vinha seguindo. Jones observou-a por um momento, o olhar perdido, até que se inclinou para a frente e atirou uma pedra de quartzo de um branco imaculado no degrau ao lado dela.

– Encontrei na colina. Pensei que poderia gostar.

Ela não disse nada nem olhou para a pedra.

– O mexicano foi atrás deles – disse tranqüilamente. – Provavelmente decidiram passar a noite com o gado, para não fazer o caminho de volta no escuro.

Jones sabia que não era verdade. Se iam passar a noite lá, era porque alguma coisa dera errado. Eles os havia visto armar a sela, e não estavam levando nada para acampar; nem lona, nem sacola de rancho, nem frigideira, nada. Vira Dot botar o amuleto de águia na mochila de Lily quando a irmã fora até a casa. Aquela menina tinha um coração grande. Mas Lily acabara por encontrá-lo, atirando-o no chão. Dot o havia recuperado.

– Se não tiverem voltado pela manhã, vou atrás deles – disse ele, quase como se estivesse falando consigo mesmo. – Aí então eu vou. – Ele voltou-se e olhou para ela, parecendo devorá-la com os olhos. – Eu sempre pensava em você – prosseguiu tranqüilamente. – Sobretudo à noite. Onde você estaria, como estaria se sentindo.

Ela ficou muito tempo sem dizer nada, perdida com o olhar nas colinas. Quando finalmente disse alguma coisa, ele não conseguiu ver seu rosto.

– Não preciso de mais nada de você – disse ela, a voz cansada. – Simplesmente se vá.

Ele passou lentamente por ela em direção ao interior da casa, decidindo dormir perto dela para poder ficar de olho lá fora, mas também querendo dormir uma noite em sua casa. Chaco sentou-se ao lado dela.

Maggie contemplava o cair da noite, afastando todo e qualquer pensamento daquele homem. Ela vinha pedindo a Deus pelo gato. Nada lhe havia sido mostrado. Já se havia convencido de que ele estava morto – convencida de que era essa a resposta de Deus. Harriet estava perdida.

Ela se levantou, apanhou o quartzo, observando-o por um instante, e atirou-o com toda força na escuridão. Chaco saiu correndo da varanda atrás da pedra, latindo. Minutos depois, o cãozinho retornava com ela, depositando-a a seus pés. Ela começou a chorar.

A luz da manhã chegou relutante ao vale do rancho. Baldwin e os outros ainda não tinham voltado. Jones havia despertado ainda no escuro, incapaz de dormir, sentindo aquela dor aguda mas também outra coisa – uma certa ansiedade bem lá no fundo. Sacudiu-a dali aos poucos e se livrou penosamente das cobertas. Estivera deitado no piso do salão principal da casa, com a espingarda ao lado. Maggie havia dormido lá fora, na cadeira de balanço da varanda. Ele ficara a maior parte da noite ouvindo aquele ranger ritmado. Agora havia parado. Olhou pela janela e a viu adormecida na cadeira. Chaco estava deitado a seu lado. Jones ficou sentado a observá-la por longo tempo, ouvindo o arrulho de uma pomba branca.

Até que finalmente se obrigou a tirar os olhos dela e caminhou lentamente pela casa vazia, de quarto em quarto, examinando coisas que sabia ou imaginava pertencerem a ela, tentando visualizá-la naqueles compartimentos com aqueles objetos, às vezes tomando-os nas mãos. Sabia que estava se intrometendo. Mas também sabia que aquele último momento de intrusão seria sua única oportunidade de alguma vez participar de sua vida. Era sua última chance de ficar sozinho com ela – ou pelo menos sozinho com seu mundo. Isto teria de satisfazê-lo. Sabia disso. Ela não o deixaria chegar mais perto.

Lá estava ela à sombra, sobre a cômoda do quarto principal. Ele ficou a observá-la, por um momento incapaz de mexer-se, ajeitando os pequenos óculos no nariz. Era quase um sonho para ele. Tomou-a nas mãos, confiando-a à memória, que sabia desfalecente. Ficou assustado. Sabia que ao deixar aquele quarto, nunca mais voltaria a vê-la. Foi a única vez na vida em que se sentiu impelido a roubar. Mas não podia fazê-lo. Não dela. Já havia roubado demais de sua vida.

Deixou que seus olhos a percorressem lentamente: uma ferrotipia. Maggie, adolescente, e a mãe, Susan. Ele não conseguia tirar os olhos do seu rosto. Ela havia sido uma boa esposa e uma boa mãe; ele sentiu o remorso de sempre e desviou o olhar e os pensamentos. Por que ela nunca se havia casado de novo? Era tão bela. Ele sacudiu a cabeça com tristeza, sabendo perfeitamente qual era a resposta. Mas não importava. Tinha acabado. Ele não podia mudar nada.

Teriam bastado as duas imagens para mergulhá-lo em tristeza, mas havia outra pessoa na ferrotipia: uma garotinha de cabelos castanhos, de oito ou nove anos. Foi ela que abalou toda estrutura rígida que porventura ainda houvesse em seu ser, fazendo balançar seu mundo emocional. Uma dor que podia ser doce tomou conta dele ali, de pé ante a cômoda.

Nunca a vira antes. Sabia apenas que ela havia nascido depois que partira, e que estava morta. Poder vê-la agora era ao mesmo tempo uma misteriosa dádiva e uma maldição. Ele tentou afastar um gemido que vinha lá de dentro. Ficara sabendo que seu nome era Thelma. A garganta prendeu. Fora também o nome de sua mãe. Ele sorriu com melancolia: era próprio da Susan honrá-lo daquele jeito, mesmo depois que ele perdera a honra. Beijou a fotografia daquela criança que nunca beijara em vida, nunca conhecera.

Passou-se um bom tempo até conseguir parar de olhar para ela, fixando tanto o pequeno rosto que sua imagem começou a ficar turva. Estava revivendo épocas em que há muito tempo não pensava. Por que havia partido, se elas tanto precisavam dele? Ele se endireitou e botou o retrato de volta no lugar. Sabia a resposta. Sabia que o teria feito de novo. E também sabia com dolorosa clareza o que havia perdido. E o que havia descoberto. Tirou os óculos, virou-se e saiu do quarto.

Cavalgava firmemente, ele e a tordilha, escolhendo com cuidado o caminho pela trilha que subia através dos pinheiros do declive do lado oeste. Chaco ia sentado na garupa da égua. Alice seguia atrás a passo lento, com todas as posses terrenas de Jones amarradas ao dorso. Ele não queria mais cavalgar. Queria apenas deitar e dormir. Estava pronto para percorrer a última e longa trilha.

De vez em quando, apalpava distraído o velho Sharps, ao mesmo tempo que dava uma golada em sua garrafa e se virava para olhar lá embaixo a casa de fazenda. Mais cedo, ele tentara dizer adeus. Ela não quis saber dele. Foi melhor, pensou. Isso lhe deu uma chance de a olhar mais de perto. Colocara atravessado no colo a espingarda de Baldwin, carregada. Mesmo assim, ela não prestou a mínima atenção nele. Sequer uma olhadela.

Inspirou não muito profundamente e disse a si mesmo para parar. Acabou-se. Tentou visualizar o rostinho de Thelma, vendo-a vagamente, a tristeza rastejando sobre ele. As coisas agora eram tão diferentes daquilo em que antes havia acreditado. A vida parecia tão viva, tão real e palpável, tão facilmente levada adiante e carregada de um lugar para outro. Agora, porém, percebia que nunca fora assim; as coisas de grande valor, ele jamais as atingira.

Um álamo, a casca cintada pelas garras de um urso, elevava-se moribundo ao lado da trilha, as folhas amarelas caindo silenciosamente ao sabor da brisa. Observou a luz do sol brilhar na árvore, fazendo-a parecer algo cintilante, espiritual, as folhas flutuando abaixo com padrões aleatórios em direção à terra, à deriva em suas jornadas independentes. Em certa ocasião, a árvore tinha sido algo integral, vida e intenção em um só corpo; agora, estava mutilada, suas diferentes vidas morrendo diferentes mortes, cada qual isolada. Sentiu-se bastante parecido com aquilo.

Apenas superficialmente, sentira a essência da vida, as coisas invisíveis que retinham seu verdadeiro significado, as quais, por intermédio dos anos, o haviam alcançado como uma suave brisa na pele. Agora, estavam à deriva, fazendo com que viajasse sem elas. Estava realmente sozinho.

As colinas estavam silenciosas, fazendo com que os sons dos animais parecessem ruidosos e invasivos. Não importava. Se houvesse problema à frente, quem quer que o provocasse já sabia que ele estava indo, o que estava carregando e em que direção cavalgava. Voltou a pensar no rosto do índio – o rosto que enxergara na visão no milharal duas noites antes –, perguntou-se quem era ele o que queria – e por que ele o preocupava tanto. Pegou a trilha de Baldwin e de Lily no barro vermelho acima dos pinheiros, depois avistou as marcas dos cascos do cavalo do velho mexicano; o homenzinho cavalgava de lado, para que pudesse ler os indícios sem danificá-los. Em dois lugares, pôde ver onde Mannito mudara de direção e parara para observar a trilha percorrida, a fim de verificar se estava sendo seguido. O mexicano sabia das coisas, deduziu Jones.

Assim que Jones viu o cacto, armou o cão do Sharps, fechou parcialmente os olhos e examinou a trilha através das plantas quebradas. Ficou imóvel, escutando. A tordilha parecia tensa sob ele, as orelhas arremessadas adiante. Chaco ganiu. Levantou uma mão para silenciá-lo.

O novilho fora esfolado em alguma parte desolada de pasto; a traseira tinha sumido. Jones agachou-se ao lado do que restara da carcaça, ignorando as moscas rumorejantes e o fedor, enquanto contava as pegadas e retirava o máximo de informação dos seus indícios. Havia uma mistura deles. Todos de mocassins – bem gastos; não era uma turma bem-sucedida. Procurou pelo tal que fora atrás de Lily na noite da tempestade de areia, uma espécie de eco sombrio em sua cabeça arrastando-o.

Encontrou os óculos e os enfiou desajeitados no rosto, curvou-se para mais perto das pegadas empoeiradas. Raças diferentes: chokonen, chihenne e mescaleros, todos apaches, mas uma turma bizarra, heterogênea. Não parecia combinar.

Os olhos, focalizados agora por trás dos óculos, movimentaram-se cuidadosamente pelos rastros. Examinou as linhas cruzadas, os círculos repetidos, o padrão de vaivém. Ergueu a vista para o céu e tentou visualizar cada um dos homens, decorando seu caminhar, altura, peso e hábitos. Quando achou que tinha uma boa imagem, olhou de volta para a terra. Então viu o solitário conjunto de pegadas e entendeu por que a pista lhe parecera tão estranha naquela noite.

Apaches eram todos perigosos. Esse, sentiu, era de certa forma pior. Jones aproximou-se mais, examinando a marca, o pé direito virado e se arrastando um pouco. Não se tratava de um ferimento recente, talvez o apache fosse aleijado de nascença. Perguntou-se o que o preocupava naquele homem. Era volumoso. De baixa estatura. Havia salpicos de poeira diante das pegadas, indicando o peso do índio. Jones calculou que devia pesar mais de noventa quilos.

Chegou mais perto, fechou os olhos e tocou delicadamente na pegada, lendo suas características reveladoras, sentindo a perturbação na terra. A péssima sensação voltou a atingi-lo, e puxou a mão para longe.

Farejou fogo e viu fumaça flutuando perto da copa de um carvalho. Foi, cautelosamente, em sua direção. Uma forma escura balançava-se grotescamente em um galho da árvore. Chegou mais perto, tentando evitar a brisa e o cheiro nauseante que ela soprava. O objeto entrou em uma espécie de foco impreciso: o couro cru. Fora costurado, formando um grande saco, e acesa uma fogueira sob ele. O vestido de Lily estava na terra ao lado do fogo.

"*Bastardos*", murmurou em mexicano, como se a palavra pudesse atingir aqueles que haviam feito aquilo. Era uma língua que os apaches conheciam bem.

Uma fumaça espessa elevou-se e envolveu o couro, e ficou mais difícil enxergar; então, o vento soprou dissipando a fumaça, e ele viu um pequeno pé enegrecido salientando-se de uma abertura na costura firmemente cerzida. Olhando aquele pé e pensando na avó e na mãe de Lily, Jones jurou encontrar o aleijado – e matá-lo.

Inspirou fundo, em seguida o levantou e rompeu a costura de tiras de couro cru; a pele de boi pendeu e estendeu-se, libertando uma nuvem vaporosa de cheiro pútrido. Jones sufocou e virou de costas. A morte, em geral, nunca o havia perturbado muito. Mas aquela o perturbou.

O corpo estava enrolado como uma bola compacta e desfigurado, a ponto de ser quase irreconhecível. Contudo, ele soube que não era Lily. Levantou um lado do couro, virou o corpo e o deitou de costas. Mannito. O pequeno mexicano estava nu e coberto por milhares de furinhos; mas não foram estes que o mataram. Sua morte fora provocada pelo couro cru. O fogo secara este lentamente, fazendo com que encolhesse, até, finalmente, esmagar suas costelas e sufocá-lo.

Jones examinou o rosto despedaçado do homenzinho e teve a sensação ruim rastejando dentro de suas entranhas. Nunca tivera muito envolvimento com mexicanos, mas aquele, de alguma forma, havia sido diferente. Em apenas poucos dias, tinham alcançado um entendimento silencioso; e ele achava que o mexicano respeitara isso. Havia algo no homenzinho que merecera sua confiança. Sentiu uma pressão aumentar no peito e levantou-se rapidamente. Durante sua vida, fora chegado a poucas pessoas. Por mais difícil que fosse para ele entender, acreditava que o homenzinho poderia ter sido uma delas.

Agora, estava morto. O Coxo e os outros apaches o haviam torturado até a morte. Jones sentiu a fera dentro de si agitar-se e pelejou para controlá-la. Matar um homem era uma coisa – torturar era outra diferente. O desrespeito daquilo o incomodava.

Apanhou o cachimbo que estava na tordilha, acendeu-o e acocorou-se diante do corpo. Soprou a fumaça sobre Mannito e entoou sua canção de morte. Era uma homenagem que ele nunca imaginou que prestaria a um mexicano. Por um longo tempo, ficou sentado olhando o corpo. Mannito havia salvado a tordilha, tinha-o defendido. E, instintivamente, Jones sabia que o homenzinho lutara para salvar Lily. Essas coisas contavam na avaliação de Samuel Jones.

Jones mudou de posição sobre os quadris, os olhos movendo-se constantemente sobre o solo. As pegadas do fazendeiro não estavam em nenhum lugar por ali. Ele não tinha chegado tão longe.

Chaco farejou o cadáver de Mannito, em seguida baixou pesadamente ao lado dele e ganiu. Isso o deixou surpreso. O cão havia visto muitas mortes durante os seus nove anos de vida. E as havia ignorado. Mesmo de crianças. Ignorado até aquele dia. Jones soprou fumaça novamente sobre o corpo, para purificá-lo, e cantou enquanto Chaco gania. O mexicano pequeno tinha sido diferente. Isso era certo.

Afastou-se do corpo e voltou a se acocorar e fumar, imaginando o que acontecera ali. Eles estavam com a menina. Deduziu que continuava viva, por enquanto. Baldwin – possivelmente morto. Era mais provável que o tivessem emboscado junto com Lily, atirando no fazendeiro e pegando a menina, e então, posteriormente, tivessem sido surpreendidos por Mannito. De algum modo, pegaram o mexicano vivo, o deixaram nu, amarraram uma corda em volta de seu peito e o arrastaram para lá e para cá sobre a figueira-da-índia. A seguir, com mil espinhos de cacto espetando-o, eles o surraram com porretes e, então, o costuraram dentro do couro e o penduraram no carvalho como um casulo gigante.

Se avaliara corretamente o pequenino homem, este não emitira nenhum grito. Ele era diferente. Merecia algo melhor. Jones podia ver onde eles tinham se acocorado e vadiado por ali, bebendo e fumando. Lily fora obrigada a presenciar o assassinato. "*Bastardos*", murmurou outra vez. O apache coxo sentara-se sozinho, voltado de modo a poder vigiá-la. Jones sentiu novamente a fera deslocar-se e lutou contra o ímpeto de cavalgar atrás deles. Precisava saber mais. Estava muito fraco para sair loucamente à caça de qualquer coisa. E eles estavam esperando uma perseguição. Portanto, teria de esperar.

Enquanto Jones permanecia sentado perto do cadáver, uma licosa passou correndo sobre o corpo de Mannito. Aranhas eram coisas sagradas, e ele sentiu que aquilo era um presságio. "Ouça, irmã aranha... testemunhe minhas palavras. Eu vingarei este homem." Hesitou por um instante, e então disse: "Este amigo." Parou de falar e olhou além para a brilhante luz solar nas colinas distantes. Agora se dava conta do que Mannito quisera lhe dizer na noite anterior, diante da estrebaria. Que eles eram amigos. Jones limpou a boca com a palma da mão, olhando abaixo para o pequeno corpo. "Eu entendi você", disse ele. Novamente, desviou a vista e prosseguiu seu juramento. "Eu vingarei este homem. A terra me ouve, a aranha me ouve." Jones soprou fumaça nas quatro direções.

Samuel Jones fechou os olhos e tentou descansar por um momento na escassa sombra de uma algarobeira. Pensava em Lily e nas chances dela, quando, subitamente, a imagem do índio surgiu novamente diante de seus olhos, parecendo tão real que se levantou impulsivamente, pôs a mão na pistola e apertou os olhos vasculhando em torno do arbusto. Nada. Jones tremeu, parou e afastou o susto. Soube, então, que se tratava do rosto do Coxo.

Baixou a vista para o corpo de Mannito e ficou imaginando onde estariam as roupas do homenzinho. Então, ocorreu-lhe: Eles fizeram Lily vesti-las. Eram quase do mesmo tamanho. Isso podia significar apenas uma coisa. Não planejavam matá-la, e portanto a vestiram para cavalgar. A esperança era que a manteriam viva por bastante tempo. Para quê? Seus poderes vinham sumindo com o passar dos meses. Ele não fazia idéia por onde começar. Tudo o que queria era deitar e descansar. Isso era tudo que ele sempre mais desejou. Isso, e o amor de Maggie.

Samuel Jones rastreou duramente o solo rochoso por uma hora, até encontrar Baldwin baleado no peito e quase morto, a uns quinhentos metros da árvore. Equipou a tordilha com um trenó, colocou nela o ferido e partiu das montanhas, o corpo de Mannito atravessado na mula. A meio caminho da descida, topou com um apache estatelado no chão, quase decapitado pelo machete de Mannito. Ele estava certo, o homenzinho lutara duramente para defender Lily. Fora um guerreiro merecedor de respeito.

CAPÍTULO 4

Maggie não o surpreendeu. Mantinha-se digna e controlada, mas ele sabia que ela estava morrendo por dentro, por causa da tensão. Observou-a com o canto dos olhos, quando ela pressionou firmemente a compressa no ferimento do marido, e depois envolveu bem apertado o seu peito com uma bandagem. Ele manteve o fazendeiro aprumado na cama, em seguida, juntos, deitaram-no cuidadosamente sobre o travesseiro.

Baldwin estava inconsciente. Mas tinha uma chance, avaliou Jones. Maggie não quisera saber dele. Nem quando cavalgou até a varanda, ou mesmo agora, quando trabalhavam lado a lado. A única palavra que pronunciara, ela agora novamente balbuciava baixinho: "Lily." Tratava-se de um antigo mantra de lamento, que ele ouvira centenas de vezes antes, em línguas diferentes, mas que era sempre o mesmo. Nada havia que ele pudesse fazer para consolá-la.

Observou-a puxar uma cadeira para perto da cama, arrastar sua bolsa de remédios para o colo, agarrá-la como se desejasse que o conteúdo salvasse o marido. Ele queria abraçá-la, consolá-la.

Sentira esse mesmo anseio despedaçante durante os últimos trinta anos. Mas agora, com ela por perto, era quase avassalador. Às vezes, ao segurar no colo um dos seus outros filhos, quando eram pequenos, fechava os olhos e fingia que a estava segurando. Era sempre uma auto-ilusão que o fazia chorar.

Pigarreou e procurou o rosto dela. Ainda conseguia enxergar nele a criança que vira naquela última noite, trinta anos atrás. Era estranho – ele era um homem prestes a morrer, ela era uma mulher adulta; não se viram durante uma existência, mas, mesmo assim, estavam ligados, como pai e filha, e acontecesse o que acontecesse, seria sempre assim. Fechou os olhos e pediu que a força da filha desse consolo a ela.

Jones movimentou-se de modo a que ela notasse que ele estava ali.

– Ama. Eu vou ajudar. Preciso tentar conhecê-los. O que eles planejam – propôs.

Ela virou-se e olhou-o, como se percebesse pela primeira vez que ele estava no aposento.

– Não. Lily e eu não precisamos de você. James e Dot foram buscar ajuda. Não precisamos de você.

– As palavras dela soaram-lhe distantes. Ele deixou o quarto.

Retornou uma hora depois, e bateu de leve na porta do quarto. Ela não atendeu. Empurrou a porta, abriu-a lentamente e examinou o perfil do seu belo rosto. Ela voltara para a cadeira, os olhos em Baldwin. As cortinas pesadas do quarto haviam sido fechadas como proteção contra a luminosidade da tarde, e lá dentro estava escuro e silencioso. Ele esperou, deixando que seus olhos se adaptassem, depois entrou e foi até o pé da cama, levando sua trouxa de curandeirismo. Vestido com a esfarrapada camisa amarela de curandeiro e uma tanga branca, ele parecia cada centímetro um xamã. Ficou parado, para deixar que ela se acostumasse à sua presença.

Havia uma Bíblia gasta deixada ao pé da cama. Ela andara fazendo suas preces cristãs, ele sabia. Supôs que elas lhe davam conforto. Ergueu a vista através das sombras indistintas do quarto até onde um tênue raio de luz solar irrompia por entre uma brecha na cortina. Iluminava uma cruz pintada e um Cristo empalidecido, pendendo da parede sobre a cama, a luz fazendo com que a pequena imagem parecesse viva e agonizante em Seu sofrimento.

Os olhos de Jones permaneceram cravados no pequeno ícone. Perguntou-se se alguma vez acreditara em quê e por quê; sabia que essa crença diminuíra a ponto de nada sentir pela estatueta mexicana e o assim chamado momento divino que ela representava. Havia anos não acreditava. Isso lhe fora inútil em cada tentativa. Havia certa vez – décadas antes – tentado desesperadamente alcançar esse Deus, o Deus do seja-feita-a-vossa-vontade, como o chamava Yopon. Mas nada aconteceu. Não veio nenhuma resposta. Ele foi amaldiçoado pelo silêncio. Jones colocou os ombros largos em perpendicular à parede e desviou a vista da figura de madeira para Maggie.

Ela não afastara os olhos do rosto úmido de Baldwin. O quarto estava silencioso, exceto pela respiração difícil do ferido. Jones espalhou seus objetos de curandeirismo – os pequenos ninhos de aves, um casco de tartaruga, três seixos sagrados, as orelhas de um coiote – cuidadosamente sobre o chão, acendeu seu cachimbo da paz e começou a cantar e soprar a fumaça purificadora sobre a cama. Ela continuava sem olhar para ele, mas levantou-se lentamente, segurou uma vassoura, as mãos fechadas brancas pela compressão e observou a fumaça pairar sobre o rosto febril do marido.

– Por favor, vá embora – pediu ela, baixinho.

Ele continuou a cantar e a soprar a fumaça, até que ela começou a golpeá-lo com a vassoura. Ele recolheu suas coisas, tão sem pressa quanto lhe permitiam as pancadas, e saiu. Sangrava de um corte no couro cabeludo. Ela o seguiu até o lado de fora da casa, parando na varanda.

– Pegue sua crença pagã e vá embora – parecia atordoada.

Jones cavou a sepultura de Mannito dentro do cercado e completou seu cântico de morte. Em seguida, lavou o corpo destroçado do homem. Ao terminar, retornou ao celeiro e trouxe de lá o cobertor azul que ele tentara dar a Lily. Parou, colocou-o do lado do rosto, os olhos fechados, como se ouvisse algo que o cobertor estivesse cochichando.

– Yopon – foi tudo o que ele disse. Ajoelhou-se e o colocou cuidadosamente em volta do morto, sentindo uma estranha melancolia. Por um longo tempo, ele e Chaco ficaram parados diante do buraco; então o cachorrinho foi até a beira, olhou para baixo e ganiu para o pequeno monte azul que jazia no fundo. Após algum tempo, Chaco sentou-se, de costas para a sepultura, e fitou as colinas. Jones deduziu que o espírito dele estava se comunicando com o do mexicano. Os dois, também, tinham se tornado amigos. Isso o deixava feliz. Chaco era sábio; portanto, o homem devia ter sido realmente bom.

Jones acocorou-se e ficou pensando no pequeno mexicano. Pigarreou e falou com ele, tentando responder às perguntas que o pequenino homem fizera quando os dois moravam na estrebaria. Falou alto, para que o homem pudesse ouvir suas respostas.

Depois, soprou demoradamente o seu apito de osso de asa, decorado com penugem de águia, chamando os espíritos da montanha para guiarem o morto. Então, encheu o buraco de terra – pelejando contra a tosse constante – e fez uma cruz de um pedaço de madeira velho que achou perto da estrebaria, e enfiou-a no solo duro. Achou que o homenzinho ia querer aquilo. Feito isso, recitou uma oração cristã de que se recordava, sentindo-se insincero, ao pronunciar as palavras. Devia tudo isso ao homenzinho. A seguir, colocou um pouco de comida ao lado da sepultura, para a longa viagem do mexicano, e um punhado de milho, para fazer a bebida tulapi. Ele teria matado o cavalo do homem, a fim de que ele pudesse cavalgar através da terra das sombras, mas os apaches o tinham roubado. Jones ajoelhou-se e colocou a mão sobre o monte de terra revolvida.

– Boa noite, *viejo* – disse.

Jones construiu sua tenda do suor perto do riacho. Era quase noite quando, finalmente, a terminou, e estava exausto. Lembrou do passado, dos dias em que conseguia seguir em trote brando por quarenta quilômetros sob um calor causticante, e ainda ter energia para lutar. Não mais. Nunca mais. Era uma coisa estranha, esse desenredar da vida; tão natural e tão facilmente aceito.

Ficou parado diante da choça feita de galhos, olhando através do crepúsculo cada vez mais escuro em direção do pequeno cercado, algo o atraindo para lá. Ficou curioso. Nas últimas horas, estivera pensando constantemente na pequena sepultura, mas não sabia por quê. Dissera adeus ao mexicano e pedira que os espíritos o guiassem. Tinha completado isso. Entretanto, havia algo mais. Lentamente, começou a andar.

Olhou abaixo para ela durante um longo tempo, atrapalhando-se ao colocar os óculos. As letras estavam entalhadas na madeira descorada da cruz velha, pouco visíveis. Ficou imaginando se, inconscientemente, as havia notado, quando estava enterrando o mexicano, ou se o espírito sentira sua presença no cemitério e o chamou. Não importava. Ele estava ali. O encontro, finalmente, ocorrera. Movimentou os lábios diante das letras: THELMA. Então, deitou-se na cabeceira da sepultura dela e abraçou a terra, ficando ali e falando com ela, e, finalmente, forçando-se a se levantar.

Retirou os óculos minúsculos e ficou olhando para o chão, aturdido por tantos anos terem se passado. Tantos anos que a menininha com o nome em ferrotipia estava agora perdida na terra. Outra criança morta. Ele nem mesmo sabia como havia morrido. Ou se ela, alguma vez, pensara nele. Afastou-se da sepultura. Precisava ir. Era a única chance de sua neta.

Depois, fez uma fogueira, com madeira de algarobeira, no centro da choça, e acrescentou pedras fazendo um círculo em sua volta. Quando estavam em brasa, foi apanhar água no riacho, entrou, puxou o cobertor para tapar a entrada, despiu-se, acocorou-se e despejou água lentamente sobre as pedras abrasadoras, até sufocantes nuvens de vapor se elevarem no interior da tenda. Estava com uma de suas garrafas e tomou um gole demorado. O calor começou a aumentar, até doer. Jones iniciou suas canções de feitiçaria, para expulsar os espíritos maus, o veneno, de seu corpo e alma... incentivando essas coisas danosas a deixá-lo e àquele lugar sibilante, aquele lugar de tormento. Despejou mais água nas pedras, entoando: "Hu, Hu, Hu, Hu, Hu." Os pensamentos derivaram para o Coxo. Estranhamente, começou a visualizar um pequeno anel flutuando na penumbra da choça. Então, sumiu.

– Eles estão cavalgando na direção do território de Utah – disse o xerife. Estava montado num grande cavalo malhado, o rosto carnudo branco-rosado sob o grosso chapéu de feltro preto.

Os outros homens verificavam suas armas e selas, posicionados em volta dele, no pátio da fazenda. Chaco latia. Maggie, sentada no grande cavalo ruão do marido, não ouvia o homem da lei, os olhos fixos no chão.

O velho estava de pé, descalço e com o peito nu, um cobertor em volta da cintura. Ele tossiu muito enquanto o xerife falava. Parou, recuperou o fôlego e deu a volta por trás do cavalo do homem e parou ao lado de Maggie. Chaco foi atrás.

– Eles não vão levá-la para o norte – falou. As palavras pareceram flutuar para longe no ar da manhã.

Maggie fitava cegamente um ponto no chão.

– Por Deus, Jones, pare com isso. Já passamos mil vezes por essa mesma maldita região. Eles a levaram para o norte. Você viu os rastros.

Jones ignorou o homem, movimentou-se em volta do cavalo de Maggie e levantou cada pata para ver se as ferraduras estavam seguras. Cada vez, Maggie oscilava, para o ruão mudar o apoio de seu peso, mas, fora isso, ignorava-o. Satisfeito, Jones parou e olhou acima, para ela.

– Eles não vão para o norte. Estão atraindo vocês nessa direção. Para emboscá-los. Depois, seguirão na direção que desejam viajar. – Fez uma pausa. – Um dos homens que estão seguindo... – Parou, indeciso do que queria dizer, sabendo apenas que seus pensamentos estavam novamente dirigidos ao apache aleijado. Jones curvou-se e correu as mãos pela cilha da sela. Endireitou-se e afastou-se a passos rápidos para a estrebaria.

James e Dot ficaram observando-o da varanda. Ambos pareciam profundamente preocupados. A sra. Abby, uma vizinha, com um vestido amarelo limpo sob um avental branco, estava parada ao lado das crianças. Era uma mulher corpulenta na casa dos cinqüenta anos, com modos firmes e calorosos. Maggie mandara que James a chamasse. O marido dela era um negociante de cavalos, e estava em Tucson, em viagem de negócios. Ela não tentara convencer Maggie a não ir com o xerife. Teria feito o mesmo, se Lily fosse sua filha. Enquanto isso, ficaria cuidando de Baldwin e das crianças.

Jones retornou com uma tira de couro cru comprida e um canivete. Afastou a perna de Maggie e o estribo e desencilhou a sela.

– O que está fazendo?

– Os pontos estão podres. Vai perder a cela numa corrida. – Ela o olhou por um momento, como se fosse dizer alguma coisa, depois desviou a vista e deixou-o trabalhar. Ao terminar, ele levantou-se, esticou a mão e tocou no quarto dianteiro do ruão. – Ama...

Maggie escoiceou com força os flancos do animal.

– Que seu espírito a proteja – gritou para ela.

Ele retornara à tenda do suor, pois não havia terminado a purificação. Dot estava sentada do lado de fora, chorando. Novamente escapava vapor pelas frestas da pequena construção. Chaco rosnava e mordia as botas da menina. Jones tentou ignorar o barulho de ambos e deixou a mente derivar para o nada.

– Meu coração está aberto. Convoco o Grande Mistério para purificar minha alma, para que eu possa estar pronto para ouvir sua voz – cantou.

– Vovô, por que eles mataram Mannito?

– Ele os levou a isso.

– Não entendo.

– Ele tentou salvar a sua irmã. Matou um deles. E não teria parado se eles não o tivessem matado. Era um homem corajoso.

– Mas por que ele teve que morrer? – Ela soluçava baixinho.

– Não sei. Mas era corajoso e deve ser reverenciado.

– Eu gostava muito dele. – Fez uma pausa. – Estou com medo. O meu pai está muito ferido, e Lily sumiu.

Ele cantou mais forte, fechando os olhos contra o calor.

– Tudo tem mudado. Nunca mais vai ser como antes. – Ela parou de falar por uns momentos, e depois perguntou: – Vovô. Nunca mais vai ser, vai?

– Não. Não vai. Você precisa tornar isso em algo novo. Algo bom. O mexicano ia querer isso. Faça disso um presente seu para ele.

Ela concordou com a cabeça, parou de chorar e ficou ali sentada, pensando. Começou novamente a se sentir perturbada.

– Por que você não foi atrás de Lily com minha mãe e o xerife? – Havia um tom irritado em sua voz. – E se é índio, como diz, por que não capturou eles? Pensei que a feitiçaria fazia você saber das coisas. – Fez uma pausa.

– Você disse que Harriet estava viva e que eu a encontraria.

– Eu falei cinco dias – gritou do meio do vapor.

– Veremos – disse Dot, desafiadora. – Não acredito que a sua feitiçaria de índio funcione.

Fez-se silêncio fora da cabana por alguns minutos, e então Dot falou:

– O meu pai teria ido com eles. – Ela parecia querer chorar novamente. – Lily é sua neta.

Ele passou a cantar baixinho.

Corria a última parte da manhã, dois dias depois do seqüestro de Lily, quando ele ouviu Chaco rosnar e sentiu alguém se aproximar da cabana. Imaginou que fosse Dot. Chaco estava deitado sobre a areia, aos pés dele, e continuava a rosnar. Abriu os olhos lentamente diante da reluzente luz solar.

Maggie estava diante dele, examinando seu rosto. Retribuiu o olhar, tentando enxergá-la como ela era naquele último dia. Não conseguiu. Nenhum dos dois encontrou palavras por algum tempo.

Então, virou as costas para ele e observou o pequeno vale.

– Os apaches mataram quatro dos homens. Pegaram um deles à noite. Gritou por um longo tempo. – Fez uma pausa. – Nós o encontramos no dia seguinte. – Girou o corpo e olhou para ele, a respiração surgindo em pequenas arfadas. – Não posso permitir que fiquem com Lily. – Parecia desesperada.

Ele concordou com a cabeça.

– O xerife foi morto. Os outros não prosseguirão.

– Você a viu?

Ela sacudiu a cabeça.

– Mas estão seguindo para o norte. Você estava enganado.

– Não – disse ele.

Ela ignorou a observação.

– Telegrafamos para as autoridades do Arizona, Utah, Colorado e Texas. E o exército enviou patrulhas à procura dela. – Fez uma pausa. – Mandamos copiar uma fotografia dela e a enviaremos a cada cidade que pudermos, oferecendo uma recompensa. – Parou de falar e esquadrinhou o rosto dele por um momento. – Será que isso vai dar certo?

– Não sei.

Por mais honesta que fosse, essa não era a resposta que ela queria ouvir.

– Você não liga! – exclamou, as palavras soando desesperançadas. Virou-se a começou a descer a montanha, tropeçou e caiu, depois recomeçou a descida, parecendo uma sonâmbula para o mundo.

Samuel Jones ficou sentado um longo tempo sobre a égua tordilha, diante da casa de fazenda, antes que a sra. Abby o notasse através da janela da cozinha. Ela saiu para a varanda, enxugando as mãos numa toalha, com os outros atrás. Naquela manhã, Maggie tinha feito as malas, para se mudar para um hotel da cidade, a fim de ficar mais perto do telégrafo e dos relatórios do auxiliar do xerife. A sra. Abby e alguns trabalhadores da fazenda ficariam com Baldwin e as crianças.

Maggie, segurando uma travessa com comida, recuou para a sombra do vão da porta. Preocupada como estava com Lily e o marido, não soube se livrar dos doentes que apareceram naquele dia e passou a manhã cuidando deles e alimentando-os. Dot estava ao lado da sra. Abby, na varanda. James desceu e caminhou até a égua. Jones e a tordilha velha pareciam loucos. Ele segurava a mula por uma corda.

James ergueu a vista para ele.

– Vou atrás da minha irmã.

– Não. Eles estão esperando isso, e vão matá-lo lentamente diante dela. Fique e cuide de sua família. É o que seu pai ia querer. – James ia retrucar, mas Jones levantou a mão. – Se o seu pai não sobreviver... você precisa estar aqui. – Jones entregou-lhe a corda da mula. – Não posso levar Alice. Ela é jovem; não vai se comportar.

James segurou a corda.

– Eu poderia ir com você.

Jones não respondeu.

– Sr. Jones, devia estar descansando – sugeriu a sra. Abby.

– Nada se fez conhecer para mim – respondeu, como se a mulher soubesse o que ele queria dizer.

– Aonde vai? – perguntou. – Não está bem.

Ele olhou para Maggie. Diante de seus olhos, ela era um borrão nas sombras. "Coisas perdidas", disse-lhe Yopon, certa vez, "devem ser deixadas perdidas." Ela tinha razão. Mesmo assim, queria alcançar a filha, que estava tão perto.

– Se não tem respostas... aonde vai? – voltou a perguntar a sra. Abby.

– A um lugar sagrado. Vou procurar as respostas. Há pouco tempo.

– Sr. Jones, tenho visto homens enfermos. O senhor está muito doente. Não tem a mínima possibilidade de fazer qualquer coisa a respeito do que aconteceu. O seu corpo não deixará. Está entendendo? Já alertamos o exército e as autoridades civis. Telegrafei para o meu marido, em Tucson, e ele estará aqui dentro de uns dois dias. De algum modo, encontraremos Lily. Tudo o que o senhor fará será se matar.

Ficaram em silêncio, inspecionando um ao outro por alguns minutos; então a sra. Abby baixou a vista para Dot e pediu:

– Dot, embrulhe aquela galinha num pano e traga-a para mim.

A sra. Abby olhou para a tordilha.

– Sr. Jones, não conheço bem cavalos, mas esse animal parece estropiado. Talvez fosse melhor levar o meu. Poderá trazê-lo de volta quando encontrar as respostas que procura.

– É muito gentil. Mas não. Nós envelhecemos – disse ele, um distante ressoar em sua voz –, mas cavalgaremos juntos.

Ela aquiesceu.

Dot voltou e entregou a galinha à sra. Abby, depois foi até a égua, colocou a cabeça dela contra seu peito e ficou friccionando suas orelhas. O animal velho fechou os olhos e logo começou a roncar.

– Vovô, não creio que ela conseguirá ir muito longe.

– Ela vai ficar bem, menina. Não me perdoaria se a deixasse para trás.

Algo no que ele disse fez todo o sentido, e Dot apertou com força a cabeça da tordilha, triste mas feliz pela égua velha.

Jones sempre teve um gosto por roupas estranhas, mas agora ele e a égua tinham uma aparência absurda. O velho vestia apenas um tanga preta acetinada amarrada à cintura por uma faixa verde comprida, e suas botas apache. A pele estava coberta com um pó branco, como se ele tivesse rolado sobre farinha de trigo, e depois listras vermelhas foram pintadas por cima, o rosto totalmente coberto por um pigmento vermelho reluzente. O cabelo estava amarrado em compridas tranças, e um cocar alto de pêlo sedoso de porco-espinho, ou *Pe'sa*, dos lakota, estava montado sobre o cume da cabeça – vindo da testa e descendo até a nuca ossuda – preso no lugar por duas finas tiras de couro cru sob o queixo; e usava novamente os grandes brincos de arame e braceletes e pulseiras de latão.

Havia duas penas de águia orgulhosamente enfiadas no cocar. Magricela, velho e doente, ele, ainda assim, tinha uma aparência aterradora. Portava o belo cachimbo da paz aninhado num braço fino, o Sharps gasto descansando atravessado na sela. Chaco, sentado na tordilha, atrás do velho, de costas para todos, o focinho espetado arrogantemente no ar. Dois pequenos e recentes pontos vermelhos de pigmento apareciam no seu pequeno quadril.

A tordilha molhada continuava com a cabeça gotejando no peito de Dot, a visível marca de uma mão vermelha no quarto dianteiro e penas amarradas por toda a sua crina eriçada. Parecendo semimorta, ela tinha sido bem escovada e esfregada, e estava enfeitada como um importante cavalo de guerra. Jones arrastou-se para fora da sela, caminhou adiante e manteve a cabeça da mula junto à sua por algum tempo, depois cochichou algo no ouvido dela e voltou para a tordilha.

A sra. Abby balançou lentamente a cabeça.

– Sr. Jones, faz muito tempo que não temos problemas por estas bandas; mas sentimentos ruins custam a morrer. Esse traje que está usando – olhou direto no rosto dele – pode lhe causar problemas.

– Eu não serei visto – retrucou.

Jones percorreu os olhos por eles, até onde Maggie se encontrava, no vão da porta, ainda segurando a bandeja. Sem tirar os olhos dela, foi até o alforje de couro e tirou de dentro uma vasilha de madeira pequena, segurando-a na direção da sra. Abby.

– Use isto no ferimento de Baldwin. Embeba em água, depois coloque sobre o ferimento e amarre bem apertado.

– O que é isso?

– Medicina ute. Milefólio. É bom para ferimentos de bala. – Os olhos continuavam em Maggie. Ela o observava das sombras da casa. Voltou a remexer no alforje, retirou uma bolsinha de veludo preto, adelgaçada pelo uso em alguns lugares, e segurou-a por um longo tempo, como se ponderasse se devia separar-se dela. Em seguida, curvou-se da sela em direção a Dot, e disse: – Dê isto para sua mãe.

– Não quero nada seu – disse Maggie, das sombras.

– Abra – falou para Dot – , e leve para sua mãe.

Dot manipulou desajeitadamente a bolsinha, até a sra. Abby ajudá-la a tirar um pequeno estojo de prata. Dentro, estavam uma ferrotipia e uma corrente fina de prata. A sra. Abby olhou para aquilo e depois ergueu a vista lentamente para ele.

– Tem certeza?

Ele fez que sim, a sra. Abby entregou-os a Dot, que se afastou e ofereceu à mãe. Ela não quis aceitar.

– Foi tirado de nós três, na semana antes de nos separarmos – falou para Maggie. – A corrente era de sua mãe.

– Nós não nos separamos. Você fugiu. Como agora. Não vai a uma montanha sagrada. Vai se juntar aos seus amigos índios. Vai deixar a sua neta morrer.

– Não, ele não vai, mãe – gemeu Dot, e afastou-se, apertando fortemente os lábios, segurando a fotografia e a corrente com ambas as mãos, como se fossem sagrados.

– Neta – falou Jones para a menina.

Ela fungou e respondeu:

– Sim?

– Tenha uma boa vida. Acredite. E então encontrará o remédio. – Observou-a por alguns momentos, e depois acrescentou: – Pense em mim quando a lua estiver sobre o milharal.

Lágrimas começaram a brotar dos olhos de Dot. Virou-se e correu da varanda, e desapareceu depois de contornar a casa. Jones ficou olhando para o lugar, como se estivesse sonhando acordado.

– Ela sempre pensará no senhor – disse a sra. Abby.

Olhou de volta para a mulher, como se tivesse esquecido que ela estava ali, e, esboçando um sorriso, deu uma pancadinha na cabeça, o cocuruto balouçando de forma ameaçadora. Lentamente, girou na sela em direção a James. O rapaz estava parado perto da varanda.

– Se não for atrás de Lily, me diga – pediu James.

O velho examinou o rosto dele por um longo tempo antes de responder.

– Eu sou seu avô. Fiz opções. Erradas, talvez. Mas opções que um homem precisa fazer.

– Vai atrás de Lily?

– Vou em busca de respostas sobre ela.

– Vai encontrá-la?

Jones olhou para trás, na direção do sombrio retângulo do vão da porta.

– A vida nem sempre é boa. Mas precisa ficar e tomar conta de sua família. Isso é importante.

– Seu degenerado! – berrou Maggie. Ela ultrapassou o vão e jogou-lhe uma xícara de café, que singrou perto de sua cabeça. Ele não se mexeu. – Dê o fora desta fazenda!

– Margaret! – repreendeu a sra. Abby, indo na direção dela.

Maggie pegou outra xícara e preparou-se para jogar nele.

– Margar...

– Mãe, olhe. – Era a voz de Dot. Ela vinha da estrebaria, correndo na direção deles, trazendo nos braços uma gata malhada. – Ela está viva! Vovô tinha razão! É o quinto dia! Harriet está viva! A medicina de índio do vovô funciona! Ele vai encontrar Lily!

Maggie pareceu atordoada, movimentou os olhos da gata para o velho, e novamente de volta. Baixou a mão que segurava a xícara, como se fosse pesada demais para sustentá-la. Ele tinha dito cinco dias. Ela ficou contando. Como ele soube?

Jones pressionou os calcanhares na tordilha e iniciou um trote para se afastar da casa de fazenda. A mula tentou livrar-se do poste em que estava amarrada, para segui-lo, e depois começou a zurrar.

– Encontre-a – gritou James para ele.

Jones não se virou. Deteve a tordilha diante da estacada e comunicou algo na linguagem silenciosa, depois escoiceou a égua para fazê-la trotar.

A égua velha vadeava o riacho quando Dot os alcançou, a gata apertada nos braços. Correu ao lado do estribo de Jones.

– Vovô – gritou para cima.

Ele não olhou para baixo. Parecia contemplar as colinas.

– O meu pai vai viver?

Jones fez que sim, e Dot sorriu em meio às lágrimas. Agora estava convencida de que ele podia prever essas coisas corretamente.

– Quero ajudar você a atirar nos homens que levaram Lily.

Ele pressionou os calcanhares nos flancos da tordilha, e ela iniciou um lento meio galope. Dot correu mais ainda.

– Embora Lily tenha sido má com você, não use isso contra ela – gritou para ele. – Tem que tentar salvá-la.

Jones deteve o cavalo e olhou abaixo, através da máscara de pigmento, para a menina ofegante e sua gata. Dot esmiuçou as rugas do rosto desfigurado do avô. Não podia ler seus pensamentos, mas, em seu coração, tinha certeza de que a mãe estava enganada a respeito dele, que ele tentaria salvar a irmã dela. Dot o amava, e, naquele momento, acreditou que ele era invencível. Esfregou o focinho da tordilha com a palma da mão. O velho animal fechou os olhos e começou a desgarrar.

Jones começou a tossir e estalou a língua para que a égua caminhasse adiante. Dot inclinou-se ao lado dele.

– Vovô, quero aprender o feitiço de índio que mata homens como esses que roubaram Lily.

– Algum dia, vou voltar e ensinar a você. Não para matar. Para saber e entender. Esse é o mais poderoso feitiço.

– Está mentindo, não é mesmo? – Ela parou de caminhar. – Nunca mais vai voltar, vai?

O velho, sua montaria e seu cachorro, todos os três, continuaram em frente, com Dot fitando atrás deles.

– Vovô, eu te amo – gritou. – Encontre Lily.

Ele escoiceou o animal para cavalgar a meio galope. Dot permaneceu observando até ele desaparecer na linha das árvores. Chorava e abraçava a gata.

– Por favor, vovô – pediu baixinho. Alice agora zurrava mais impetuosamente.

– Encontre-a – gritou James à distância.

CAPÍTULO 5

Samuel Jones começou a cantar novamente, imaginando se a terra e as pedras o estariam ouvindo e por que motivo continuou. Chaco estava atrás dele, e a tordilha velha, dormindo à sombra de um afloramento rochoso. Deixou os olhos examinarem o terreno crestado, a mente vagueando por outro lugar. Sentiu o desejo de se render ao sol e ao calor.

A terra era rugosa e árida. Alguns arbustos e árvores retorcidas, e não muito mais. Torres de arenito elevavam-se dezenas de metros do solo do cânion, esculpidas durante milênios pela chuva e vento. Ele viajara três dias para chegar àquele lugar, sem saber onde, sabia apenas que havia atravessado o que os brancos chamavam de Pecos do Texas, devido aos pontos de referência avistados no dia anterior. Talvez duzentos e quarenta quilômetros acima da fronteira mexicana, algum lugar abaixo das fontes de Balmorhea, ele sabia, pois tinha passado por elas durante a alvorada. Não era o lugar sagrado que ele buscava. Nem mesmo perto.

A princípio, ele dera meia-volta, e, retrocedendo o caminho pelas colinas, indo para o sul, depois oeste, rodeando de novo os cânions, circundando uma montanha, depois outra, sentiu-se confuso, e mesmo medo. Então se deu conta de que isso já não importava. Sua vida recuava de volta para a terra. Estava sendo tomado lentamente, absorvido para as coisas de onde viera. Não importava onde ocorreria essa transformação. Esse pensamento trouxe-lhe uma efêmera sensação de paz. Chaco gania em um sono espasmódico.

Esticou a mão e pousou-a delicadamente no ombro do cachorrinho, e o *terrier* se acalmou. Estivera comendo lentamente pedaços da galinha que a mulher lhe tinha dado. Contudo, sentia-se tonto e mais fraco do que jamais estivera em sua vida. O sol batia impiedoso sobre ele. Necessitava de água, mas não queria se mexer. Queria ser absorvido naquele momento pela força vital. Estava pronto.

Adormeceu.

Seus olhos abriram-se de súbito. Alguém vinha em sua direção, cavalgando lentamente através do estreito cânion. Iluminada por trás pela luz do sol, ele não conseguia ver claramente a figura. Seria o aleijado? A possibilidade fez com que suas entranhas se contraíssem. Então ouviu o zurro de Alice.

Dot parou junto a ele. Tinha trançado os cabelos, e usava os mocassins e o colar que Jones lhe dera alguns dias antes. Jones não sorriu.

– Encontrou Lily? – Sua voz soou apertada. Observou a velha montaria dormindo na sombra das rochas.

Ele sacudiu a cabeça. Podia perceber que estava perturbada, mas não podia fazer o que ela queria tão desesperadamente. Não entenderia. Continuou examinando o rosto dela com seus olhos velhos. Tinha vivido muito tempo com o Povo. Ele entendia de determinação, tenacidade, sobrevivência dolorosa, e sentia a mesma essência fibrosa na menina diante dele. Ela era destemida e decidida. Isso fazia com que sentisse orgulho dela, mas também raiva. Não tinha disciplina.

– Onde estão sua mãe e seu irmão?

– Em casa.

– Como me encontrou?

– Foi Alice.

A mula jovem bateu nele com a cabeça. Chaco disparava de um lado para o outro por entre as patas dela, latindo e rodopiando em pequenos círculos.

– Como está seu pai?

Dot cravou nele um olhar nervoso, interrogativo.

– Está vivo. Exatamente como você disse. Você disse isso, não disse?

– Disse.

– Então, por que está perguntando por ele? – questionou.

– Perguntei só por perguntar – tranqüilizou-a.

Ela virou-se na sela e olhou em volta para as montanhas altas que cercavam a clareira de areia pequena e arbustos onde eles se encontravam.

– Esta é a montanha sagrada?

– Não.

Virou-se de volta e olhou desconfiada nos olhos dele.

– Você disse que ia encontrar a montanha sagrada.

– Disse.

– O que houve com ela?

– Não consegui encontrá-la.

– Não conseguiu encontrá-la? – repetiu. – Por que não?

Ergueu a vista e olhou para ela por uns momentos.

– Porque eu me perdi.

– Você tem o seu feitiço. Você encontrou Harriet.

– Não. Eu lhe disse que ela ainda estava viva... só isso. E não tenho mais o meu feitiço.

– O que aconteceu com ele?

– Sumiu.

– Por quê?

– Você faz muitas perguntas.

– Preciso ir. Só vim ver se tinha encontrado Lily.

Ele se virou e desviou a vista para as colinas. Ela permaneceu montada, olhando a parte de trás da cabeça dele.

– Vovô, ela vai morrer – disse ela, uma profunda tristeza na voz.

– Menina, não posso. Nem mesmo consegui encontrar a montanha sagrada. Eu faria, se pudesse.

Lágrimas desciam pelas suas faces.

– Vovô, não pode deixar que eles fiquem com ela. Estou com medo. – Escorregou para fora da mula e envolveu a fina cintura dele com seus braços.

Ele precisou pelejar para se manter aprumado. Soltou os braços e instalou-se na areia, com ela ao lado. Começou a se sentir tonto e pousou a cabeça nas mãos.

– Você está bem?

– Apenas velho, menina. – Empertigou-se e virou-se para olhá-la. – Não posso. Não tenho condições. Precisa acreditar nisso.

Ela chorava, mas sem produzir nenhum som no ar tranqüilo da tarde.

– Eu concretizaria o seu sonho se pudesse. Mas nada me ocorre. Não sei para onde levaram a sua irmã. Não consigo encontrá-la.

– Então me diga como.

– Quando for mais velha.

– Lily não pode esperar eu ficar mais velha.

Ele não reagiu.

– Por favor, vovô – soluçou. – Pelo menos diga-me... deixe-me tentar.

Ele olhou para a cadeia de montanhas azuis à grande distância, ouvindo um pássaro ciscando as folhas secas. Sem se virar para ela, falou:

– Não é tão fácil quanto quer que seja, menina.

– Não importa. Sei que há espíritos que me ajudarão a encontrar Lily. Você me disse isso.

Voltou a olhar para ela. Aqueles olhos, eles pareciam correr na direção dele. Examinou o rosto dela antes de, finalmente, falar.

– O mundo não está lá fora, está na sua cabeça... dentro da mente única do espírito. Todas as coisas são interiores.

Ela pareceu confusa.

– A vida precisa ser assegurada. Não há limites para o que os espíritos farão por você. Se acreditar. Se souber que pode realizar tudo que sonha. Quando souber disso... quando acreditar realmente nisso... quando os seus pensamentos forem puros, então o espírito virá a você.

– Quem é o espírito?

– Não sei. Só você pode saber.

– Mas como?

– Se acreditar nisso, isso virá a você quando precisar.

De repente, o calor e a tensão e a fadiga combinados fizeram com que Jones adormecesse onde estava sentado. Um pica-pau escavava diligente um buraco num cacto próximo. Dot observou-o por alguns instantes; então, ela, também, mergulhou num sono agitado, esperando sonhar.

Mas não sonhou.

– Um dia a mais, um dia a menos – balbuciou Samuel Jones, antes de acordar. A reflexão não o amedrontou, mas ele se deu conta de que, agora, economizava o suprimento escasso de horas e dias. Tinha chegado a isso. Deitado ali, olhando acima a estreita faixa de céu acima das paredes do cânion, soube que, mais uma vez, estivera sonhando sobre círculos.

Jones esticou o corpo sobre a areia, a dor talhando o peito e as costas. Levantou a cabeça e surpreendeu-se ao ver Maggie montada em seu cavalo, a poucos metros de distância, o chapéu puxado para trás, parecendo estar com calor e empoeirada e bela. Dot estava parada ao lado dela.

– Você veio montada na mula, e vai cavalgar de volta nela – estava dizendo.

– Mãe, não me obrigue.

– Não tem nada para você aqui.

– Ele vai encontrá-la.

– Não, não vai. Dot, ele vai fazer você sofrer. Eu também acreditei nele quando tinha a sua idade.

– Ele vai sim, mãe. Estava justamente tentando conjurar onde Lily e aqueles homens estão. Ele é índio. Consegue fazer isso. Depois, vai atrás dela, e eu vou com ele.

Samuel Jones pelejou para se pôr de pé na areia mas não conseguiu. Permaneceu sentado, olhando para as duas.

– Ele é branco. E o paganismo dele de nada adianta – afirmou Maggie. – Lily se foi, Dot. Talvez, algum dia, a gente consiga, ou não, trazê-la de volta. Precisa se convencer disso.

– Não! Vovô consegue encontrá-la. Ele encontrou Harriet. – Dot tinha se virado e agora o fitava com selvageria, os olhos queimando em sua direção. Ele desviou a vista dela e olhou para as montanhas.

– Por que conta mentiras para crianças? – perguntou-lhe Maggie, com a voz cansada.

– Não são mentiras! – berrou Dot. – Diga para ela, vovô... diga para ela que vai encontrar Lily.

Olhou de volta para o rosto da menina. Os olhos. Eles o perfuraram do mesmo modo que fizeram os de Maggie, três décadas atrás, na manhã em que ele partira. Tinha se negado àqueles olhos. Não podia fazer isso novamente.

– Eu vou encontrá-la.

– Mãe... você ouviu?

– Falar não quer dizer nada. Agora, monte na mula.

Dot tinha desabado na areia ao lado do cavalo da mãe. Maggie desmontou, tomou-a nos braços e abraçou-a por alguns minutos, embalando-a delicadamente. As duas choravam. Jones pelejou para ficar de pé e caminhou vacilante até Alice e conduziu-a até onde estavam as duas.

– Menina, vá com a sua mãe – disse ele. – Eu vou encontrar a sua irmã. Dou a minha palavra.

– Do que isso adiantou em toda a sua vida? – indagou Maggie. – Acha que, porque um gato voltou para casa, tem um poder divino, não é mesmo? Não é assim que funciona.

Jones ignorou-a.

– O seu marido vai viver.

Maggie examinou o rosto dele por um momento.

– Você não é Deus.

– Tenho sonhado com isso.

– Devia parar de sonhar.

– Ele vai viver – repetiu Jones.

Elas montaram nos animais. Maggie estalou a língua para fazer seu cavalo andar, observou-o com o canto do olho e se sentiu mais tranqüila em relação a Brake. Embora não acreditasse que seu pai pudesse prever tais coisas, mesmo assim a intenção lhe deu esperança, e ela estava desesperada por qualquer tipo de esperança.

Chaco foi atrás delas, ganindo e mordiscando delicadamente as patas traseiras de Alice, até penetrarem na parte mais estreita do cânion. Então, parou e começou a latir como se as tivesse xingando.

Dot não olhou para trás.

A luz do sol filtrava-se para baixo através do velho álamo, fazendo a água do riacho dançar e cintilar. Uns trinta centímetros de profundidade ali, que vinham correndo das grandes altitudes da montanha altaneira parda atrás. Movimentando-se velozmente sobre as pedras lisas, ele produzia um agradável som agitado – delicado e sereno –, um som que abafava outros ruídos. Ambas as margens do riacho tinham largas faixas de areia grossa e pedras grandes.

Mais distante, para trás, ficavam os renques densos de árvores pequenas com flores púrpuras e tamargueiras, um fértil anteparo que guarnecia o local de cálida solidão. Folhas rodopiavam sobre a superfície da água, reunindo-se como grandes esquadras nos redemoinhos e partes mais fundas. Bem acima, uma pega imprecava no álamo, ruidosa e perturbadora na quietude da manhã.

O menino brincava com uma espada de madeira, lançava da praia barquinhos de pau, em seguida levantava-se e executava arremedos de lutas, balançando loucamente a pequena arma diante de inimigos imaginários. Tinha sete ou oito anos, magro e sardento, cabelo cor de manteiga. Em volta da cabeça, amarrara uma bandana de um verde berrante e um comprido lenço vermelho em volta da cintura.

A mulher estava ajoelhada a uns cinqüenta metros de distância do menino, lavando roupas no riacho e estendendo-as nas pedras para secar. Era loura e bonita, o cabelo dourado captando a luz do sol, o corpo flexível e de aparência saudável sob o vestido surrado. Cantarolava para si mesma, o som fluindo serenamente riacho abaixo.

Atrás dela, do outro lado do pasto verde, ficava uma casa de fazenda. Dois mexicanos trabalhavam numa cerca próxima.

O menino não notou o primeiro barquinho dobrar a curva e soçobrar na rápida correnteza entre duas pedras. Derivou lentamente, enquanto ele preparava outro. Estava para lançar a pequena embarcação quando o segundo barquinho surgiu flutuando em volta das pedras. Feito de um pedaço de casca de árvore com um graveto comprido enfiado no meio e uma folha verde grande espetada no graveto como se fosse vela, ele vinha viajando elevado na água, e parecia ter boa navegabilidade. O menino sorriu e olhou riacho acima para o local onde fazia a curva em volta de uma pedra enorme.

– Pai, pensei que tivesse ido à cidade – gritou alegremente o menino.

Levantou-se e partiu para a pedra grande. Sua mãe levantou a cabeça e tentou ouvir o que ele dizia, e depois voltou à esfregação.

O menino contornou a pedra às pressas e feliz, rindo da brincadeira, e correu direto para os braços fortes do homem coxo que o estivera espreitando. O homem deu-lhe um calço e o empurrou para dentro de uma poça funda de água parada perto da beira do riacho. O menino se debateu, fazendo a superfície da água se romper, a boca abrindo e se fechando como um peixe encalhado. Não teve chance de gritar.

Em minutos, tudo voltou a ficar quieto, e o espreitador foi para o lado da pedra e, cautelosamente, olhou para a mulher. Ela continuava lavando roupa. Ele sabia que, ao terminar, ela chamaria o menino, e quando não respondesse, iria atrás do filho. Nesse momento, ele a pegaria. Os cavalos estavam amarrados no mato riacho acima.

Voltou as costas para a água, à espera, com uma sensação profunda de satisfação enquanto observava o cabelo louro girar lentamente na poça. Não gostava de pegá-las durante o dia, mas o Outro estava sendo exigente. Pensou na moça chamada Li-Lee. Precisava de mais duas. Fizera um pacto com o líder da quadrilha apache. Forneceria sete mulheres brancas para serem vendidas no México – e receberia quinhentos cartuchos e uma das mulheres. Ele escolhera Li-Lee.

Encostado na pedra, esperava debaixo do sol reluzente, suando muito embaixo do capuz. A mulher estava demorando mais do que deveria. Não gostava que os mexicanos estivessem tão perto, nem do fato de não saber onde estava o marido da mulher. O Outro o estava pressionando.

Afastou-se da pedra e foi dar outra olhada nela, quase trombando com uma menina. Ela devia ter vindo da casa. Saiu em disparada, antes que ele pudesse agarrá-la, berrando e correndo na direção da mulher, que se levantou e gritou. Furioso por ter sido frustrado, jogou sua lança com toda força nas costas da criança, rodopiou e desapareceu no meio do mato cerrado, o ar da manhã subitamente ganhando vida com os gritos da mulher.

A dor percorreu as costas de Jones como uma bala quente. Sentou-se depressa e, cuidadosamente, esfregou onde doía. Surpreso com sua intensidade, esperava encontrar o ferrão de um escorpião. Mas não havia nada. Sacudiu a cabeça a fim de clareá-la.

Maggie tinha razão. Ele passara a vida mentindo. Agora, havia feito isso novamente – fingira para a única pessoa na terra que acreditava nele que ia fazer algo de que era incapaz. Em breve, a menina saberia. Esfregou as mãos no rosto. O que importava realmente?

Forçou uma tentativa de visualizar Lily. Onde estava ela? Para onde a tinham levado? Não lhe veio nada. Mas continuou tentando. Esse seria seu último presente para as netas.

Pegou o uísque e subiu fragilmente para uma borda que dava vista para o pequeno cercado. Chaco foi atrás. Dividira o resto da galinha com o cão. Então, começou a beber. Acendeu o cachimbo da paz e soprou fumaça para os quatro cantos da terra, convocando os espíritos com o apito de osso de asa, o som fraco e lúgubre no pequeno espaço entre as rochas. Bebericou mais uísque e começou a sacudir o chocalho e cantar. Um torpor leve e agradável lentamente arrastou-se pelos seus membros e pelo cérebro.

– Venha a mim, criador da visão... eu lhe estendo os meus braços. Fale-me de coisas que nunca verei, mas que preciso saber. Venha, espírito guardião, através das sombras dos cânions.

Estava perdido em meio ao transe profundo. Não havia sons; ele nada via. Não viu Dot, quando ela retornou ao acampamento, nas horas escuras da madrugada. Não a viu dar água e comida para a tordilha, nem sentiu o calor das chamas da pequena fogueira aquecedora que ela preparou diante dele. Sempre fora assim com ele. Mas, agora, seu isolamento era ainda maior. Não tinha contato com qualquer dos dois mundos. Perdido.

Movimentou-se com os gestos de seu transe de curandeiro, completamente alheio, tateou à procura do tambor de camurça e o goipeou delicadamente em meio à escuridão.

Ele nada via. Não viu Dot imitá-lo, ao tomar um gole demorado de uísque. Não a ouviu quase vomitar, depois que o líquido abrasador desceu correndo sua jovem garganta. Ela segurava o chocalho velho e gasto dele, sacudindo-o num ritmo constante e cantando lentamente, "Hu-Hu-Hu-Hu-Hu-Hu..." Apanhou a ventarola de oração dele e o agitou lentamente no ar fresco da noite. A brisa que lançava era suave e flutuava delicadamente para os recessos escuros das montanhas.

Observava-o cuidadosamente com o canto do olho e tentava repetir tudo o que ele fazia. O mundo começou lentamente a girar em volta dela, numa maravilhosa dança rodopiante de árvores, rochas e noite. A incandescência vermelha da fogueira era hipnótica. O velho soprou seu apito de osso e convocou os espíritos da montanha para virem até ele. Ela abanou novamente o leque.

Dot agitava-se num sono espasmódico diante de uma fogueira enorme na clareira arenosa abaixo da borda onde Jones estava sentado. Maggie se distanciara uns cinqüenta quilômetros do acampamento, percorrendo a maior parte do percurso durante a noite, quando percebeu que Dot havia sumido. Estava exausta, apoiada em uma pedra, a cabeça descoberta, tomando café e observando as chamas, sua permanente beleza aparecendo através da poeira e da fadiga.

A cabeça de Jones o estava matando. Pelejou lentamente a descida pela trilha estreita, combatendo a sensação de desmaio e a opressiva fraqueza que percorria seu corpo. Nenhuma visão lhe ocorrera. Ouvira uma vez Yopon chamando seu nome. E vira seus filhos – perdidos e vagando na escuridão da Criação. O semblante de Thelma se juntara aos demais, flutuando num mundo de total escuridão. Era um pesadelo que o assombrava.

Tremeu no lugar onde se encontrava, ao olhar novamente para Maggie, mas nenhuma visão que ele compreendesse havia se manifestado. Precisou parar e se apoiar nas pedras antes de alcançar o solo.

Ele e Maggie ficaram olhando um para o outro. O rosto dela ainda conservava todo o ressentimento – ela não o perdoaria.

– Por que voltou? – perguntou ele.

– Essa não – disse ela, sarcástica. – Não acredito que tenha feito isso.

– Tentei alcançar o meu poder.

– Não tem nenhuma decência? Embriagou a sua neta. É uma criança. Ela acredita em você.

– Mãe... – Dot pelejava para se sentar, gemia e segurava a cabeça. – Estou me sentindo mal. – Vomitou na areia.

Maggie despejou água num lenço e limpou o rosto dela, depois encheu um caneco com café e colocou entre suas mãos.

– Aaaahh. Não quero. Vovô... tome.

O velho pegou o caneco.

– Quando puder cavalgar, Dot, iremos para casa – avisou Maggie.

– Não. – Os olhos dela estavam no avô.

– Neta. Outros terão que encontrar Lily. Nós apenas vagaremos pelas montanhas e o deserto à procura dela.

– Vovô?

– Sim, menina?

– Eu vi coisas.

– Você viu a ilusão do uísque. Você é jovem, e essa bebida é forte. Não devia ter tomado. Você faz coisas demais de sua cabeça.

Sacudiu fortemente a cabeça.

– É fácil se iludir. Você queria demais isso. Mas não deve confundir as coisas.

Dot continuava encarando-o, como se penetrasse dentro dele. Jones examinou o rosto dela por cima da borda do caneco de café.

– Só porque viu alguma coisa não significa que tenha o poder. Isso não é fácil.

– Eu fiz o que você fez – balbuciou Dot. Os olhos tinham um ar entorpecido esquisito. – Deu certo.

– Menina – alertou Jones –, você apenas pensa que viu. Alguns levam uma existência à procura. Alguns nunca encontram. – Examinou os olhos dela.

– Dotty – disse Maggie, afável.

– Mãe, eu sei onde eles estão.

Maggie balançou a cabeça lentamente.

Jones continuava a observar o rosto da menina. Retirou uma bolsa de tabaco e preparou um cigarro. Finalmente, falou:

– Conte-me.

Dot fitou as montanhas azuis distantes, e Jones sentiu que estava sendo levada de volta, pôde ver seus olhos perderem o foco.

– É difícil... mas eu...

Ele pestanejou, observando-a pelejar para colocar em palavras as sensações etéreas, e comoveu-se. Maggie também a observava atentamente.

– Surgiu alguma coisa em sua mente? – quis saber ele.

– Uma libélula. Ela voava.

– Onde.

– Por toda parte. Deserto. O rio. Montanhas. Ohhh – gemeu –, eu achava que sabia onde Lily estava.

Maggie ia falar algo, mas Jones colocou a mão em sua boca, e ela se deteve.

– Descreva-os.

– O quê? – perguntou Dot, com uma voz como num devaneio.

– As montanhas e o rio. Fale-me primeiro das montanhas. – Foi até o alforje, apanhou o cachimbo da paz e o chocalho, sentou-se perto da fogueira, encheu o fornilho e o acendeu. Soprou fumaça em cima de Dot. Ela tossiu, e ele também começou com a sua tosse intermitente.

Chaco, deitado ao lado dele, pousou a pequena cabeça sobre as patas e ficou observando desconfiado Dot e Maggie, enquanto o velho tentava tomar fôlego.

Quando se recuperou, Jones começou a sacudir o chocalho, entoando em voz alta:

– Agora podemos começar a jornada. Viemos a este lugar tranqüilo à sua procura. Olhe por nós. Crie para nós a visão que buscamos... Nos dê a resposta que procuramos e ansiamos por saber.

Dot gemeu.

– Isso é sacrilégio. – Maggie abraçou a bolsa de remédios e a Bíblia, como se fossem protegê-la daquele mal. Parecia confusa. – Dot, vamos embora.

– Não posso – retrucou Dot, os olhos fixos no chão. – Eu sei onde. Só preciso descobrir novamente. Tem que me deixar. – A voz dela parecia sonolenta.

– Não sabe onde está Lily, menina. Apenas pensa que sabe – disse Maggie.

Ele olhou para Maggie.

– Você deve ir embora. Eu a levarei de volta para você.

– Não. Se você lhe causou danos... ensinando-lhe essas suas coisas pagãs...

– Não lhe causei dano nenhum. Eu não queria isso para ela. É difícil demais para uma criança. Mas agora ela está lá, e precisamos ajudá-la a entender o que viu.

Maggie sentou-se ao lado da filha, colocou os braços em volta dos ombros de Dot e fechou os olhos.

– Meu Deus – falou baixinho. Maggie apertou Dot ainda mais e tentou bloquear o som da voz de Jones.

– Neta. As montanhas...

Uma hora depois, Jones balançava-se apoiado sobre as coxas, sugando fumaça do cachimbo comprido e soprando-a sobre a criança adormecida. Tinha pouco ou quase nada para prosseguir. Ele deduziu que o rio era o Rio Grande – mas havia centenas de quilômetros de sua serpeante extensão entre o Texas e o México.

Talvez a areia do deserto e as rochas fossem a região árida de Castellan. Mas isso, também, era apenas um palpite. Ele precisava de mais. Pensou novamente no que Dot tinha dito. "É como uma cruz." Uma cruz? Não havia nenhuma igreja ao longo do rio que ele tivesse visto. Sepulturas? Sua mente soltou adiante e o coração começou a bater desenfreado. Lily já estaria morta? O espírito da menina estaria simplesmente conduzindo-o ao local da sepultura dela?

Dot abriu os olhos e olhou diretamente no rosto dele. Estava sorrindo outra vez. Ele retribuiu o sorriso, revelando o enorme dente de ouro frontal, todo ele feito com o metal amarelo. Chaco ganiu. Maggie mordia um dedo.

– Consigo ver Lily cavalgando. – Dot ergueu-se do chão, depois olhou novamente para o avô. – Ela estará lá dentro de três dias, vovô.

– Por que acha que serão três dias?

– Não sei. Apenas continuo vendo o sol atravessar rapidamente o céu. Três vezes. – Parecia assustada. – Vovô, tem que acreditar em mim!

– Eu acredito em você, menina – disse ele, inclinou-se para a frente e tomou-a nos braços.

Maggie se afastou.

Acocorou-se sob a luminosa luz do sol, escondido no sopé da colina atrás da casa solitária, e desenhou um círculo na areia. Era a terceira casa de fazenda que encontrara naquele dia. Aquela era adequada. Aquela mulher era adequada. Mas cedo, vira a mulher e um homem andando por ali. Ela daria um preço razoável. Não havia outra fazenda ou rancho num raio de trinta quilômetros, e os únicos outros seres humanos presentes eram um trabalhador e uma criança pequena. Mudou lentamente a posição do corpo, sentindo nos músculos a avidez familiar.

Pousou com ternura o tufo de cabelo louro no chão diante de si e o circundou cuidadosamente com resplandecentes pedras de quartzo, e entoou as palavras familiares. Era bom. O Outro estava livre novamente. De imediato, isso o impeliu adiante. Resistiu. Esperaria até escurecer.

Samuel Jones estava sentado contemplando a cruz que escavara na areia com um graveto, os pensamentos subitamente no apache aleijado. Sentiu perigo de novo e perguntou-se por quê. Tomou um gole de café e forçou a si mesmo para parar de pensar no homem. No momento, a cruz já era suficientemente enigmática. Não havia dúvida, se tratava do Rio Grande, e ele também tinha toda certeza que Dot estava se referindo ao sul de Pecos. Mas onde? Que cruz? Torre de igreja, sepultura, cruzamento de uma estrada? Nada inconfundível lhe vinha à mente.

A visão da menina dera-lhes três dias antes do bando atravessar para o México. Três dias. Mesmo se soubessem onde, ainda estariam a uns cento e cinqüenta quilômetros da fronteira. Mais de cinqüenta quilômetros por dia sob um calor intenso e através de terreno acidentado, para se conseguir. Impossível. A tordilha não sobreviveria a isso. Ela tentaria... daria tudo de si... mas achava que ela não conseguiria. Provavelmente, ele também não.

Examinou Dot, enquanto ela permanecia deitada, tremendo, perto da fogueira, sob o olhar vigilante da mãe, convencido de que ela fizera contato com o outro lado, e que as visões que teve da libélula, da cruz e de Lily eram verdadeiras. Pois visões que surgiam sem esforço indicavam a pureza de seu grande coração. Deu uma olhadela para o rosto de Maggie. Ela tinha toda a razão de manter um ar perturbado nos olhos, pensou. Ela não acreditava em nada daquilo.

Jones correu novamente o graveto sobre o desenho de crucifixo a seus pés. Estava acocorado sobre uma pequena pedra, os joelhos quase na altura dos ombros, um caneco de café quente em uma das mãos. De repente, uma dor espetou seu peito, pelejou para se erguer, derramando o café, ao se levantar. Os olhos seguiram o curso do líquido marrom, de onde derramou até onde se espalhou no traçado da cruz. Aborrecido, começou a se virar em direção à fogueira, mas parou. A compreensão pareceu saltar sobre ele. Era isso. Sorriu com o dente de ouro para Maggie, o rosto avermelhado parecendo animalesco.

– Eu sei onde Lilly vai estar.

Maggie balançou a cabeça.

– Estou farta de sua tapeação indígena. Estão procurando Lily no norte... você está diminuindo as chances dela, permanecendo aqui. – Deixou que os pensamentos voltassem à prece por Brake e James.

– Onde ela está, vovô? – Dot pelejou para se sentar. Sua testa estava coberta com gotas de suor, o cabelo emaranhado e úmido. – O que significa a cruz?

– Um rio mexicano que cruza o Rio Grande. A cruz é formada pelas águas de dois rios. Os rochedos ficam a uns oitocentos metros de um lugar chamado Três Colinas. É ali que eles vão vadear o rio.

– Disparates – exclamou Maggie.

Dot olhou para o avô.

– Eu vou com você.

Ele se recostou na areia. O jejum, a tenda do suor, as longas noites de cantoria, o álcool, tudo isso repercutiu. O mundo girava diante de seus olhos cansados. Então, subitamente, seus pensamentos se voltavam para o Coxo, o estranho medo roendo sua mente como um animal. As visões eram freqüentes demais e vigorosas demais para continuarem a ser ignoradas. Pelejou para se pôr de pé, e remexeu nos seus alforjes de couro.

– Menina, passe isto no rosto e nos braços – ordenou, ao lhe entregar um pequeno saco de couro. Maggie os observava.

– O que é? – quis saber Dot.

– Terra vermelha.

– Por quê?

– Para protegê-la.

– De quê?

Jones hesitou.

– Do mal.

– Que mal?

– Apenas faça isso, ou não poderá ficar.

Dot abriu o saco. Maggie estava vindo na direção deles.

– Dot... – começou ela, a voz firme.

– Faça isso, menina, ou vá embora – disse ele.

– Dot, não acreditamos nesse tipo de coisas.

O velho se pôs de pé com dificuldade, tomou o saco das mãos de Dot e esfregou o pigmento no trêmulo rosto dela e nos braços.

– Maldito seja – gritou Maggie. – Já bastou você ter perdido sua alma... mas não vai ensinar heresias para a minha filha.

Jones fez meia-volta e a encarou, suas feições rudes refletindo raiva pela primeira vez desde que tinha voltado a vê-la. Maggie deu um passo involuntário para trás. Empurrou o pigmento na direção dela.

– Margaret, passe isto – mandou.

– Não farei isso. E você, é melhor que reze pela sua redenção, e pelo que fez com mamãe.

Essas palavras o detiveram por um momento. Então, falou:

– Ama. Pode ser que você esteja certa, mas isso não muda nada. Ou passe esta coisa, ou vá embora. Tenho certeza de que a sua fé sobreviverá a isso.

– Não o farei.

Jones observou-a por um momento, e concluiu que ela não o faria. Retornou ao alforje e retirou um colar de pedras azuis e uma bolsinha de couro, e os estendeu na direção dela.

– Então, coloque isto e carregue a bolsinha no seu bolso.

– Isso é ridículo – protestou, cruzando os braços. Sacudiu a cabeça. – Magia negra.

– Ama. Pegue o colar e a bolsinha, ou vou pegar a menina e desaparecer com ela quando você estiver dormindo. Não conseguirá nos encontrar.

Maggie virou-se e olhou para bem distante, mordendo o lábio de raiva. Sabia que ia fazer o que tinha mandado. Finalmente, virou de volta, pegou as coisas que ele segurava e as enfiou no bolso do casaco.

CAPÍTULO 6

O caçador estava à espreita nas sombras defronte à lateral da casa, e observava a mulher através da estreita brecha na cortina da janela. Ele esperaria. Fechou os olhos e escutou. A noite estava silenciosa. Mais cedo, ouvira a criança falando, porém ninguém mais havia falado na casa durante algum tempo. Abriu os olhos novamente e examinou a mulher jovem através do faixo de luz do lampião. Ela se preparava para dormir, e lavava a parte de cima do corpo. Parecia descontraída. Não fazia idéia de que estava sendo vigiada.

Havia algum tempo não ouvia o homem. Talvez ele tivesse ido dormir; mas algo no interior de sua cabeça lhe dizia que não. Havia muito tempo que ele perseguia brancos. Era raro alguém que vivia num lugar ermo ir dormir sem antes sair pelos fundos da casa, para ouvir a noite, verificar os animais.

O caçador espreitava apoiado no muro, meio descontraído, quando, de repente, um vento forte desceu das colinas e arremessou folhas e areia com violência contra a lateral da casa. A mulher virou-se rapidamente, olhou pela janela com uma expressão assustada, e ele recuou ainda mais fundo na escuridão. Em seguida, voltou a ouvir a voz do homem e, instintivamente, soube que ele sairia para a noite. O espreitador afastou-se da janela, seguindo depressa para onde o cachorro jazia numa poça de sangue, escondeu o animal num arbusto próximo e desapareceu na escuridão silenciosa do interior da estrebaria.

– Aqui, Kelsey – gritou Bob Johnson.

Estava chamando o cachorro havia uns cinco minutos. Provavelmente, estava caçando guaxinins no milharal outra vez, imaginou. Mesmo assim, ele costumava vir, quando chamado. Johnson desceu da varanda e inspirou fundo o ar noturno, que recendia a flores brancas de arbustos do deserto. O ar era puro e seco. Adorava aquele lugar. Sabia que Ethel não era muito afeiçoado a ele. Ela detestava a solidão. E agora, com a filha crescendo, tinha um motivo justo de contestação. Talvez devessem tentar vender aquilo e se mudar para mais perto da cidade. Colorado, talvez. Havia terra boa por lá, ouvira dizer. Espreguiçou-se e ergueu a vista para a lua. Estava quase cheia, com tufos de nuvens brancas passando por ela, o céu negro arrebentando de estrelas. Johnson começou a subir de volta os degraus para a casa. Então, parou, virou-se e olhou para a estrebaria.

A porta estava semi-aberta, e pôde ver a luz mortiça de um lampião queimando fracamente; mas Hadley, o empregado, não se importara em ir lá fora para ver o que estava acontecendo. Isso não era coisa dele. Costumava ser tão ruidoso, que chegava a irritar.

Bob Johnson foi até a estrebaria, puxou a porta, escancarando-a, e parou, imóvel, os músculos tensos. Ela estava sentada sobre um fardo de feno, de costas para ele, a cabeça coberta por um gorro azul-claro. Johnson sorriu. O velho Hadley andava às voltas com uma mulher, foi por isso que não apareceu quando ele gritou. Mas de onde ela tinha vindo? Não havia nenhuma carroça lá fora. Podia ter vindo cavalgando, mas o cachorro certamente teria latido. E a cidade mais próxima ficava a mais de trinta quilômetros de distância.

Algo não combinava. Em todos esses anos, Bill Hadley trabalhara ali como ajudante, e o fazendeiro nunca o tinha visto dizer mais do que um olá para uma mulher. Apurou os ouvidos. A estrebaria estava silenciosa e repleta de uma estranha sensação de antecipação. Até mesmo os animais pareciam escutar. Não gostava daquilo. A mulher não havia se mexido. O lampião queimava fraco na parede diante dela, projetando um pequeno círculo sombrio de luz suave, silhuetando a mulher e tornando o restante do interior da estrebaria ainda mais escura.

Johnson deu um lento passo à frente.

– Hadley? Moça?

A mulher não se mexeu, estava sentada imóvel, como se congelada pelo medo. Seguiu pela lateral, escolhendo o caminho entre utensílios agrícolas, andando lentamente na direção dela. Agora sabia que havia algo errado – mas não fazia idéia. Apanhou seu martelo de ferreiro de cima da bigorna, penetrou no círculo de luz suave do lampião e olhou para o rosto debaixo do gorro. Era Hadley.

Seu crânio tinha sido partido, formando um terrível V. Fora colocado ali naquela pose – o gorro amarrado sob o queixo, as pernas cruzadas, apoiado contra fardos de feno. A cavidade do peito fora cortada e aberta, e seu coração sumira.

Num impulso repentino, Johnson virou-se para encarar a parede de escuridão atrás de si, e recebeu o golpe de uma faca no fundo de suas entranhas. A faca movimentou-se veloz, inexorável. Suas mãos abriram-se e se fecharam, o martelo caiu; tentou cerrar o punho para golpear o rosto amedrontador, mais parecido com uma máscara, que o fitava da escuridão, mas não teve forças.

– Meu Deus – foi tudo o que conseguiu dizer. Quis se sentar, mas não conseguiu.

O caçador deixou a estrebaria e seguiu à espreita pela varanda, o mais silenciosamente possível, as tábuas gemendo sob seu peso. Respirava pesado. Curvou-se de novo para perto da janela acortinada e observou atentamente. A mulher penteava os cabelos da menina. A criança tinha cinco ou seis anos. Poderia valer alguma coisa, se não chorasse nem lhes criasse problema. Se criasse, não valeria nada. Foi até a porta e puxou o trinco do modo mais silencioso que pôde.

– Robert? – chamou a mulher do quatro de dormir, a voz cheia de medo.

Ele ficou tenso; não haveria nenhuma surpresa. De repente, ela estava diante dele, a criança agarrando sua cintura e uma boneca, a mulher tentando desesperadamente engatilhar e erguer uma pistola. A criança virou-se e correu desvairadamente para o quarto. Ele disparou sem hesitar, acertou no lado da menina, e ela desabou, berrando, estremecendo no chão, a mãe simplesmente parada e fitando a origem do disparo, como se não conseguisse de modo algum entender o que tinha acontecido. Em seguida, largou a pistola, e pendeu para o chão, as pernas esparramadas, e recolheu a criança ferida para o colo.

Vinham cavalgando sem parar desde a manhã. Em marcha ou trote. Jones estabelecia o ritmo. Maggie e Dot apenas seguiam. Geralmente, durante o trote, ele girava para baixo, agarrava com uma das mãos o arção, e cavalgava de lado a velha montaria, numa andadura de banda. Estava fazendo isso agora, e parecia ter mais energia – seguindo para algum lugar e com um objetivo.

Os raios vespertinos do sol do deserto os queimavam com ferocidade, mas parecia que nada deteria o velho e sua égua, e o louco chocalhar de dentes dos dois arremetia pela paisagem. Chaco equilibrava-se atrás. Dot seguia montada em Alice, a pintura vermelha brilhando no rosto e nos braços. A mula mantinha a cabeça encolhida bem próxima à garupa da velha fêmea. Bem mais atrás, como se determinada a protestar a cada passo, cavalgava Maggie. Levantava nuvens de uma fina poeira, formando vagalhões à sua volta, revestindo-a com uma película de transpiração barrenta.

A terra era seca, na maior parte quase arenosa, planícies alcalinas e arbustos, um lugar de temporais rápidos, e pouco mais. Jones avaliou que ainda estavam a quase cem quilômetros da fronteira do México. Dunas ameaçadoras elevavam-se à distância com ondas no mar; cactos e creosote passavam bem perto. Havia lagartos, um galo-cuco ocasional e um bando de arbustos espinhosos no mato. De vez em quando, os cavalos ou a mula escoiceavam uma lebre. Nada mais. O terreno era escasso em frutos e água. À distância, em cada direção, encontravam-se as montanhas altas e de aparência árida.

Os pulmões de Jones doíam, e ele ofegava muito enquanto trotava adiante. Sentia uma falta desesperada de sua energia e resistência. Lentamente, havia se resignado com o fato de que Maggie nunca o deixaria explicar-se. Agora, tentava acostumar-se à exaustão que envolvia seu corpo e sua mente.

A égua tordilha também começava a fraquejar terrivelmente, tropeçando em pequenos obstáculos; o calor, a fadiga e a carência de água cobravam seu preço. Dot escoiceou Alice, para avançar a meio galope, colocou-se lado a lado da montaria e do velho e reduziu o ritmo da mula para um trote ritmado. Ela parecia preocupada.

Mannito lhe dissera que, a 48 graus, um homem exposto ao sol do deserto poderia resistir um dia sem água. Um dia. Cavalos e mulas, ela não sabia quanto tempo. Talvez mais, talvez menos. Olhou à distância, vendo o ar dançar sob a severa luz solar, e calculou a temperatura em 46 graus. Restava pouca água para ela e a mãe, mas os animais não tinham bebido desde a noite anterior.

– Precisamos de água, vovô. E precisamos deixar a tordilha descansar.

Ele não respondeu. Sequer olhou para ela, apenas continuou sacudindo ao lado da tordilha.

– Se não dermos água aos animais, vovô, eles vão morrer – berrou para ele.

Chaco latiu para ela.

Ele disse algo para o animal, que ela não conseguiu entender, e a tordilha diminuiu o passo para uma marcha penosa, a cabeça baixada quase tocando no chão, como se não conseguisse mais suportar o fardo de seu próprio peso.

Parecia desmoronar.

O velho deteve a marcha e ficou parado, observando com os olhos apertados as colinas em volta. Virou lentamente, descrevendo um círculo, como se não tivesse nenhuma idéia. Dot e Maggie estavam sentadas a alguns metros de distância sob a luz abrasadora do sol. Maggie olhou-o desconfiada. O rosto dele continuava vermelho, espantosamente seco para um homem que havia cavalgado no calor, de quando em quando ao lado de seu animal, durante as últimas quatro horas. Protegeu os olhos da luz e sondou uma cadeia de montanhas. Pareceu subitamente preocupado com alguma coisa.

– Vovô?

– Já estive aqui antes – disse vagamente.

– Tem água?

Não respondeu. Deixou a égua e caminhou alguns metros em direção à distante cadeia, uma poeira roxa na névoa da tarde, e observou-a detidamente, como se fosse algo que não quisesse ver, mas não pudesse evitar que os olhos enxergassem.

– Que direção? – gritou Dot para ele.

O velho deu meia-volta e olhou as montanhas atrás de si, os braços compridos pendendo dos lados, como se de repente tivesse ficado atordoado por um golpe invisível. As rugas do rosto, em volta dos olhos e da boca, começaram a se deslocar, até surgir nele uma estranha aparência de pânico.

Dot apressou a mula e foi para o lado dele. Esticou-se e colocou a mão sobre seu ombro.

– Vovô, o que há de errado?

– Já estive aqui antes – murmurou novamente.

– Então isso é bom. Deve saber onde há água. – Esperou alguns momentos que ele erguesse a vista para ela.

Maggie tinha aproximado a montaria da de Dot e ficou parada, observando o velho, os olhos estreitados.

– Meu bem, estamos numa enrascada. Ou ele é totalmente louco, ou apenas velho demais e está com a mente debilitada. De qualquer modo, não sabe onde estamos.

Dot sacudiu a cabeça.

– Não. Vovô não está perdido. Está apenas pensando. Só isso.

– Menina, não deve dar ouvidos a esse velho.

– Não estou. Estou ouvindo algo mais.

– O quê? – quis saber a mãe, passando o antebraço pela testa.

– Não tenho certeza.

Maggie esmiuçou suas feições por um momento.

– A borboleta?

– Talvez.

– Elas não falam.

Dot não respondeu; em vez disso, dirigiu-se a Jones, que continuava sondando a distância.

– Vovô, devemos voltar para conseguir água? – O sol a golpeava como um punho.

O velho ignorou-a. Então, de repente, andou com passos largos em direção a uma cadeia de colinas mais baixas de cor marrom, distante cerca de um quilômetro e meio sob a luz brilhante do sol, como se atraído por uma força invisível, atraído contra sua vontade. Deteve a égua velha, voltou a montar e seguiu para as colinas marrons.

– Ele não está perdido – afirmou Dot.

Maggie apenas balançou a cabeça.

A tordilha desabou totalmente sobre os joelhos na entrada do cânion, Chaco saltou da garupa dela, e voltou novamente para lá, com pulos nervosos. Jones estava parado ao lado dela, fitando o cânion como se esperasse a qualquer momento que um urso saísse furioso. Parecia terrivelmente abalado, a boca semi-aberta, os olhos vasculhando as rochas circundantes, por algum indício que Dot não percebia.

Ela engatinhou e deu à égua velha o resto de sua água, despejando-a na copa do chapéu de feltro e segurando a cabeça da tordilha, para que ela conseguisse beber, e falou delicadamente com o animal. Depois que a água acabou, Dot levantou-se para que seu corpo fizesse alguma sombra na cabeça da égua velha, e abanou-a com o chapéu. O calor era intenso, cobrindo Dot de suor.

Procurou algum vestígio de água: manchas nas paredes do cânion, nuvens de moscas, aves descendo ali, qualquer evidência de umidade, mas nada viu que aliviasse seus temores. Havia pulicária e chirca, e ela sabia que gostavam de água, mas também sabia que suas raízes podiam alcançar trinta metros abaixo para encontrá-la. O velho ainda fitava o cânion em seu estado de atordoamento.

– O que há de errado, vovô? – perguntou, enxugando o pescoço com um lenço.

Ele não respondeu. A tordilha pelejou para voltar a se pôr de pé e ficou com o focinho encostado ao chão. Dot abraçou-a. Então, uma brisa refrescante correu pelo cânion, movimentando-se como um rio de águas frescas em meio ao ar quente. As orelhas de Alice empertigaram-se, ela esticou o focinho e inspirou fundo, depois bufou e começou a seguir adiante. Dot segurou-a, pulou para a sela, sorriu e virou-se na direção da mãe.

– Água! – gritou.

Podia senti-la nas correntes frescas que circulavam à sua volta. As três montarias seguiam num trotar ansioso cânion abaixo. Dot refreou Alice para um passo de marcha, e Maggie postou-se a seu lado. Sem cavaleiro, a tordilha saiu correndo na frente delas, Chaco balançando e latindo furiosamente ao passarem. Dot olhou em volta à procura do velho. Ele fitava, de um modo estupefato, o cercado de arenito que formava o maciço cânion, profundamente perturbado com alguma coisa.

– Vovô, venha – chamou.

Era um belo local. Rochedos íngremes com um céu azul-porcelana acima, o ar úmido e carregado com o cheiro de plantas e, mais ao fundo, o som de pássaros e vento através das folhas.

Dot avistou erva salmoura e salicórnia, sinais garantidos de água na superfície, e soube que não morreriam de sede. Pelo menos, não ali.

Mundos além do cruel deserto que ficava longe de sua entrada, o cânion estava repleto de belos salgueiros e álamos, um áspero e viçoso tapete de hilária revestia o chão, e, nos espaços vazios, Dot conseguia ver pegadas de veados. Era adorável. Papoulas mexicanas, jóias do Arizona, margaridas-de-pé-preto... Um paraíso oculto.

Dot olhou novamente por cima do ombro. O velho não as seguira.

– Vovô! – berrou. – Ele não respondeu. – Vou voltar para apanhá-lo.

O fôlego de Dot ficou preso na garganta quando virou uma curva do cânion e viu as carroças. Maggie deu um puxão no ruão, o animal lutando com ela para chegar à água. Alice também saltitava. Dot a freou com força.

– Mãe?

– Aconteceu há muito tempo.

O cânion estava silencioso. Maggie cavalgou adiante, Dot seguia-a, incapaz de tirar os olhos das carroças. Havia seis delas, as coberturas de lona puídas e rasgadas por causa dos longos anos sob o sol. Nada se mexia.

Dot arrastou-se lentamente para fora da mula e caminhou hesitante em direção às carroças. Viu esqueletos nos assentos, sob os leitos das carroças, atrás de rochas que não lhes serviram de proteção. Ainda vestidos, embora as roupas não passassem de farrapos. Homens haviam morrido agarrados a armas. Mulheres agarradas a crianças. Os bois tinham sido baleados em seus tirantes – suas enormes espinhas dorsais e caixas torácicas descoradas pelo sol, expostas. Dot avançou lentamente pela fileira, a respiração vindo em pequenos espasmos.

– Por que ninguém os enterrou?

– Somos os primeiros a encontrá-los.

Dot sentou-se rigidamente ao lado de algo na areia e começou a se sacudir para a frente e para trás, gemendo. Maggie aproximou-se dela. Dot estava sentada ao lado dos restos mortais de uma criança, talvez com cinco ou seis anos, o vestido vermelho quase coberto pela areia, uma boneca decomposta ainda presa aos ossos de seus dedos. Dot estendeu uma mão trêmula e tocou no tecido, depois a recolheu como se tivesse sido mordida. Maggie ajoelhou-se e abraçou-a, ouvindo o suave som ecoante do vento que flutuava pelo cânion – o vento chorando, como no dia em que a mãe dela morrera. Os sussurros de sonhos perdidos, pensou.

– Mãe, por quê?

– Índios – falou Maggie, como se a palavra sozinha fosse uma explicação.

Dot pôs-se de pé, foi até a carroça mais próxima, pegou uma pá enferrujada em sua lateral e voltou até onde a criança estava. Começou a cavar.

Maggie não disse nada. Olhava para as carroças. Dot sentiu que algo estava errado, parou de cavar e seguiu o olhar da mãe até onde o avô estava sentado no chão, as pernas cruzadas, perto da última carroça, fumando o cachimbo da paz e cantando em voz alta. De vez em quando, pousava o cachimbo no chão e sacudia o chocalho navajo. Então, irrompeu baixinho numa lamentosa canção de morte, que espalhou arrepios por toda a pele quente de Dot.

Maggie foi andando de modo lento e decidido em direção ao velho. Dot seguiu-a.

– Mãe?

Ela não respondeu, apenas continuou caminhando até parar bem adiante de Jones. Ele havia se despido, ficando apenas de tanga e mocassins, e falava consigo mesmo numa língua que Dot não reconheceu. Parecia delirar.

De pé e sem chapéu sob o sol de junho severo, Maggie pestanejou quando ele soprou nela a fumaça purificadora e cantou a canção de morte do imigrante. Quando ela, finalmente, falou, foi com uma voz que sua filha jamais ouvira.

– Você esteve aqui.

Jones parou de cantar e olhou diretamente à frente, como se avaliasse as palavras dela.

– Você esteve aqui, não esteve? Não foi isso que disse? – O tom de voz de Maggie estava aumentando. – Que esteve aqui antes.

O velho continuou sentado na areia, mudo.

– Vovô?

Ele começou a cantar novamente.

– Você esteve aqui! Ajudou a massacrar essas pessoas! – Maggie sacou a pistola e apontou para ele. – Está comemorando a sua maldita vitória indígena!

– Mãe, não – implorou Dot. Olhou desesperada para Jones. – Vovô, diga para ela. Diga para ela que não sabe de nada do que aconteceu aqui. Diga para ela que encontrou este lugar apenas por acaso.

O velho ergueu a vista para ela, a expressão confusa.

– Vovô?

Continuou a encarar cegamente o rosto dela, como se estivesse olhando através dele para alguma coisa no céu adiante. Em seguida, pigarreou e afirmou:

– Eu estive aqui.

A explosão deixou Dot atordoada por um momento. Não conseguia se mexer, não conseguia enxergá-lo claramente através da nuvem de fumaça.

– Mãe, não! – gritou. O velho continuava sentado. Dot caiu de joelhos ao lado dele, com medo de olhar. – Vovô? Está ferido?

– Não. Afaste-se.

Dot ergueu a vista furiosamente para a mãe.

– Você tentou atirar nele! Por quê? Ele está apenas esgotado pelo sol.

Jones pelejou para se levantar, e então voltou a se acomodar na areia, os olhos parecendo assombrados.

Maggie virou-se e começou a andar lentamente de volta na direção dos animais, os ombros caídos. Jones agora cantava baixinho, os olhos movimentando-se pelo cânion. Chaco foi sentar-se a seu lado, tremendo sob o sol quente.

– Não – disse Dot.

Maggie estava sentada à sombra do paredão do cânion, ainda segurando a pistola e vigiando-o, mas a raiva vazara para fora dela. Por um momento, quis destruí-lo. Então, por mais que odiasse o que ele fizera a sua mãe e àquelas pessoas, ela sabia que não conseguiria ser levada a fazer aquilo.

Em algum lugar dentro de si, sentia coisas que não queria reconhecer. Fossem quais fossem esses sentimentos, estavam-na desorientando terrivelmente, mexendo com ela como uma criatura escorregando para além dos laços do sono. Olhou de volta para ele, atraída de uma maneira curiosa para aquele homem idoso.

Combatendo essas emoções, Maggie pelejou arduamente para imaginar os motivos por que ainda o odiava. Odiava seus modos de índio. Deixou a mente vaguear, os pensamentos recuando para onze anos atrás, ao dia em que perderam Thelma e Julia, a mulher de Mannito. Estremeceu.

Os apaches haviam descido das colinas de manhã bem cedo. Brake e Mannito estavam fora, no alto do vale, marcando bezerros. As três mulheres tinham levantado ao raiar do dia, e Thelma e Julia se revezavam na ordenha das vacas no pasto da frente. Maggie tremeu. Eles atiraram nelas ali mesmo, mataram-nas sem motivo.

Olhou rapidamente em volta, como se procurasse uma escapatória da lembrança que desencadeara. Mas não havia escapatória. Ainda conseguia vê-las se virando para correr sob o sol matutino, os braços subitamente jogados para a frente, como se fossem acrobatas de circo. Maggie esquadrinhou tristemente as paredes de calcário que a circundavam.

Iria para a sepultura odiando os índios. Aqueles que haviam raptado Lily. A mulher. Todos eles. E o seu pai não era nada melhor. Ele escolhera o modo deles. Um homem com livre-arbítrio. Mas algum dia, Maggie sabia, ele teria que responder ao seu Criador.

Olhou acima, para a estreita faixa de céu sobre o cânion.

– Deus. Sei que existe. Ajude-me. Ajude-me a encontrar Lily. E ajude-me a saber o que devo fazer em relação a ele. Por favor.

Maggie escutou o vento, na esperança de ouvir uma voz celestial. Não houve nada. Então lembrou da corrente e da bolsinha que ele lhe dera para protegê-la de seus demônios loucos. Contorceu-se, retirou-os do bolso e os enterrou rapidamente na areia, imaginando se teriam pertencido à índia prostituta dele. Não importava. Mas talvez fossem o motivo por que Deus não lhe respondera. Pediu perdão por tê-los carregado e depois voltou a rezar pedindo algo que lhe dissesse onde encontrar Lily.

O velho estava encerrando sua caminhada ritual por entre as carroças, após executar uma cerimônia pequena diante de cada uma, soprando fumaça, com entoações e cânticos. Maggie não deixou de observá-lo.

– Não existe nenhum laço entre nós – falou baixinho, como se para aquietar as novas sensações que se filtravam através dela como ventos. Como um antídoto a mais, continuava a pensar nas coisas que detestava nele.

Detestava sua hipocrisia moralizante. Ali estava ele, apregoando sua feitiçaria pagã sobre os ossos de suas vítimas. E não foram apenas essas pessoas as únicas coisas que ele matara e depois pranteara. Havia a mãe dela, por exemplo. E muito tempo atrás, Maggie sabia, algo havia morrido dentro dela por causa dele. Algo que ela precisava desesperadamente sentir incólume. Ele deixara aquilo sofrer, e depois morrer. Agora havia apenas a terrível sensação de ansiedade dentro dela.

A noite descia sobre o cânion quando Dot retornou. O rosto e os braços ainda estavam cobertos pelo pigmento vermelho; ela parecia exausta. Ignorou a ambos e foi arrancar alguns tufos de grama verde e levá-los para a tordilha. Depois, apanhou a pá enferrujada e começou novamente a cavar a sepultura da menina, um olhar decidido no rosto.

Jones foi até onde Dot estava ajoelhada, sua sombra atravessada sobre ela.

– Cantei a canção da morte deles – falou mansamente. – É o bastante.

Dot parou de cavar, olhou por alguns instantes o buraco na areia, e então levantou lentamente a cabeça, até fitá-lo.

– Você não tem o direito. Nenhum direito de dizer qualquer coisa sobre eles.

– Precisamos encontrar Lily.

Ela sacudiu a cabeça.

– Não acredito mais em você.

– Então acredite na libélula.

– A mãe tem razão. Isso é conversa fiada.

Jones examinou-a por um momento.

– Por causa dela, sabemos onde Lily está. Temos um, talvez dois dias. Depois disso, vai desaparecer no México.

Dot aprumou-se, mas não deu sinais de que ia responder.

– Preciso do seu poder. Sua irmã precisa de você.

Dot apenas balançou a cabeça e baixou a vista para a sepultura. Jones observou-a por uns instantes, e depois montou na tordilha.

Samuel Jones cavalgou lentamente pelo cânion solitário. Vireonídeos de olhos brancos piavam sua canção noturna nas moitas de algorabeira. Ele cavalgara sozinho a maior parte da vida, mas nunca tão sozinho assim, nunca antes com essa sensação de total solidão.

De repente, seus pensamentos estavam no apache coxo e uma menina branca que ele não conhecia. Nunca vira. Tudo o que sabia era que a criança estava gravemente ferida. Talvez morta. Não sabia como sabia – o pensamento estava simplesmente ali em sua cabeça. Sentiu um aperto na garganta. Estaria sua mente, enquanto aquilo sumia, lhe pregando peças? Estaria apenas ser recordando do que tinha acontecido ali no cânion tanto tempo atrás? Não. Não era um homem que usava a idade ou a morte como desculpas. Estava pensando no apache aleijado e na menina branca e em algo irremediável. Algo que já havia acontecido. Tinha certeza.

Foi tragado por uma sensação de impotência – pensar naquele homem o levara à desatenção. Então o rosto de Lily pareceu flutuar num círculo de luz estranho diante de seus olhos. Piscou e, abruptamente, o belo semblante e o círculo incandescente desapareceram. Escoiceou a velha tordilha para trotar.

Cavaram apenas covas rasas na areia para as crianças menores. Mesmo assim, estava escuro quando, finalmente, terminaram, e Dot ofegava e gemia. Isso nada tinha a ver com o cansaço, apenas com o fato de que ela precisou libertar os terríveis sentimentos presos em seu íntimo.

Ajoelharam-se, Maggie forçou a vista nas intensas sombras da noite e leu uma passagem de sua Bíblia. Depois disso, Dot levantou-se fatigada e baixou a vista para ela: a pele da mãe era como alabastro, as feições pareciam com as de deusas romanas que Dot vira milhares de vezes em casa, no estereoscópio. Bela, forte e honrada. Maggie estava coberta de suor e poeira, e parecia exausta. Dot a amava. Mesmo sem Maggie acreditar na visão, Dot sabia que ela não a abandonaria nem à busca.

– Obrigada.

Maggie sorriu.

– Você tem um bom coração. Nunca perca isso.

Beberam novamente, e então Maggie se lavou e trocou de roupa. Depois, levaram Alice e o ruão até a água e ficaram olhando-os sugar o líquido, seus flancos e barrigas enchendo até parecerem que poderiam estourar. Dot não removeu o pigmento vermelho. Maggie não forçou.

– Deveremos estar em casa dentro de três ou quatro dias.

Dot estava parada perto de Alice, esfregando as orelhas da mula.

– Não posso – disse ela.

Maggie apenas ficou sentada encarando a areia.

O rastro de Jones penetrava fundo, por quilômetros, no cânion selvagem e belo. Então, virava bruscamente para dentro de uma estreita fenda no arenito vermelho, e começava a subir para as montanhas mais altas. Quando havia luar bastante para enxergar, seguiam perceptivelmente as marcas dos cascos da tordilha na terra. Mas não seria necessário. Alice conhecia o faro, e, freneticamente, deslindava o rastro como um cão de caça.

Prosseguiram, mesmo após a lua se perder atrás de nuvens escuras, tornando impossível enxergar muita coisa. Alice prosseguia penosamente, farejando e bufando pelo caminho, numa caminhada firme e certeira. Dot estava confiante em sua habilidade para decifrar o rastro em meio ao vasto lago de escuridão que as envolvia.

Tinham deixado as montanhas e seguiam agora pelas colinas e dunas ondulantes. Dot conseguia distinguir as formas das algorabeiras e carvalhos. Embora cavalgassem lado a lado, ela e a mãe não se falavam havia algum tempo, quando Dot se virou e a olhou.

– Ele está indo para o rio – disse Dot, baixinho. – Lily está por lá. Vovô conhece o local que descrevi, e é para lá que ele vai.

Maggie não respondeu.

CAPÍTULO 7

Os cavalos marchavam a passo por entre os arbustos de artemísia, e o ar frio da noite estava pungente com o cheiro das plantas. Com a lua por trás das nuvens, não havia a menor chance de enxergar a alguma distância. Sondando a escuridão, Dot calculou que devia haver água por perto porque podia ver as formas sombrias de choupos contra a linha do horizonte. As árvores faziam-na lembrar de casa e seus pensamentos voavam penosamente para seu pai, Mannito e Lily. Dois deles perdidos.

Afastou a tristeza e lembrou de coisas que ela e Lily costumavam fazer. Embora seis anos mais velha, a irmã sempre tivera tempo para ela: brincando de jogar varetas ou com bonecas, com marionetes ou aprendendo versos, vestindo-se com capricho ou simplesmente conversando. Se algo a aborrecia, ela procurava Lily. Agora ela se fora.

Os cavalos seguiram diretamente para os contornos vagos das árvores. Ela perscrutou o mato que a cercava. Capim ralo e arbustos rasteiros. Pasto pobre. Estavam procurando comida para os animais nas últimas duas horas. Maggie mudou de posição na sela, e Dot olhou para ela.

– O que vão fazer com ela?

A pergunta pareceu perturbar Maggie, que olhou para o pescoço do cavalo por alguns momentos e então desmontou.

– Vamos deixar estes animais pastarem um pouco. – Ela puxou o relógio de bolso de prata de Brake, fingindo verificar a hora, estudando a pequena fotografia dela e de Brake e tremendo bastante. Dot continuou a encará-la.

– Mãe, por que não me conta?

– Não quero contar-lhe coisas que não desejo saber eu mesma – disse Maggie, agachando-se e pousando o relógio sobre uma pequena pedra e erguendo de novo a cabeça para fitar o céu.

– Tem de me contar.

Maggie olhou para ela de novo e tomou fôlego.

– Talvez vendê-la.

– Como escrava?

Maggie assentiu com a cabeça.

– Por quê?

Maggie nada disse.

– Mãe? – a voz de Dot parecia assustada.

Maggie baixou o olhar até a areia, sacudindo a cabeça.

– Mãe?

– Para procriar.

– Não entendo.

Maggie sacudiu a cabeça.

– Simplesmente para procriar.

– Vão machucá-la?

Maggie levantou-se rapidamente e afastou-se da filha, reprimindo o grito que lutava para sair de sua garganta. Havia esquecido o relógio.

Dot observou os animais pastarem durante muito tempo. O pensamento de procriar a enojava. Elas tinham de chegar até Lily antes que isto acontecesse.

Estavam sentadas perto dos animais na chapada sombria quando um ruído dos choupos chegou até elas. O ruão e a mula empinaram as orelhas e observaram as sombras escuras na borda da fileira de árvores. Maggie e Dot ficaram petrificadas, e então lentamente se ergueram sobre os joelhos e olharam por baixo da barriga do cavalo na direção do som.

– Viu alguma coisa?

– Estou de olho no lugar – disse Maggie em voz baixa –, mas não consigo ver nada. E você?

Ficou de pé e deslizou o fuzil suavemente para fora do estojo da sela debaixo do seu estribo.

– Não.

– Existe uma boa chance de que não saibam que estamos aqui. Vamos deixar as coisas assim. Aperte as barrigueiras enquanto eu vigio. Sem barulho. Então vamos sair daqui.

Dot ficou de pé e remexeu nervosamente na sacola da sua sela por um momento, puxando finalmente algo pequeno de aparência suja e apertando-o na mão.

– O que é isto?

Dot hesitou.

– Uma garra de águia que vovô deu a Lily. Ajuda a pessoa a fugir do perigo.

Maggie nada disse. Apenas continuou a examinar as silhuetas escuras das árvores na distância. Então virou a cabeça e olhou através da escuridão para a filha, esperando até que seus olhos se cruzassem antes de falar.

– Jogue isso fora – disse com firmeza. – Agora. Antes que lhe faça mal.

O caçador havia deixado a cativa e sua filha ferida sentadas numa posição cruel sobre o cavalo, um nó corrediço atado com firmeza ao redor do pescoço da mulher, a corda tão esticada que ela era forçada a cavalgar dobrada sobre a menina ou sufocar. Amarrou seus pulsos num laço tão cerrado que ela não podia mais sentir as mãos; as correias presas ao arção dianteiro da sela frouxas apenas o suficiente para que ela ainda pudesse segurar sua filha. Ou mal pudesse segurá-la.

A mulher estava desesperada. Tentou implorar, mas toda vez ele batia nela ou chutava o cavalo com força no flanco, fazendo o animal corcovear. Desistiu de tentar, receando derrubar a criança. Sabia que se isso acontecesse, ele a deixaria para trás para morrer.

Não podia deixar que ela morresse. A menina choramingava, e a mulher começou a cantar numa voz atordoada, indagando-se por que o marido não tinha voltado da estrebaria.

O apache agachou-se desajeitadamente sobre a perna deformada e investigou o lugar onde ouvira conversa. Seus poderes eram bons: mesmo na escuridão, o relógio pequeno brilhava. Ele o pegou e acendeu um fósforo e estudou a imagem do homem e da mulher. Seu coração bateu mais forte, sentindo que já havia visto os dois. O fósforo apagou, e ele não teve mais certeza. Alguma coisa nos seus rostos. Alguma coisa. Ficou tenso, e seus pensamentos voltaram para o gigante velho.

Rapidamente, manquejou sobre a areia, riscando no terreno círculos cada vez mais abertos. Nada encontrou indicando que o magro estivesse por perto; seus pensamentos voltaram às pessoas na imagem-fantasma, acendendo outro fósforo e examinando seus rostos. Por que lhe tinham trazido pensamentos do velho? Não sabia. Frustrado, ergueu os olhos e observou a mulher lutando para segurar a filha ferida e sentiu-se melhor.

Maggie e Dot cavalgavam forte havia várias horas quando a mancha amarela da luz de fogo nas copas das árvores à frente deixou-as despertas. Dot sentiu Alice erguendo a cabeça para zurrar e saltou ao chão e agarrou o focinho da mula.

– Não ouse fazer isto – sussurrou na orelha do animal. – Não temos nenhuma idéia de quem seja. Se não tomar cuidado, Alice, você pode virar bife antes do amanhecer.

Maggie desmontou e sacou a pistola, apertando os olhos na direção da luz e escutando.

– É mais de uma voz – disse.

– Uma delas é do vovô.

– Como sabe?

– Alice está tremendo. Faz isso sempre que está perto dele. Deve ter acampado com alguém – fez uma pausa. – Mas não é coisa que normalmente faria. – Havia um som preocupado na sua voz.

– É o que estou pensando – disse Maggie.

Levaram o cavalo e a mula quilômetro e meio trilha acima, maneando e encabrestando-os num renque de salgueiros, longe o bastante para que, ainda que Alice zurrasse alto para acordar cobras, o som não chegaria ao acampamento. Convencida de que era uma fogueira de branco, Maggie fez Dot limpar o pigmento vermelho do seu rosto e dos seus braços. Voltaram então cautelosamente, o borrão de luz amarela ainda tremeluzindo suave, de forma ameaçadora, através das árvores altas, as vozes subindo e descendo entre as sombras. Maggie seguiu na frente, a pistola na mão.

Samuel Jones estava sentado na tordilha, os braços amarrados firmemente às costas. Ainda portava os calções de vaqueiro, o peitoral e a faca Lakota de primeira qualidade. A maioria da pintura no seu rosto fora removida, mas sobrou borrão o bastante para lhe dar um aspecto um tanto selvagem e bestial. A égua velha estava amarrada a uma árvore e dormia. Chaco estava sentado do lado do velho, resmungando de vez em quando. Uma dúzia de homens brancos, de pé em torno de uma grande fogueira, discutia.

– Enforquem ele.

– Queimem ele! – gritou outro.

Dot começou a correr.

– Este é o meu avô!

Os homens no círculo ficaram petrificados por um momento e então explodiram, pulando e tropeçando em busca de cobertura. Olharam com surpresa espantada para a jovem zangada de pé diante deles. Chaco rosnou para ela.

– Vovô, você está bem?

O velho virou-se, olhou para ela e assentiu com a cabeça.

– Que diabos está fazendo aqui? – perguntou um dos homens.

– Procurando meu avô – disse ela, as palavras soando como um desafio.

Os homens olharam para ela e para Jones. Um deles, um grandalhão, tipo barril usado com uma barba ruiva, caminhou até ela.

– Este é o seu avô? – disse, piscando para os outros.

– É isso mesmo.

Surpreso com a resposta, o homem disse:

– Não, este velho é um índio.

Dot recuou, como que se preparando para atacar.

– É o meu avô. Não é índio coisa nenhuma. Ele pensa que é. Soltem-no.

Dot estava pensando se deveria apontar a espingarda para eles, quando captou um movimento no lado do seu olho.

– Soltem-no – repetiu Maggie calmamente, sua pistola apontada em cheio para o peito do homem em frente de Dot. Seu chapéu pendia do pescoço por um cordão, os longos cabelos castanhos caíam-lhe pelos ombros. Olhando para ela, Dot sentiu de novo o quanto a amava. Como podia sempre contar com ela e com sua grande força. Seu avô as observava.

– Quem é você? – perguntou o homem.

– Sou a mãe desta criança. E aquele é o seu avô.

Os homens olharam desconfiados para elas, alguns virando-se para observar o velho sentado imóvel e silencioso no cavalo índio, depois de novo para Maggie e Dot. Não compravam a idéia. Aquilo parecia impossível.

– Talvez elas não gostem de enforcamentos, Henry – gritou alguém do fundo da turba.

– Não gosto – replicou Maggie. – Especialmente de parentes meus – fez uma pausa. – E vou matar quem tentar.

– Este velho é um miserável de um índio. Olhe para ele. Não é nenhum parente de vocês – bufou o homem chamado Henry. – O que vocês estão querendo?

Concentradas nos homens, nem Dot nem Maggie notaram a advertência que Jones fez com os olhos. Subitamente, tudo acabou. Dois homens se arrastaram por trás delas e avançaram, desarmando-as e empurrando-as até que se sentassem no chão.

– Tirem suas mãos de mim! – disse Maggie ferozmente.

– Minha senhora, quem é e o que está fazendo? – perguntou o homem de barba ruiva, desarrolhando um quartilho de uísque e tomando um gole. – Estamos dentro da lei. Comissionados para matar tribos hostis.

Maggie fuzilou-o com o olhar.

– Meu nome é Margaret Baldwin e esta é minha filha. Meu marido tem um rancho no Novo México. Minha filha mais velha foi raptada uma semana atrás e estamos tentando trazê-la de volta. Agora deixem-nos ir!

– E este é o seu pai?

Maggie assentiu com a cabeça.

– Por que está vestido como um desgraçado de um pagão se é branco. Ou vocês são mestiços?

– Sou branca pura e ele também – fez uma pausa. – Ele é só um excêntrico, nada mais.

– Excêntrico com os diabos – gritou alguém.

– De que parte do Novo México? – perguntou um homem alto e magro.

– Chimayo.

– Então por que o xerife Bob Wills não está procurando a sua filha? – o homem prosseguiu, estudando seu rosto como se não acreditasse nela.

Maggie ficou de pé e espanou suas calças.

– Foi morto quando tentava.

– Wills morreu? – perguntou o homem de barba ruiva.

– Emboscado pelos índios que levaram minha filha e atiraram no meu marido.

– Ei, Henry – gritou alguém. – Esta é aquela boa rancheira que cuida de todos os doentes e marginais naquelas bandas. Com os diabos, está apenas tentando salvar mais este aqui.

– É verdade?

– Que eu cuido das pessoas? Sim. Mas, como já disse, este homem é meu pai.

– E estes índios hostis estão indo para o sul com a sua filha?

Maggie olhou para Jones. Ele ainda a observava, mas sem emoção visível. Ela tinha pressentimentos estranhos de novo.

– Senhora, eu lhe fiz uma pergunta.

Maggie acenou com a cabeça.

– Estão cavalgando para o sul.

– Não acredito que o Cochise aqui seja parte da árvore familiar – gritou alguém. – Não parece nenhum índio de fantasia.

Os homens riram.

– É um danado de um cão de guerra Sioux — ou talvez um sodomita!

Uma pequena multidão se aproximara para cercar a tordilha e Jones. O velho os ignorou.

Dot não podia tirar os olhos dele, mordendo o lábio inferior enquanto observava seu rosto curtido pelo tempo e os pequenos olhos escuros. Parecia em paz. Ela se perguntava por que ainda se importava com ele depois de ter visto aquelas pessoas no cânion. Não interessava por quê. Ela simplesmente se importava. Receava por sua vida. Aqueles homens estavam bêbados e raivosos. Lembrava-se da advertência da sra. Abby sobre a maneira como estava vestido. Tudo o que dissera foi: "Não vou ser visto." Mas foi. Ela adivinhava que seu sortilégio dera errado, como ele disse. Não mentira em relação a isso.

– Vocês são texanos? – perguntou Maggie para fazer com que continuassem falando. – Não tem havido problema com índios por estas partes há algum tempo, então por que prender meu pai?

– Senhora, está brincando com a gente ou deixou de ouvir notícias importantes. Apaches deixaram a reserva umas duas semanas atrás a caminho do México. Estávamos justamente descendo para lá quando cruzamos a sua trilha. Já estamos atrás deles há três dias. Devemos pegá-los amanhã ou no dia seguinte.

Por um breve momento, Maggie calculou as chances de que estes homens estivessem caçando os mesmos apaches que tinham levado Lily. Não era provável. Então alguém jogou uma corda por sobre um galho de árvore.

– Soltem ele! – gritou Dot.

– Já matou algum branco? – gritou para Jones um homem com cabelos amarelos sujos. O velho o ignorou.

– Com os diabos, diga alguma coisa! – o homem fustigou o ombro de Jones com um chicote de montaria, tirando-lhe sangue. Chaco ficou tremendo por um instante e então saltou do relvado agarrando as botas do homem e fazendo-o dançar. Finalmente o homem acertou o pequeno cão no meio do corpo, chutando-o para o chaparral. O pequeno *terrier* não voltou dos arbustos.

– Deixem ele em paz! – guinchou Dot. Alguém a agarrava por trás e ela chutava e tentava se livrar. Maggie lutava com outro homem.

Tinham colocado o laço ao redor do pescoço de Jones.

– Estou lhe perguntando de novo – chiou o homem de cabelos amarelos. – Já matou algum branco?

– Não, ele não matou – gritou Maggie.

– Não estou perguntando a você, sua cadela.

Jones virou-se lentamente e encarou o homem com um olhar que, embora estivesse a apenas um tapa no traseiro do cavalo de ser enforcado, parecia ameaçador.

Baixou um pouco a voz.

– Nunca mais ouse falar assim com ela.

Os olhos de Maggie correram até o rosto do pai.

O homem cuspiu nele.

– O que vai fazer?

Jones não respondeu imediatamente, apenas encarou o homem nos olhos até que ele se sentiu constrangido e evitou o olhar, afastando-se.

– Se falar de novo assim com ela vou cortar você do umbigo até o nariz.

Todos riram, apreciando o comentário mais ainda ao saber que vinha de um homem condenado. A pele do homem de cabelos amarelos ruborizou.

– Vamos enforcar ele! – gritou.

– Então tirem elas daqui – disse Jones, calmamente, apontando com a cabeça para a filha e a neta.

– Ora, até que concordamos com isto! – brincou alguém.

Os homens começaram a conduzir Maggie e Dot para fora do acampamento, ambas gritando e lutando.

– Sou índia – berrou Dot para eles. – Me enforquem também!

Maggie conseguiu soltar os ombros e ficou parada olhando para o pai, inundada por suas emoções. Todo movimento e som pareceram parar, seu corpo tremendo diante do pensamento de que ele partiria em poucos minutos. Forçaram-na a se afastar.

Tentou vê-lo através das árvores, mas não conseguiu. Os sons estavam voltando até ela. As pessoas se mexiam de novo, e ela lembrava como se sentira orgulhosa dele antigamente. Mas o sentimento de orgulho havia sumido. Só uma sensação de ausência persistia.

O velho desvencilhou-se com vigor e olhou ao redor, procurando a filha. A tordilha assustou-se e saltou, e os homens agarraram e imobilizaram o animal.

– Ô, seu cachorrão velho. Temos de fazer isto direito. Não queremos você engasgando, cuspindo, mordendo a língua e mijando em cima de nós. Uma quebrada rápida de pescoço, é o que basta.

Jones não prestava atenção a eles, seus olhos buscando Maggie na escuridão. Mas ela tinha desaparecido.

Maggie parou de lutar e deixou que o homem a empurrasse na escuridão, apressadamente puxando uma de suas luvas de montaria enquanto ela caminhava. Ela esperou até que a pressão sobre seus ombros relaxou um pouco. Esperou de novo. Só teria uma chance. Parou abruptamente, o homem trombando nela, ergueu a bota e pisou com força no pé dele, rodopiou e enfiou um joelho entre as pernas dele.

O homem tinha excesso de peso, exalou com força e gemeu, dobrando-se na cintura. Maggie rapidamente calculou a distância e deu uns passos para trás, baixou o ombro, apoiou seu peso sobre o pé direito, mirou e jogou seu punho enluvado com tudo o que tinha em seus 55 quilos. Atingiu a cabeça dele com tudo, como Brake lhe havia ensinado. Suas juntas colidiram com um choque doloroso contra a têmpora do homem. O homem pareceu ficar suspenso no ar por um momento e então tombou para a frente, apoiando-se nos joelhos. Nocauteado na vertical. Maggie agarrou sua pistola e correu freneticamente na direção do seu pai.

– Que diabo vocês estão fazendo? – gritou uma voz a alguma distância adiante dela.

Maggie correu através da turba e agarrou a brida da tordilha, imobilizando o cavalo e apontando a pistola para os homens que a cercavam.

– Vocês deviam esperar em El Paso – disse o recém-chegado aos homens. – O que aconteceu?

Maggie segurou com mais firmeza a tordilha e Dot arrastou-se por trás do avô e tirou o laço do seu pescoço.

– Está bem, vovô?

A resposta foi fraca, mas estranhamente sem medo.

– Estou ótimo, querida.

– Achamos que nunca ia largar aquele carteado, John – disse alguém ao recém-chegado. – Então simplesmente nos mandamos para o sul. Sabíamos que ia nos alcançar.

Maggie o viu de pé diante da turba. Tinha pernas curtas e quadris de mula e usava um chapéu-coco sobre um rosto suave. Impecavelmente arrumado, mas longe de ser impressionante. Ainda assim, a raiva nos seus olhos chamou-lhe a atenção.

– Se mandaram para o sul para enforcar um homem sem julgamento?

Ninguém respondeu, o tom da voz do homem não encorajava isto. Ele atravessou a malta e parou diante de Maggie, encarando-a, cumprimentando-a com um toque do chapéu-coco. Ela virou-se e apontou para Jones.

– É o meu pai.

O homem olhou para Jones e de novo para ela e sorriu.

– Seu pai? – perguntou o homem. Estava vestido estranhamente para caçar índios na imensidão: um terno de negócios com colete, colarinho e gravata. O terno tinha botões de pérolas vistosos que atraíram o olhar dela. Maggie não viu uma pistola, mas enxergou um distintivo de xerife no colete.

Ela acenou com a cabeça de novo.

O xerife olhou para Dot sentada atrás do velho. Estava pronta para brigar.

– Seu avô, imagino?

– Sim. E não deviam estar tratando ele assim. Não fez nada. E um deles – acrescentou ela, apontando zangada para o louro, – machucou o cachorro dele.

– Foi o que aconteceu?

– Em nome de Jesus, John. Só porque uma garota meio índia e uma mulher bonita nos dizem que devemos deixar um índio livre, temos de fazer isso?

O xerife ignorou a observação.

– Vamos lá, homens, deixem este pessoal em paz.

Olhou de novo para Jones e explodiu em risada. O velho fazia questão de ignorá-lo. O homem da lei ficou diante da tordilha, sorrindo e coçando as orelhas do animal. Finalmente ele disse:

– Samuel, você parece um desgraçado de um peru com um porco-espinho montado na sua cabeça nesta indumentária.

Parou então e olhou para Maggie e Dot.

– Quantas mulheres você tem?

Maggie pareceu constrangida. Jones não respondeu.

– Conheço uma índia – continuou o xerife. – Agora com toda a certeza parece que tem uma branca.

Puxou um canivete e cortou as amarras de Jones. Parou de rir e ficou estudando o velho.

– Você não parece muito bem.

Jones olhou do alto para ele.

– Quais foram os apaches que se mandaram?

– Fique fora disto ou os rapazes vão linchar você. E eu vou ajudá-los. – Virou-se e olhou para a fogueira.

Jones olhou para as costas do homem.

– Ele está com eles? – persistiu.

O xerife parou e virou-se.

– Não sei, mas fique fora disto. Está me ouvindo? Não importa. Se estiver, então fez a sua escolha. E vai ter de pagar.

O xerife estudou Jones por um momento mais, seu rosto traindo um sentimento de compaixão, depois virou-se e caminhou até a fogueira.

Dot e Jones se puseram de gatinhas e vararam os arbustos em busca do pequeno *terrier*. Encontraram-no inconsciente e sangrando pela boca. Jones o apanhou cuidadosamente e então montou, conduziu a tordilha até o homem dos cabelos amarelos e disse:

– Espingarda.

– Tenho que devolver a ele? – perguntou o homem ao xerife?

– Sim.

Jones verificou o surrado Sharps como se fosse um belo relógio e examinou de alto a baixo o homem e disse:

– Se o meu cachorro morrer, eu volto para pegar você.

O homem atacou. Jones levantou o pé rapidamente e acertou a figura que investia no meio da garganta. O homem caiu ao chão, lutando freneticamente para respirar, totalmente sem ar. Dot tinha visto brigas antes, mas nenhuma terminou tão docemente como esta.

O xerife tomava café e sorria para Samuel Jones. Falou então aos homens:

– Deixem o sr. Jones em paz antes que alguém seja morto. – Olhou para Maggie.

– Venha comer. E vamos falar sobre sua filha perdida.

Jones estava sentado calmamente na tordilha, suas mãos enormes pousadas sobre o grande arção de prata, sua atenção concentrada na areia diante do cavalo. Maggie e Dot escutavam o xerife. O homem da lei estava encorajando Maggie a ficar com o grupo, prometendo buscar Lily. Levantou-se e caminhou até onde havia um índio sentado numa pedra. Os dois homens conversaram por algum tempo. O batedor, Maggie imaginou. Navajo, pela aparência dos seus colares e dos brincos de pedra.

Quando o homem da lei voltou, falou:

– Mequecito diz que estamos perseguindo apaches. E ele é bom e em sinais.

O homem olhou para Maggie.

– Fique e vamos encontrar sua filha, e estará mais segura conosco do que cavalgando pelas colinas no escuro. Mesmo com aquele velho como seu guia.

Maggie detectou respeito por seu pai no comentário do xerife e ficou a imaginar como ele o conhecia. Observou o navajo e Jones conversando e olhou de novo para o xerife.

– Minha filha não está com eles – disse. – Vocês estão seguindo outro grupo.

– Vão se juntar mais cedo ou mais tarde – disse o xerife, preparando um cigarro. – Sempre fazem isso. Espalham-se como lobos, depois voltam a se juntar. Lisos como mercúrio.

Dot chegou mais perto da mãe.

– Mãe, temos de ir com o vovô – sussurrou. – Ele vai encontrar Lily.

– Se Lily estiver por aqui – disse Maggie, mantendo a voz baixa –, o que eu ainda duvido, estes homens a encontrarão bem antes que o seu avô consiga.

– Por favor, mãe.

Maggie levantou-se e tirou a poeira das calças.

– Deixe-me pensar um pouco, xerife.

Uma hora depois, Jones ainda estava sentado na velha tordilha, parecendo relutante em partir. Maggie e Dot estavam perto da fogueira, descansando sobre algumas pedras. Dot olhava para o avô de uma maneira desesperançada. O xerife estava sentado por perto, fumando e tomando uma xícara de café, mas também observando o velho.

– Ama – disse Jones.

Maggie levantou os olhos para ele.

– Temos de encontrar Lily.

Ela negou com a cabeça.

Ele a observou por mais alguns momentos e disse:

– Alice sabe me encontrar.

Estalou a língua para a tordilha e partiu na escuridão. Dot estava fungando.

– Por favor, vamos com ele.

– Não. Vamos pegar nossos rolos de cobertas.

– Samuel Jones – gritou o xerife.

Jones virou a tordilha e ficou olhando para o homem da lei. O homem não falou nada por um momento. Então limpou a garganta e disse:

– Tome cuidado. Ouviu?

Jones observou-o à luz bruxuleante da fogueira, e Dot sentiu alguma coisa invisível passar entre eles. Amizade, lembranças. Algo. Então seu avô acenou com a cabeça e virou a tordilha de novo.

O xerife e os homens viram Jones e seu pequeno cavalo desaparecer na noite. Ninguém falou nada por um tempo, a maioria sentindo um respeito ressentido pelo velho e pela maneira como encarara friamente sua própria morte.

– Ele é tão duro quanto a sua conversa? – perguntou um homem calvo.

O xerife derramou o seu café no chão, acenando com a cabeça.

– Meio adoentado agora, mas houve um tempo... – pareceu sorrir com alguma lembrança. – Naqueles tempos eu pensaria muito bem antes de convidá-lo para uma dança. – Enrolou outro cigarro.

– Se é um sujeito tão danado assim, como foi que nunca ouvimos falar dele? – provocou o louro.

Maggie e Dot voltaram à luz da fogueira e sentaram-se na areia perto do calor das chamas.

A fumaça do cigarro do xerife subia lentamente em espirais no ar frio da noite.

– Andou a maior parte do tempo pelo México. Longe das cidades.

– Com os diabos, John – praguejou Redd. – Íamos linchar o filho da mãe certo.

Maggie e Dot lançaram-lhe olhares furiosos. Ele chutou uma pedra.

– É mestiço? – perguntou o homem calvo.

– Não – disse Maggie. – É tão branco quanto você.

– Mas tem coração de índio – disse Dot em tom de desafio, e depois bocejou. Maggie colocou o braço em volta dos ombros da filha.

– Ouvi dizer que esteve na universidade. É verdade? – perguntou o xerife, afastando com a mão uma nuvem de fumaça do seu rosto.

Maggie assentiu com a cabeça.

– Boston. Depois, ensinou numa escola em Connecticut e veio ao Oeste negociar com os índios para uma companhia de St. Louis – ela fez uma pausa. – Depois disso, virou fazendeiro por algum tempo – sua voz se apagou.

O xerife sacudiu a cabeça, espantado com a mudança nas circunstâncias do velho.

– Quando o conheci já era um branco amigado com uma índia – o xerife serviu-se de café fresco. – Sua mãe? – perguntou.

Ela enrubesceu.

– Não. Minha mãe era de St. Louis. Não sei quem era esta mulher.

O xerife jogou a guimba do cigarro na fogueira e tomou um gole de café.

– Apache da Montanha Branca. Mulher bonita, não muito maior do que um carrapato de veado.

Maggie sentiu calor atrás das orelhas ao ouvi-lo falar desta mulher que havia destruído a sua vida. Mesmo assim, esperava que continuasse. Quando ele não falou mais nada, ela pigarreou e olhou para a areia debaixo dos seus pés.

– Quem era ela? – tentou fazer a pergunta parecer tão casual quanto possível, puxando a filha adormecida mais para perto de si.

O xerife segurou a xícara de café com as duas mãos, inclinou a cabeça para trás e olhou para as estrelas. Maggie gostava dele.

– Deixe-me pensar a respeito – disse. – Eu era xerife de Anthony perto da fronteira nos anos 1850. Eles vinham do México para comerciar duas ou três vezes ao ano. Naqueles dias um apache podia andar em qualquer cidade americana sem levar tiros. Coçou a nuca e pensou de novo. – Uma coisa é certa: ela não era gentalha.

A curiosidade crescia dentro de Maggie.

– Filha de um chefe do bando da Montanha Branca. Realeza entre os apaches. E tinha toda a aparência. Bonita. Um olhar esperto. Um certo orgulho. Sempre vestida com pele de gamo e contas. Maneiras agradáveis. Eu gostava dela. Gostava do seu brio. As pessoas em Anthony consideravam os apaches escória. Ela sabia disto, mas nunca se curvava. Sempre simpática. Falava um pouco de inglês. Acho que Jones lhe ensinou. O xerife olhou para Maggie e sorriu. – Teria se orgulhado dela – disse, tentando ser gentil, sem saber a dor que suas palavras lhe causavam.

Os pensamentos imediatos de Maggie eram confusos. Podia ser uma porção de coisas, mas orgulhosa desta índia não era uma delas.

– Aquela pequena amava o seu pai. Uma coisa rara numa apache, amar um homem branco – disse o xerife.

– Por quê? – Maggie se viu perguntando.

– A pureza da raça. Não se meta com brancos ou mexicanos. Não se case fora da sua própria gente. Então eu acho que eles tinham algo raro. Riu bem humoradamente de novo. – Seu pai dava ouvidos àquela pequena, não importa as circunstâncias – tomou outro gole de café e olhou para o fogo, rememorando aqueles anos.

– Por Jesus, John – grunhiu Red. – Ele andava com aqueles apaches miseráveis e nós o deixamos escapar daqui como se fosse um pastor batista.

O xerife tomou outro gole de café, estudando o rosto pesado do homem sobre a borda da sua xícara. Finalmente disse:

– Se quer pegá-lo mesmo, Red, monte o cavalo e vá atrás dele. Mas vá sozinho. A maioria destes homens tem mulher e filhos que precisam deles.

Red pensou um momento e então, numa voz sombria:

– Com os diabos. Ele não é tão durão assim. Mas isto não é pessoal entre ele e mim.

– Lembro uma noite de agosto – disse o xerife, dirigindo-se a Maggie –, quando quatro caubóis do Texas pegaram sua madrasta na calçada e começaram a dançar com ela. Era um bando ruim.

Corriam rumores de que tinham matado um homem no Kansas e eu tinha tido problemas com eles mais cedo naquele dia num dos *saloons*. No começo estavam apenas dançando com ela na rua, segurando-a pelos pulsos para que não pudesse ir embora. Mas estavam bêbados e começaram a puxar as roupas dela até que abriram a peça superior.

Olhou de novo para as chamas, seus olhos se estreitando.

– Uma outra índia tinha ido atrás de Jones e quando ele chegou lá as coisas ficaram feias. Havia uma lei contra o uso de armas na cidade. Mas não facas. E um daqueles rapazes puxou a sua e cortou Jones. Acho que pensavam em assustá-lo. Rapazes, vocês o viram esta noite. Ele não se assusta fácil – disse o xerife. – Foi um grande erro. Antes que eu chegasse lá, Jones tinha matado o sujeito que o cortara.

O xerife enfiou as mãos bem fundo nos bolsos das calças e ficou de pé diante da fogueira.

– E aí? – perguntou o homem calvo.

– Ordenei que parassem. Atirei para o ar com minha pistola. Atirei no chão perto dos seus pés. Mas Jones não conseguia parar. Algumas mulheres da cidade tinham levado sua mulher para fora dali.

O xerife puxou o lábio inferior e olhou para dentro da noite. Sacudiu a cabeça, sorrindo, como se a lembrança ainda o surpreendesse.

– Eu continuava gritando com eles, atirando com minha pistola ao redor deles. Com os diabos, atirei tanto que tive de parar para recarregar duas vezes.

Os homens sorriam a sacudiam a cabeça.

– Eu parecia um burro, gastando minha munição e berrando até ficar rouco, e ninguém prestando atenção. Até acertei acidentalmente no pé dele, mas ele não tinha como parar. Continuava manquejando ao redor daqueles caubóis.

O xerife esticou os braços para o céu e contorceu os dedos. Os homens e Maggie esperaram.

– Todos eles tinham sacado suas facas. Por isso eu é que não ia entrar no meio da roda para cumprimentar os rapazes. Mas tinha de acabar com aquilo – o xerife sorriu timidamente. – O xerife era eleito naquela cidade.

Os homens caíram na risada.

– Os texanos já tinham apanhado o bastante e pareciam abatidos. Mas não ele – o homem da lei deu um riso abafado, olhando na direção em que o velho havia cavalgado. – De jeito nenhum. Estava decidido a acabar com eles. Nunca vi três caubóis mais desacorçoados na minha vida. Até que gostei desta parte da história.

– E como foi que parou? – arriscou alguém.

– Dei-lhe um tiro na perna. Derrubei-o como um porco que leva uma cacetada – o xerife parou de falar e deu a impressão de que havia encerrado a história pela noite.

– E acabou? – perguntou alguém.

– Com os diabos que não.

Os homens assobiaram e bateram os pés em apreciação da coragem de Jones.

– Aquele homem que vocês iam linchar levantou-se da poeira e partiu para cima daqueles rapazes de novo. Alvejado no pé, alvejado na perna e esfaqueado, mas ainda pronto para a luta. – O xerife parou e estendeu os braços para cima até onde podia alcançar.

O homem calvo resmungou.

– Por Jesus de Deus, John, você não sabe a diferença entre contar uma história e um urinol cheio de mijo. Que diabos aconteceu?

O xerife olhou para Maggie, que o observava tão atentamente quanto os outros.

– Sua madrasta veio correndo. – Fez uma pausa. – Eu estou ali pensando, bem, este búfalo é maluco e vai ter de ser morto. E então chega a sua madrasta, uma mulherzinha pequena, talvez chegasse até aqui em mim – disse ele, colocando a mão num ponto logo abaixo do peito. – Não era mais alta do que isto.

Maggie calculou a altura em torno de menos de um metro e meio.

– E, numa voz que eu quase não conseguia ouvir, ela diz: "Samuel."

O rosto do xerife abriu-se num sorriso largo e ele sacudiu a cabeça, como se tivesse acabado de contar uma mentira que esperava ninguém fosse acreditar.

– E foi isso aí – continuou. – Apenas: "Samuel." Como se o estivesse chamando para o jantar. Do jeito mais suave possível.

"E o seu pai recua e se afasta, sobe a rua manquejando ao lado dela. Como um cachorro grande. – Ele estava reprimindo o riso. – Nunca vi nada como aquilo antes ou desde então. Tão espantoso como chamar um buldogue para fora de uma briga.

"Isto sim é que é amor – disse.

"Amor. Madrasta. Esperta. Bonita." Maggie não podia tirar as palavras da sua cabeça. Pareciam queimar dentro dela como a lixívia que colocava no seu sabão de lavar roupa. Ficou olhando para a fogueira por um longo tempo.

"MAH-GUII..."

Cabelos molhados escorriam através da testa úmida de Maggie e seus olhos dardejavam tumultuadamente debaixo de suas pálpebras fechadas. Vagos ruídos na sua mente. A voz sussurrada de novo...

"Mah-guii..."

Ela se debatia no colchão desenrolado sobre o chão, a noite fria, mas seu corpo coberto por uma camada de perspiração.

"Mah-guii..." A voz parecia implorar.

Deu uma pernada, gritando de medo. Seus olhos se escancararam. Maggie estava deitada entre seus cobertores numa poça de suor, sem se mexer. Ouvia o silêncio ventoso do acampamento no deserto. Dot dormia do seu lado. O xerife e o resto dos homens estavam deitados em vários locais ao redor da fogueira, o fogo não mais do que brasas ardentes agora. Ela enxugou o rosto com o cobertor e sorriu. Um sonho. Nada mais. Um sonho maluco. Sentou-se tentando juntar seus fragmentos.

Apenas um sonho, continuava repetindo. A voz familiar. Flutuando no céu noturno até ela. A mesma voz de sonho que ouvira grande parte de sua vida.

A voz de quem? Perguntou-se de novo. Durante todos aqueles anos nunca encontrara a resposta. Maggie esfregou os dedos suavemente sobre seus lábios e olhou sem ver para o cobertor, pensando nos estranhos sussurros. A voz de uma criança. Uma criança índia. O sotaque claro.

Graças a Deus não foi como da primeira vez. Podia ainda lembrar aquela noite, tantos anos atrás, quando fora despertada à força pelos gritos horríveis chamando seu nome... e então um silêncio escuro. Nunca ouvira o grito de novo, como se o som tivesse desaparecido flutuando para dentro do universo. Agora, apenas a voz fraca chegava até ela.

Maggie estremeceu e puxou o cobertor até o pescoço. Esta noite a voz só tinha dito uma coisa: "Parta."

Maggie combateu este impulso o quanto pôde, mas acabou colocando as botas e acordando Dot e levando-a às pressas até os cavalos. Era loucura obedecer a uma voz desencarnada. Mas esta a assombrara. Sempre o fizera.

E, estranhamente, seus sussurros estavam geralmente certos. Disseram-lhe para se casar com Brake. Avisaram-na na manhã em que os apaches mataram Thelma e Julia. Ela tremeu de novo no ar frio da noite. Ela aprendera a ouvir esta pequena voz em sua cabeça. Era a única coisa índia que respeitava.

Dot ficou esfregando o sono em seus olhos e depois rastejou toda feliz até Alice e observou a mãe apertar a barrigueira do ruão.

– O que a fez mudar de idéia?

Maggie não se virou.

– Foi só a voz de um anjinho.

Dot sorriu. Cansada, mas feliz.

Alcançaram o velho quando ele e a tordilha trotavam sobre uma planície do deserto salpicada de pedaços escuros de rocha vulcânica. Dot cavalgou do lado do avô enquanto Maggie cobria a retaguarda. Por entre as rochas, a planície poeirenta era coberta de arbustos e descaía suavemente para a frente. A terra era toda rachada e morta. Chaco ainda estava inconsciente, e Jones o segurava nos braços. Latia fracamente em seu sono agitado.

– Como está ele, vovô?

– Machucado.

Ela estudou o rosto estranho do velho atentamente do lado. Finalmente, incomodado pela atenção, ele perguntou:

– O que é?

Os olhos dela se estreitaram e pareceu ponderar sobre alguma coisa.

– Não sei o que pensar sobre aquelas pessoas nas carroças.

Ele parou e colocou o pigmento de novo no rosto e nos braços dela. Maggie lançou-lhe um olhar zangado do ruão, mas nada falou.

– O senhor realmente fez aquilo? – perguntou Dot, de pé e olhando para ele.

Podiam ver o rosto um do outro na luz baça. Ele olhou como se estivesse penetrando através dos olhos dela, e então assentiu com a cabeça.

Dot não respondeu, apenas se virou e rastejou de volta até Alice. Cavalgaram algum tempo sem se falar até que ela o estudou de novo.

– Não há nada. Nada no mundo deveria ter obrigado o senhor.

Ele não reagiu.

Tinham colocado quilômetros entre eles e o bando quando Dot falou de novo. Ela podia sentir raiva do avô, mas não era capaz de guardar a raiva por muito tempo. Era uma coisa estranha.

– Vou rezar para que Deus perdoe o senhor.

Maggie cavalgou ao lado do velho e colocou uma camisa de flanela sobre o cachorrinho.

Ele não disse nada.

Soprava uma brisa gélida, e tanto Maggie como Dot vestiam jaquetas forradas de pele de ovelha. Jones cavalgava com sua tanga e *teguas**, aparentemente impermeável ao frio. Alice havia recaído no seu lugar de costume no lombo da tordilha, deixando Maggie sozinha do lado do velho. Cavalgaram em silêncio. Dot tinha adormecido na sela, e Maggie receava que deslizasse e caísse e se perdesse no escuro.

---

* Mocassins de cano alto bastante usados no México. (*N. do E.*)

– Ela precisa descansar – disse.

– Parem vocês. Vou continuar. O tempo está curto para Lily.

Maggie sacudiu a cabeça.

Os cavalos marchavam lentamente através de uma mata de cactos cerrados quando Jones falou de novo. Seus olhos enfocavam a escuridão à sua frente.

– Obrigado pelo que você fez no acampamento.

Maggie olhou para ele, o perfil magro difícil de divisar na noite.

– Por favor, não agradeça. Tentei impedir que o enforcassem para que não morresse como herói aos olhos de Dotty. Nada mais.

Ela puxou o ruão e postou-se atrás de Alice.

Estavam numa subida íngreme de novo quando a manhã rompia, movendo-se resolutos através de uma série de cânions rochosos, assustando carneiros selvagens que pastavam nas alturas. O velho parecia terrivelmente desgastado, a exaustão cobrindo cada emoção em seu rosto marcado por rugas profundas. O cachorrinho ainda não recuperara a consciência.

Maggie desmontou numa clareira arenosa. Estavam cercados por paredes íngremes de grês. Ela havia parado meio de raiva e meio decidida a dar um descanso a Dotty e aos animais. Fez uma pequena fogueira de gravetos e começou a preparar o café da manhã, sua cabeça preocupada com a história do xerife sobre a índia e o seu pai. Mas havia algo mais na sua mente também.

Seu pai perguntara ao xerife sobre outro índio. Perguntara se ele havia ou não fugido da reserva com os renegados. As preocupações de Maggie se concentravam na questão de saber se ele tentaria encontrar este outro homem, levando-as talvez às mãos de índios hostis. Poderia. Era bem capaz disso.

Dot estava sentada na areia com o queixo apoiado sobre os joelhos, observando Jones enquanto ele desmontava cuidadosamente com Chaco e ficava de pé ao lado da tordilha, juntando suas coisas contra as colinas. Seus movimentos eram tensos, e ela sabia que seu ombro machucado estava doendo.

Mais tarde, Maggie trouxe para Dot um desjejum magro de feijões-vermelhos cozidos e um pouco de presunto, pegou uma xícara de café e encostou-se numa pedra grande a poucos metros de distância, olhando cegamente para o paredão rochoso do outro lado do cânion. Dot comeu e observou-a.

– Está pensando em papai?

Maggie deu um meio-sorriso e acenou com a cabeça.

– Estou. E em James.

– Eu também. Acho que devia voltar para casa. Temos duas pessoas com que nos preocupar. Lilly e papai. Podíamos dividir. Você cuida de papai. Eu cuido de Lily.

Maggie sorriu.

– É bem você, Dorothy Baldwin, com sua mentalidade prática. Obrigada, mas não. Vamos voltar para casa quando você estiver satisfeita em relação a Lily.

– Isto só acontecerá depois que a encontrarmos – a voz de Dot implicava mais confiança do que ela sentia.

Maggie bebericou seu café, estudando o rosto fino da filha por cima da borda da xícara, lentamente resignando-se com o fato de que depois de tudo por que passara sua filha caçula, ela era incapaz de abandonar a irmã. Mesmo ao se dar conta de que Dot seguiria lutando a todo custo, uma idéia que assustava Maggie de um modo que ela não entendia, ela sentia grande amor e admiração pela criança. Aprumou-se e rabiscou na areia com uma vara.

– Deus – rezou em silêncio, seus pensamentos entrando em desespero. – Vamos sair disto. Estou perdendo Dotty. Por favor! – fechou os olhos e esperou algum sinal. Não houve nenhum. Ainda assim, estava convencida de que Jones estava errado, que haveria algo. Que Deus não a abandonaria. Devolveu o olhar para Dot e forçou um sorriso.

– Só me prometa que quando finalmente encarar a perda de Lily você vai reconhecê-la. Caso contrário você levaria o resto da vida perseguindo situações de "pode ser" ou "talvez". Lily não desejaria isto.

– Sim, mãe.

Maggie olhou na direção em que Jones havia seguido, vendo-o voltar coxeando até elas, Chaco aninhado em seus braços. Pelo seu andar lento e alquebrado parecia que estava quase acabado.

– Ele vive em sonhos – disse com tristeza. – E adoraria que você se juntasse a ele.

Jones agachou-se ao lado da neta, deitando o cãozinho cuidadosamente na areia e servindo-se de um bocado de café. Estava ofegante, gotas de suor como seiva de árvore cobrindo sua testa. Dot esperou que dissesse algo, sabendo que ele não gostava de ser forçado a conversar. Ela observou a respiração difícil do cachorro.

Finalmente, limpou a garganta.

– Ele vai viver, vovô?

– Não sei.

Dot fez uma pausa.

– Que cânion vamos tomar?

– Também não sei isso, não – resmungou ele numa voz que soava vaga e incerta.

Não olhou para ela, apenas tragou o café, jogando o que sobrou na areia. Levantou-se então e carregou Chaco até um cobertor, ajoelhando-se, deitando-o e coçando a cabecinha do cão.

Quando ergueu o olhar, sua neta estava de pé conversando com a tordilha, espantando moscas da cabeça da velha montaria e enterrando a cabeça na sua crina. Poucos minutos depois, ela virou-se e percorreu lentamente o cânion estreito. Ele sabia que seus sonhos a levavam a salvar a irmã, mas estava perdendo qualquer capacidade de ajudar. Podia ouvir as reprimendas agudas de um gaio, sem saber ao certo se o pássaro estava zangado com ele. Tudo o que queria era dormir. Confusão e dúvida o perturbavam.

Samuel Jones estava fraco e febril. Seu ombro fora cortado fundo pelo chicote; queimava, e ele se deitara no chão, apertando o ferimento contra a terra, usando-a para curar. Fazia isto desde que passara a viver com o Povo das montanhas luminosas e recebera ensinamentos dos seus curandeiros. Olhou para Chaco, a cabeça do cãozinho perto da sua, lembrando dos tempos que passaram juntos. A menina não tinha voltado.

As engrenagens do seu pensamento resvalavam de novo para o Coxo. Não podia parar de pensar no homem. Não sabia bem por quê. Sentindo apenas que ele possuía poder. Talvez fosse aquilo que o atraía. Não, havia alguma coisa mais. Mas estava cansado demais para decifrar aquilo.

Seus pensamentos correram a esmo, como se fossem soprados precipitadamente sobre este deserto por um vento quente. O xerife não sabia se Kayitah tinha deixado a reserva com os outros. Era possível. Ele esfregou sua nuca. Não o via fazia uns dois anos.

– Kayitah, se cuide – resmungou.

Maggie trouxe seu estojo de primeiros socorros e agachou-se ao lado dele. Não olhou para ele, apenas abriu o estojo e tirou algumas coisas.

– Pare de se comportar estupidamente; quer deixar este braço assim até que ele apodreça?

Ele sacudiu a cabeça para ela.

– Ama. A terra cura.

– Já lhe pedi para não me chamar por este nome. Não tem este direito. E não fico impressionada com estas suas idéias índias. Sente-se.

Observou-a por alguns momentos, depois se esforçou até ficar sentado. Tirando a compressa de lama do ferimento, ela deu uma olhada mais de perto. O toque dela contra a sua pele era uma coisa maravilhosa, ele pensou. Ela segurava o seu braço, examinando a ferida, belas mãos, macias mas fortes, e um cheiro cálido de amêndoa em seus cabelos. Podia senti-la tremendo.

Ela abriu o ferimento um pouco e colocou pó de alúmen nele, queimando. Ele ficou surpreso, olhando para seu próprio ombro golpeado, vendo até onde ia a coisa. Estava quase terminando. Ele ouviu a respiração regular dela, observando-a trabalhar, eficiente e gentil, decidida a fazer a tarefa, ainda que doesse. Ela não falou nada. Ele não protestou. Quando ela dormisse, ele apertaria o ferimento de novo contra a terra para curá-lo.

Terminado, ela cerrou o fecho do estojo com um pequeno clique que parecia sonoro e final. Ele pigarreou.

– Ama – fez uma pausa. – Quero lhe contar por que eu parti.

Ela ficou de pé.

– Não há razão que justifique.

Ela virou-se e partiu na direção dos cavalos.

Maggie olhou para os penhascos das proximidades e sentiu-se estranha, uma fina camada de suor gélido cobrindo sua pele. Ama. O nome fazia fluir muitas lembranças. De pé ali, lembrava quando ele também era curandeiro. O remédio da planta para a mulher mexicana e seus filhos tinha avivado as memórias, mas ela as ignorara então.

Mas agora, tendo cuidado da sua ferida, tendo tocado na sua pele murcha, sentido seus últimos alentos de energia e de vida em suas mãos, as lembranças pareciam inundá-la e desta vez sentia como se estivesse se afogando nelas.

Ficou de pé, aprumada e imóvel, e pensou em mais do que os últimos trinta anos. Seus punhos se fecharam involuntariamente e ela queria golpear com eles, agarrar alguma coisa e segurar com força. Seu pai tinha dado remédios e cuidados como ela fazia no rancho. Tremeu, afastando do seu pensamento as semelhanças. Todo mundo era bem-vindo. A maioria eram pobres. Alguns simplesmente desesperados. Quem pedisse, recebia cuidados. De novo pensou nas similaridades com seu próprio trabalho e não se sentiu muito bem.

Lembrou que sua mãe ficava zangada com ele. Ele nunca discutia, mas não parava de fazer o seu trabalho. O xerife tinha razão, era uma criatura teimosa. Só que ela o admirara por isto naquela época. Agora achava apenas que sua teimosia era estupidez. Virou-se e caminhou alguns passos, como se pudesse escapar dos seus pensamentos locomovendo-se.

Debaixo dos protestos raivosos de sua mãe, ele a havia usado como sua enfermeira. Mesmo agora não podia deixar de sorrir diante da lembrança, uma enfermeira de verdade quando ainda era uma criança, nada lhe poupando em termos do que via ou do que ouvia. Ele a tratava como se fosse mulher feita. Ela hesitou, lembrando como se sentira orgulhosa. Chamava-a de "Ama", palavra mexicana para babá de criança. Tinha adorado aquele nome. Agora, não mais o adorava.

Susan reprovara, dizendo que ela era muito criança para ser exposta ao corpo humano. Jovem demais para a dor e o sofrimento; para a morte. Em resposta, ele sempre dizia: "A alma de Ama é mais velha do que a sua vida."

Parada ali e pensando nos velhos tempos, lembrou de novo o orgulho intenso que sentira. Uma "alma velha", velha o bastante para assisti-lo, embora o trabalho fosse sangrento ou terminado em morte. Ele nunca vacilara. E ela nunca falhara com ele. Sua fé nela tinha sido grande demais.

Esta a razão de não ter entendido por que a deixou, e nunca entenderia. E por que odiava a índia. Não importava o que o xerife tivesse dito. Ela nunca perdoaria, ainda que a mulher fosse bonita e esperta. Aquilo não mudava nada. Não tornava o que ela havia feito certo. A velha dor familiar voltou. Ele não era mais heróico aos seus olhos... apenas patético, um alcoólatra alquebrado que escolhera o caminho fácil da perdição. Em seu coração sentia-se órfã, um fato que lamentava profundamente.

Órfã. A índia nunca entenderia aquilo. Nunca saberia quanto a havia magoado. Maggie cerrou bem os olhos para essas lembranças.

O dia em que ele foi embora, ela esperou a noite toda que voltasse. Assustada e sem saber o que fazer. Assou os biscoitos que ele gostava, do jeito como sua mãe lhe ensinara. E esperou. Esperou na mesa da cozinha, ouvindo sua mãe chorar... sem acreditar que ele havia realmente partido. Dizendo a si mesma que ele não podia ir embora. Que ele a amava. Que ela o amava.

Certa vez ele lhe dissera que o amor era a força maior no mundo. Ela sempre acreditara no que ele dizia. Até aquela noite.

Quando a manhã chegou e a casa estava tão silenciosa que lhe doía estar dentro dela, ela foi até o celeiro e ficou diante da sua bancada. Simplesmente ficou parada ali. Imóvel, olhando para suas ferramentas, e falou com ele; implorou que voltasse para casa. Lembrou-o de que o amava. Mas ele não voltou. Nunca. Mesmo agora, o pensamento lhe contraía o coração. Fechou os olhos.

Ficaram na fazenda mais um ano até que a perderam. Durante aquele tempo, nunca deixou de pedir que voltasse para casa. Toda noite, depois que ela e a mãe haviam limpado a cozinha, levava uma vela à estrebaria e ficava na luz bruxuleante diante da sua bancada e implorava a ele. Às vezes pegava suas ferramentas e as segurava, como ele fazia. Isto a aproximava mais dele. Mas nada do que fazia — nem suas orações, nem seus rogos — o trouxe de volta para casa.

A índia não entenderia aquilo. Nem as desculpas dele jamais encheriam o vazio dentro dela.

Dot tinha subido num carvalho anão e estava sentada num galho, fechando os olhos e tentando acreditar, tentando capturar a mesma sensação vaga de sonho que tivera antes. Prendeu o fôlego. O sol batia em cheio no seu rosto e estava quente. Tentou respirar rápido. Depois mais lentamente. Cantando. Cantarolando. Nada. Seu coração batia mais forte. Se ela e o avô estivessem certos, este dia, ou o seguinte, no máximo, seria a última chance que tinham de alcançar Lily antes que desaparecesse do outro lado da fronteira na distante névoa de *haciendas*, aldeias e cidades mexicanas; a última chance antes que ela se evaporasse na poeira seca daquela terra estranha. Dot choramingava agora. Amava Lily. Queria-a de volta em casa.

Preocupou-se em saber se sua mãe estava certa quanto a sua visão da libélula e da cruz não ser real. A possibilidade a assustava. Olhou de novo para o cânion atrás de si, tentando desesperadamente clarear as idéias. Veio-lhe o pensamento perturbador de que se a visão não fosse real, se eles estivessem realmente perdidos, então Lily estava também. Perdida para sempre. Implorou à libélula que a ajudasse, sabendo que sua mãe não aprovaria. Mas tinha de fazer aquilo. Lily estava lhes escapando, e ela já os havia levado até ali.

Estudou o problema imediato com que se defrontavam. Havia quatro aberturas estreitas no cânion à frente. Segundo seu avô, uma delas os levaria para fora dali, as outras três não tinham saída, mas não saberiam qual era a boa antes que houvessem viajado oito ou nove horas através de paredões ásperos e estreitos de cânion. Se errassem o caminho e tivessem de voltar, seria tarde demais.

A possibilidade de que se perdessem em algum labirinto de pedra e não encontrassem Lily começou a penetrar, lenta, fria e vitreamente em sua consciência.

Era o final da tarde, as sombras das rochas emergindo das paredes do cânion como criaturas vivas, quando Dot finalmente desceu do carvalho e voltou até Jones e sua mãe. O velho estava sentado de pernas cruzadas na areia, olhando para suas *teguas* surradas e apoiando o braço na nova tipóia. Parecia meio morto. Maggie estava encilhando Alice.

– Eu sei qual é – disse Dot. – Ou, pelo menos, sei como descobrir.

Olhando para ela, Maggie foi tocada por algum som na sua voz. Dot estava ficando mais velha, aquela tragédia puxando-a para a frente, envelhecendo-a além dos seus anos. Detestava ver aquilo. Detestava que aquele velho, seu pai, estivesse fazendo à sua filha exatamente o que fizera a ela. Caminhou até Dot e colocou a mão no ombro magro.

– Dot, não existe nenhuma mágica milagrosa de índio. Só existem as chances da vida. Procure por elas, mas saiba que é tudo o que está fazendo.

Jones tinha se levantado e lutava para colocar a sela na tordilha com o seu braço bom. Quando terminou, jogou uma perna para cima e ficou olhando para elas, prontas para cavalgar. Maggie virou-se e encarou seu rosto abatido. Os olhos dela imploravam.

– Por favor – disse, olhando primeiro para a filha, depois para ele. – Diga que não há nada no que ela acha que viu. Diga que Lily está perdida. Por favor. Por mim.

Samuel Jones ficou sentado no cavalo olhando o rosto de Maggie durante muito tempo. Finalmente ela lhe havia pedido algo. Depois de todos esses longos anos. Ele olhou para as colinas distantes e pensou em Yopon e nas crianças.

– Não posso – disse lentamente.

Dot estalou a língua para Alice e iniciaram um trote cânion acima. Jones seguiu atrás. Maggie montou lentamente em seu cavalo.

A poucos metros de onde as quatro fendas sombreadas cortavam o paredão de granito, Dot desmontou e segurou a cabeça de Alice em suas mãos, inclinando sua própria cabeça no pêlo quente, acariciando os maxilares chatos da mula. Alice cutucou-a. Jones estava sentado na tordilha, cochilando. Mais para trás, Maggie esperava no ruão.

– Você é uma boa mula – sussurrou Dot para ela. – Encontrou vovô. Você sabe o que é procurar alguém que se ama – ela olhou fundo nos olhos castanhos da mula. – Preciso que me ajude, Alice. Vovô diz que o poder é dos jovens, por isso não posso pedir ajuda à tordilha. – Alice mordiscava as bordas da blusa de Dot. – Pare – reclamou. – Isto é sério. – A velha égua se aproximara e estava parada ao lado delas, como se estivesse escutando. Jones dormia em cima dela. Dot coçou distraída a cabeça da velha tordilha com uma das mãos enquanto estudava os olhos da mula.

– Lily está com um problema terrível. Alice, precisamos encontrá-la. Vovô diz que os animais podem ser espíritos. – O velho continuava a dormir. – Acho que você é... – Alice fungou, como se protestando diante da idéia. – Que caminho tomamos para chegar a Lily?

A mula ficou simplesmente olhando inexpressiva para a cara de Dot.

– Alice. Por favor. Preciso da sua ajuda.

Ainda assim, ela não se moveu um centímetro.

– Não tem pressa – acrescentou Dot.

Minutos depois, com Alice ainda olhando para Dot, a velha tordilha partiu e entrou na segunda brecha no paredão. A criança observou-a, a mula partindo e tentando segui-la. Dot segurou as rédeas de Alice e a interrompeu.

– Alice, espere – disse ela, encarando a mula nos olhos de novo. – Não podemos errar. É esta a nossa escolha, ou você está seguindo a tordilha?

A mula girou a cabeça e olhou na direção que a égua tinha tomado.

– Alice? – disse Dot. A mula girou de volta a cabeça, olhou para a garota e então virou-se e partiu para a fenda por onde Jones e sua égua tinham desaparecido. Dot não sabia o que pensar agora. Olhou para trás, desamparada, para sua mãe. A tordilha era velha. A força desvanecia nas criaturas mais velhas.

Dot hesitou mais um momento, depois correu atrás da mula e saltou sobre a sela, deixando Alice fazer o que queria. Se Jones entendeu o que havia acontecido, ele nunca questionou a escolha da tordilha. Simplesmente cavalgou, cantando suavemente para Chaco, parecendo feliz por estar na trilha de novo, como se cavalgar, de certo modo, o mantivesse vivo.

A cabeça da tordilha não conseguia ficar erguida, e Jones se preocupava com ela. Tentou caminhar tanto quanto possível, sentindo que o grande coração da égua estava falhando. Falou com ela sobre suas façanhas, sobre os tempos em que ela fizera grandes coisas. Lembrar podia não mantê-la viva, mas ela merecia, ele sentia, ouvir tributos à sua grandeza.

– Vovô, quanto mais ela pode agüentar? – perguntou Dot tristemente, enquanto via a égua se esforçar bravamente numa trilha rochosa estreita.

– Tanto quanto precisar para chegar.

Dot sabia em seu coração que o velho estava certo. A tordilha era uma lutadora, Dot tivera certeza disso desde a primeira vez que a vira. Mesmo assim, dava-lhe pena ver a pequena égua batalhando tanto. Começou a sugerir que a deixassem para trás e montassem os dois em Alice, mas percebeu que a tordilha não iria parar, ainda que fizessem isso. Seguiria em frente. Não fazia isto porque a obrigassem, mas porque amava o velho e sua coragem era grande e tudo estava de certa forma ligado a ele. A lealdade de um para com o outro era uma coisa espantosa, pensou Dot. Sentiam-se um em relação ao outro como ela se sentia em relação a Lily e sua mãe. Aquilo a fez feliz por um momento.

Cavalgaram todo o final de tarde e noite adentro, subindo, penando sobre encostas rochosas, através de trilhas estreitas e sinuosas que faziam os animais bufarem e escarvarem com as patas, sobre corredeiras turbulentas, onde um pequeno riacho fora represado pelos paredões estreitos, subindo cada vez mais para o alto das montanhas. A tordilha caiu duas vezes e tiveram de esperar um longo tempo para que ela recuperasse a força. Os joelhos da égua velha estavam esfolados e sangravam, e Dot retalhou um cobertor para fazer joelheiras, prendendo-as com algodão.

Terminada a tarefa, ela colocou os braços ao redor do pescoço da égua.

– Rezo para que você ainda tenha força e que tenha escolhido o cânion certo.

Dot esperou algum sinal da égua que pudesse afastar seus temores crescentes. O coração de Dot bateu mais forte, ela ouvira algum som vindo do animal; então percebeu que a égua estava simplesmente roncando.

Lily não tinha mais noção do tempo, só que estava escuro e que ela morria de fome. Era tudo o que podia pensar àquela altura. Aquilo e em água. Tentou não olhar para o corpo. Seu pensamento voltou à questão de quanto tempo mais levariam para morrer de fome. Havia cinco outras mulheres amontoadas na caverna com ela. Nenhuma tinha comido nada nos últimos dois dias, algumas talvez até mais. A fome a ajudava a afastar o pensamento da pequena forma que jazia na poeira a alguns metros dela.

Lily combateu o tremor em suas pernas e em seus braços, espiando da abertura da caverna os apaches agachados em torno da fogueira. As outras mulheres dormiam. Todas, menos a mãe da criança morta. Estava sentada na extremidade da caverna, olhando cegamente para as próprias mãos, falando com elas como se fossem pessoas.

Enlouqueceu, pensou Lily. Olhando para a camisola ensangüentada, ela entendeu por quê. Os apaches eram bestas. Morta ou não, não deviam ter jogado o corpo na caverna. Um deles dormia no fundo. Lily desejou poder pegá-lo. Mas sabia que aquilo era uma mentira. Estava aterrorizada diante deles. Não faria nada, ainda que tivesse uma chance. Era uma covarde.

Agarrou o pequeno canivete que encontrara nas calças de Mannito. Queria chorar, mas não conseguia. Estava com medo. Sacudiu a cabeça para a frente e para trás com força, como se tentando desalojar alguma coisa dos seus cabelos. Tinha medo até de chorar. Medo de que assim que começasse não conseguisse mais parar e eles a matassem. Gemeu.

Lily se forçou a ordenar os pensamentos, sabendo que era sua única chance de sobreviver. Estudou os índios do lado de fora. Faltavam três. Dois deles haviam arrastado a mulher ruiva na noite horas atrás; uma garota não muito mais velha do que ela. Havia implorado que a deixassem em paz, dizendo que era casada e tinha um filho, implorado, até que um deles bateu com força no seu rosto, quebrando-lhe o nariz. Lily sentia-se suja. Não dissera uma palavra, apenas fingia dormir. Nenhuma delas falara. Eram todas covardes.

Algumas, como a ruiva, tinham sido violadas. Ela, não, mas sabia que aquilo iria acontecer. Todas tinham sido surradas – esbofeteadas e chutadas ou golpeadas a socos, ao capricho dos seus captores. Derrubadas por ofensas triviais. Rogavam constantemente por água e comida e recebiam água suja o suficiente para continuarem vivas. Quase nenhuma comida. Sentia-se como uma espécie de animal: um animal ranhento, sujo, escondido.

Lily olhou por um momento para a menina morta e então se forçou a afastar o olhar, lembrando da tarde. Ela estava sentada no calor sufocante do lado de fora da caverna, sem olhar para nada, apenas pensando em sua família e no rancho – a falta que sentia deles, como todos eram maravilhosos –, quando vira uma pequena borboleta branca voejar das rochas de arenito e depois flutuar através da areia crestada. Não havia uma única flor à vista.

Era uma visão estranha, esta criatura delicada perdida no calor seco do vasto deserto. Ela a observara até desaparecer. Era como se o inseto fosse tudo o que havia de bom e decente nela... voejando para longe dela. A perda da sua bondade. Sua mãe certa vez lhe dissera que as pessoas podiam perder o bem que havia dentro de si se não fossem cuidadosas. Acreditava nela. Bondade. Era uma coisa fugidia.

Seus pensamentos voltaram-se para Mannito. Era bom e bravo. Gemeu e fechou bem os olhos. Mannito. O homenzinho lutou tão desesperadamente por ela. Morreu por ela. Recusou-se a deixá-la mesmo quando tivera a oportunidade. Bateram nele com porretes, colocando-o de joelhos – e não paravam de bater. Ele gritou: "O *viejo* vai encontrar vocês." Por um motivo qualquer, Mannito gostava do velho.

Sentada na escuridão da caverna, desesperada por comida e água, desesperada por qualquer tipo de ajuda, ela começou a ficar agitada, perguntando-se onde estaria o "*viejo*". Ela sabia bem demais. A raiva apertou-lhe a garganta. Sabia que ele não prestava, um vadio em busca de uma refeição grátis. Nas ruas por sua própria conta. Não a ajudaria mais do que havia ajudado sua mãe.

Ela vira o pelotão formado para ir à sua procura. Havia passado a poucos metros de onde ela era mantida agarrada com uma faca encostada no pescoço. Ela os vira. Sua mãe, os vizinhos, o xerife... mas não ele. Tinha o direito de odiar Samuel Jones.

Lily retesou-se. O apache do fundo da caverna havia se levantado e estava diante dela, estendendo os braços acima da cabeça, seu pé apertando o braço da criança. Graças a Deus ela está morta, Lily pensou, tremendo diante da proximidade do guerreiro. Desviou os olhos, rezando para que ele as deixasse em paz. E então ela viu: os dedos da pequena mão se mexiam. A criança não estava morta!

Lily olhou para a mulher sentada do seu lado.

– Ela não morreu – sussurrou freneticamente.

O guerreiro olhou para as duas.

A mulher fingiu que dormia. Lily olhou de novo para a mão da criança, os dedos agarrando-se à areia. Algo se rompeu dentro dela, rompeu-se como se um vaso contendo o seu medo tivesse se estilhaçado, o medo sumindo, substituído pela raiva.

– Saia de cima dela! – gritou Lily, erguendo-se sobre os pés atados e empurrando o apache surpreso para trás. Perdendo o equilíbrio, ela caiu de joelhos e puxou a criança para baixo de si, protegendo-se dos golpes que sabia estavam por vir. Mas não vieram. A criança agitou-se em seus braços. Ainda estava quente. Lily não se mexeu, esperando que o homem batesse ou chutasse nela.

Cautelosamente, levantou sua cabeça, espiando-o. Ele não olhava para ela. Esperou um momento e acompanhou o seu olhar. O outro, aquele que ela sabia que ia ver, estava parado ali. Por uma razão que não entendia, este índio, este grotesco, a vinha protegendo havia vários dias, mantendo os outros afastados como um bando de cães. Ele estava na abertura da caverna, fuzilando com o olhar o guerreiro diante dela. Lily esgueirou-se rapidamente para trás contra a parede e entre as sombras mais escuras, agarrando forte o corpo inconsciente da menina ferida.

O agressor de Lily pareceu pesar os prós e contras e então recuou e saiu rápida e raivosamente da caverna. Ela continuava olhando para o monstrengo que a observava.

– O que você quer? – resmungou para si mesma. – Obrigada? – Olhando para aquela criatura patética, ela só podia sentir repulsa. Sua cabeça, desproporcionalmente grande, a pele bexiguenta, as feições distorcidas, pousava sobre pescoço e ombros maciços. Abaixo da cintura ele era estranhamente torto, apoiado por uma perna normal e outra que murchara, de modo que parecia constantemente como se estivesse para fazer uma reverência.

Algo nas feições do homem, a negrura em torno dos pequenos olhos turbulentos, a boca num esgar, infundiam-lhe medo. Um medo profundo. Seu rosto lhe dava uma aparência de louco. Observou-a por um momento e então desapareceu na noite.

Lily examinou a menina. Uns seis ou sete anos. Tinha levado um tiro de espingarda no estômago. Queimava de febre e de sede. Se não conseguisse socorro logo, ia morrer. Lily olhou através da luz fraca para a mãe da criança. A mulher ainda estava olhando para as próprias mãos. Lily agarrou a menina com mais força, acariciando-lhe os cabelos e falando com ela. Estendeu a mão, pegou a boneca e segurou as duas bem junto do seu corpo. Fazendo à criança promessas que não poderia cumprir.

Dot não estava segura de quando soube pela primeira vez que havia algo errado. O pensamento instalou-se subitamente na sua cabeça. Num momento eles cavalgavam por um local que se estreitava na garganta; no momento seguinte, foi tomada pela sensação terrível de pavor se infiltrando como areia através dela. Então seu avô e a tordilha pararam bruscamente à sua frente, o velho sentado imóvel e rígido na sela de prata, escutando a noite e aumentando ainda mais a sua sensação de alarme.

O cânion era estéril, apenas areia e pedra, e aquele local não parecia diferente dos quilômetros de ravina que já haviam atravessado. Mas ao observá-lo, e ver o modo como segurava a espingarda Sharps bem alto sobre o arção da sela com as mãos, sabia que ele esperava problema. Até Alice estava tensa, as orelhas empinadas para a frente, ouvindo com atenção. Então a tordilha resfolegou e começou a recuar. Jones apertou os calcanhares suavemente nos seus flancos, e ela ficou quieta.

Dot sondou a escuridão que a cercava com seus olhos e ouvidos, preocupada de que pudesse haver uma pantera em algum lugar naqueles alcantis esculpidos pelo vento. Ela aninhava Chaco num braço e rapidamente desabotoou a blusa e enfiou o pequeno *terrier* contra a pele. Puxou então a espingarda do estojo na sela e segurou-a firme, deixando o olhar deslizar cuidadosamente sobre os penedos e as fendas entrecortadas nos penhascos, procurando algo — o meneio de uma cauda, o brilho amarelo de um olho de gato — qualquer coisa que aliviasse as sensações más que se avolumavam dentro dela. Nada. As coisas pareciam bastante normais. Mas as coisas não estavam normais. Alice sugou o ar e prendeu-o, do jeito que Dot sabia que as mulas faziam quando assustadas ou zangadas. Ela podia ouvir o grito distante dos gansos em migração sobre a sua cabeça no dossel escuro sem nuvens, o som solitário e estranho nesta terra deserta.

– Vovô?

Ele não disse nada.

– Vovô, qual é o problema?

– Homens.

– Onde? – perguntou ela, seus olhos dardejando rapidamente pela escuridão mais profunda ao longo das paredes do cânion. Mas ela nada viu fora do comum.

Ele não lhe respondeu.

– Como sabe?

Jones continuou a ignorá-la, concentrando-se no silêncio, e então disse:

– Os grilos, seus trilados e suas pausas – como se falando consigo mesmo. Voltou a escutar.

Aquilo era loucura, ela pensou. Ninguém podia dizer nada a partir do som de um inseto, nem mesmo seu avô. Virou-se e viu sua mãe estender a mão lentamente para pegar a pistola, o ato tão assustador que Dot não desejava nem pensar a respeito. Olhou de novo rapidamente para o avô procurando algum sinal tranqüilizador.

– É uma boba... – começou a dizer.

Jones ergueu a mão, cortando a sua fala. Ela prendeu o fôlego e tentou escutar na escuridão que os cercava o que quer que fosse que estava incomodando a ele e aos animais. Mas não havia coisa alguma. Nenhum vento. Nenhuma voz. Apenas o trilar dos grilos e os ruídos de couro de suas selas. Então o ruão de sua mãe começou a girar o rolete do seu bridão e a rodar nervosamente, Maggie puxou firme a rédea. Dot tremeu. A escuridão parecia a de uma caverna e era sufocante. Podia ouvir o delicado *tsit-tsit-tsit* balbuciante de um insistente pardal-da-savana em algum lugar nas rochas próximas.

Dot estava se perguntando o que o passarinho estaria fazendo no cânion estreito e rochoso quando sua espécie geralmente vivia em relvados. Então notou uma grande massa de sombra perto do arenito à sua direita que parecia diferente do resto, com um formato estranho. Seus olhos focalizaram com atenção, e quando a forma se mexeu ela percebeu com uma sensação de enjôo no estômago que não era um pardal que fazia aquele ruído. Seu avô estava certo. Era um homem. Quando conseguiu divisar todos, viu que eram quatro. Dois na frente e dois atrás. Mexicanos. Pelo aspecto rude, sabia que eram bandidos, não o tipo de mexicano como Mannito. Um deles acendeu uma tocha e a luz da chama refletiu as paredes estreitas do cânion, iluminando o lugar desolado onde estavam.

O bandido por trás de Maggie pulou sobre o lombo do ruão, encostando o cano de sua arma contra o lado da cabeça dela. Dot começou a girar Alice para que pudesse apontar sua própria arma contra o homem de feições grosseiras, mas Jones estendeu a mão e agarrou suas rédeas.

– Nada disso – falou ele com firmeza. – Largue a arma. Agora. Devagar.

Continuou com os olhos colados no rosto da garota até estar seguro de que ela ia obedecer. Então ele olhou para o homem à sua frente e deu-lhe o seu sorriso de dentes de ouro.

Os mexicanos olhavam na escuridão para a estranha vestimenta do velho com cara de mau e para a tinta vermelha na cara de Dot, e pareciam confusos.

– *Fusil, señor* – disse o que estava diante de Jones, seu rifle de repetição Henry apontando cautelosamente na direção do Sharps.

A voz do bandido era amistosa e macia, mas seus olhos eram duros e dardejavam debaixo de um quepe de cavalaria azul desbotado, e Dot sentiu que havia algo errado com ele. Tinha um tique muscular no pescoço que de vez em quando fazia sua cabeça cair e seu ombro subir até que se chocavam, o rosto contorcendo-se numa careta estranha que o fazia parecer louco.

Armitas, grandes abas de couro mexicano duro, eram presas por um cinto ao redor de sua barriga e atadas em suas pernas, caindo até o alto das botas que chegavam à altura dos joelhos, parecendo um avental. Com uma aparência suja, o homem era grande e forte, seu rosto cinzelado, mas sem nenhuma dignidade ou refinamento. Ele andava raivosamente em frente de Jones, as grandes rosetas de suas *chihuahuas* chacoalhando no ar da noite. Impaciente, empurrou o cano do seu rifle para o Sharps de novo.

– *Fusil* – a palavra e o gesto mais ameaçadores desta vez.

Jones inclinou-se para diante na sua sela e estendeu o rifle seguro pelo cano para ele. Dot ficou espantada que ele tivesse entregado suas armas tão facilmente. Achou que ele estava no fim mesmo. A frustração começou a crescer dentro do seu peito até doer. Olhou de novo para o homem que estava atrás de sua mãe; ele a estava agarrando, e Maggie o estapeava.

– Deixe ela em paz! – Dot gritou.

– Fique fora disto – disse Jones com firmeza.

Dot parou, sem acreditar no que tinha ouvido.

O velho tinha desmontado e estava de pé diante da tordilha, vestido apenas com o camisão longo e as botas. Seu revólver Colt surrado pendia do seu lado. O mexicano grande apontou o cano do Henry para Jones de novo e disse:

– *Pistola.*

De novo, o velho deu a arma sem pestanejar. Estavam à mercê desses homens agora, e ela sentia que não haveria muita misericórdia. Jones ficou parado apenas com o machado de guerra e meia garrafa de uísque. Tomou um gole. Dot sentiu vergonha pelo que seu avô tinha feito, algo que nunca achou que sentiria em relação a nada do que ele fizesse. Estavam para ser roubados e sofrer provavelmente o pior na mão de bandidos, um deles agarrava Maggie, e ele entregara suas armas, ordenara que ela fizesse o mesmo, e estava bebendo. Dor virou-se para o homem com cara de sujo atrás de sua mãe, fuzilando-o com os olhos, tentando juntar coragem para combater o tremor no seu corpo. Jones estalou os dedos para ela e ela se virou.

– Que índios são vocês? – perguntou o líder.

– Apaches.

O homem sorriu.

– Não. Índios *locos.*

Seus amigos riram.

– Seja o que você quiser, companheiro – Jones ergueu a garrafa e tomou outro gole.

Os olhos do homem estavam no uísque.

– *Alto* – disse ele, apontando para a garrafa com o rifle.

Jones tomou um último trago do mescal. O mexicano adiantou-se para tirar a bebida dele, estendendo uma mão grossa e agarrando a garrafa. O velho não resistiu.

– O que vocês querem? – perguntou Jones, levantando o camisão e enxugando o rosto.

– *Todo* – tudo. – O homem sorriu. – *Las señoritas.*

Jones assentiu com a cabeça como se fosse um pedido perfeitamente normal para o homem fazer. Segurou os trapos do seu camisão perto da cintura e os deixou cair. Dot o observava, não porque quisesse vê-lo, mas porque não queria ver os outros; então seus olhos notaram algo: um lampejo prateado à luz bruxuleante da tocha, como se Jones tivesse apanhado um peixinho de riacho em sua mão enorme. E então não viu mais nada.

Jones ficou parado olhando para o homem ao seu lado, esperando que ele inclinasse a cabeça para trás para beber; os olhos dos *compadres* do bandido miravam o fluido dentro da garrafa. Jones ergueu a mão grande, lentamente, como se lhe doesse ver o homem bebendo o seu uísque, como se quisesse a garrafa de volta. E então mudou a direção do braço ligeiramente, chegando a mão perto da têmpora do homem. Dot pulou como se um verdadeiro relâmpago tivesse saltado dos dedos de Jones. Os cabelos do mexicano se agitaram violentamente, e então ela ouviu a explosão da pequena pistola escondida e viu a cabeça do homem recuar com o tiro.

Sem perder muito movimento, Jones virou-se e acertou o segundo homem no centro da testa, bem abaixo da aba do chapéu, uma pequena mancha vermelha que parecia uma pedra de granada subitamente aparecendo acima de seus olhos surpresos. Arma de dois tiros, Jones jogou fora a pequena pistola e sacou com destreza seu machado de guerra. Apesar de doente e velho, ainda sabia se mexer.

O homem que montara no lombo do ruão cometera um erro: se enganara com Maggie, tentando empurrá-la para fora da sela com uma das mãos enquanto tentava apontar o cano da espingarda para o velho. Ela não ia deixar isso acontecer. Ela não ia para lugar algum, a não ser para cima do bandido atrás dela, batendo nele e agarrando-se teimosamente ao cano da espingarda, até que finalmente, em desespero, o homem a golpeou com o punho, jogando-a atordoada ao chão. Ainda assim, ela se agarrava à perna dele.

Percebendo que tinha perdido um tempo precioso, seus olhos agitados, o bandido voltou-se com tudo para Jones, girando o pesado cano da arma e recebendo a lâmina do machado fundo no seu esterno com um baque surdo. O ruão deu um pinote, a arma explodiu contra o céu da noite, e o bandido rolou para trás.

Maggie cambaleou para a frente, vacilante e atordoada, e tirou a sua espingarda, apontando-a para o último bandido enquanto o homem fugia freneticamente pelo cânion. Dot estremeceu e virou o rosto, prendendo o fôlego e esperando. A explosão não aconteceu. Ficou agradecida.

O mexicano com o machado no peito emitia um ruído terrível de guincho, como o que o porco de James fizera ao ser atropelado pelo vagão de carga. Aquilo assustava Dot terrivelmente. Ele parecia jovem demais para morrer. Mas ela sabia que aquilo era bobagem. As pessoas morriam em todas as idades. Ele tentava desesperadamente respirar. Maggie ajoelhara-se do seu lado.

Levantou-se e correu até sua sela e trouxe a bolsa de primeiros socorros, remexendo nela à procura de ataduras e tesoura. Jones estava ao lado dela agora, ajudando-a a cortar a camisa do mexicano, o sangue jorrando em finas gotículas sobre seus braços e rostos. O homem continuava a fazer aquele som de guincho enquanto eles socorriam, seus olhos grudados em Maggie como se fosse morrer se deixasse de olhar para ela. Abriu e fechou a boca sem emitir nenhum som, e Maggie debruçou-se ainda mais sobre ele, cuidando desesperadamente do seu ferimento.

– *Manos* – disse ele, ofegante. – Mãos.

Maggie hesitou e então gesticulou com a cabeça para que Jones assumisse e estendeu o braço e agarrou suas mãos entre as dela. O homem apertou forte, seus olhos ainda fixos no rosto dela, um horrível som gargarejante erguendo-se do buraco no seu peito. Jones continuou a combater o sagramento. Maggie o observou, depois olhou de novo para o mexicano.

– Preciso deixá-lo – disse ela suavemente em espanhol. O homem apertou suas mãos com mais força. Maggie olhou para

Jones. O velho sacudiu a cabeça lentamente. Maggie olhou de novo para o rosto assustado. Observou-o por um momento, tentou dar um sorriso tranqüilizador, clareou a garganta e disse: – Pai nosso que estais no céu...

Dot estava de pé segurando os animais na escuridão do cânion. Quando Maggie acabou de rezar, o mexicano começou a gritar de novo. Jones estendeu os braços e tomou dela as mãos do mexicano.

– Escute, filho. – O mexicano parou de guinchar e tomou fôlego, olhando para Jones. – Pense num lugar que você gostava quando era menino... e vá até lá agora. Vá no seu pensamento. – Os olhos do homem passearam lentamente pelo rosto velho de Jones. – Sente-se naquele lugar e esconda-se. Vai estar seguro lá. Fique quieto e esconda-se. Seus deuses o encontrarão lá. – Jones ergueu os olhos para Maggie. – Siga com Dot pelo cânion.

Ela observou seu rosto por um momento e então acenou com a cabeça. Maggie baixou os olhos para o mexicano, a tristeza tomando conta dela. Tanta morte.

– Tem uma esposa? Uma mãe? Um filho? Alguém para quem eu possa escrever?

– Está doendo, Mãe de Jesus, está doendo – ele chorou, baixinho, o sangue borborejando em seu peito agora.

– Vá – disse Jones. Olhou então de novo para o jovem. – Você não está tentando. Procure o seu local secreto. Vá agora. Você o conhecia quando era criança.

O homem deixou de resistir e parecia estar pensando em outro tempo no passado.

Cavalgaram. O mexicano continuava a gemer e gritar em sua agonia. Não conseguia encontrar seu local secreto, pensou Dot. Olhou em torno para ver seu avô ainda segurando a mão do homem e falando pacientemente com ele em espanhol.

– Mãe, vovô pode ajudá-lo?

– Está morrendo.

Dot virou-se, observou as orelhas de Alice e tentou bloquear o som dos rogos terríveis do homem. Tinham percorrido apenas algumas centenas de metros cânion acima quando o tiro da pequena pistola as alcançou. Os gritos pararam, como se tivessem sido arrancados do céu da noite. Os olhos de Dot voaram para o rosto da mãe. Maggie retesou-se, mas continuou cavalgando.

– Vovô atirou nele – disse Dot baixinho.

– Estava sofrendo. Não havia esperança.

Dot não respondeu, seus ombros finos pareceram cair um pouco mais. Seguiram pelo cânion silencioso por mais um tempo, nenhuma delas falando, quando Jones emparelhou lentamente. Ele as fez parar e Maggie desmontar, pegou um pedaço de pano e água e limpou a camada de sangue que cobria os braços e o rosto dela. Terminado isso, verificou o machucado do lado da cabeça dela onde fora golpeada.

Lentamente, ela estendeu uma das mãos para cima e colocou-a sobre a palma de Jones.

– Obrigada por ter salvo Dot deles – sussurrou.

Estava de pé com os olhos fechados segurando a mão grande dele contra sua cabeça. Afastou-se então e arrastou-se para cima do ruão de novo.

A cabeça de Dot estava tumultuada. Em relação às mortes. Em relação a Lily. Em relação à escolha da tordilha. Indagando-se e preocupada se esta era a passagem na rocha que levava a Lily ou a um beco sem saída.

Teve a sua resposta poucas horas depois. Numa escuridão de breu, mas já perto da aurora, estavam sentados no alto de um local achatado, bem no alto das montanhas, no final do cânion. Tanto Jones quanto Dot acreditavam que tinham chegado ao lugar no sonho da borboleta, que o poder da tordilha tinha funcionado.

Maggie achou que eram loucos. Pensou então na voz fininha que a havia procurado ao longo dos anos, questionando se eles não estariam seguindo algo semelhante. Descartou a possibilidade. Não era como Deus havia falado com ela, nem do jeito que seu pai pretendia, com suas visões místicas e coisas do gênero. A dela era apenas uma voz do pensamento, uma espécie de sensação nos ossos, que as pessoas experimentam quando têm um palpite em relação a algo. Retesou-se. Procurando saber por que a voz na sua cabeça sempre soava como a de uma criança índia. Não tinha resposta.

Dot desmontou e ficou segurando a cabeça da tordilha.

– Obrigada – sussurrou. A égua de olhos suaves encostou o focinho nela. Sem conseguir enxergar muito na escuridão, Dot mesmo assim estava convencida de que tinham terminado a jornada. Podia ouvir água caindo à distância.

Maggie tirou a sela das três montarias, depois se envolveu num cobertor e rezou olhando para o céu noturno. Ainda estava abalada pela emboscada e pelas mortes. Mas, ainda mais do que aquilo, pelo fato de que ela e o pai haviam cuidado de novo de um moribundo, trabalhado como tinham feito tantas vezes antes, tantos anos atrás. Parecia um ritual sagrado que tinham um compromisso de partilhar. Mas Maggie não estava certa de que gostaria de voltar a fazer aquilo.

Dirigiu seus pensamentos a Lily, lembrando fatos do cotidiano sobre sua filha; olhando para o vazio da escuridão além da beira do penhasco, tentando ver Lily em sua mente.

Jones e Dot sentaram-se exaustos na borda das rochas que caíam além deles a centenas de metros. A tordilha estava de joelhos, roncando em paz. Alice arrastava brincalhona um dos cobertores de Jones através da pequena clareira. Maggie contemplava de novo a voz que lhe aparecera durante os anos. Havia algo naquilo? Não mais do que a intuição de qualquer mulher, imaginou. Adormeceu.

O velho tinha Chaco nos braços, o cachorrinho choramingando em algum lugar dos seus sonhos. Dot estudou a escuridão lá embaixo. O silêncio era pleno e profundo. Seus pensamentos correram para Lily, preocupada de que tivessem chegado tarde demais ou que aquele bando de apaches nunca atravessasse por ali. Quanto mais ficavam sentados e esperavam, mais interrogações e medos se apossavam dela.

– Vovô? Onde fica o México?

– Onde os pássaros estão cantando – disse ele, olhando para a escuridão.

– Lá adiante? – ela ouviu o som chilreante de pássaros que não reconhecia e apontou para o vazio negro além do penhasco.

Ele assentiu com a cabeça, tremendo no ar da madrugada.

Aliviada, ela foi apanhar um cobertor na traseira de sua sela e estendeu-o sobre os ombros amplos e ossudos dele. Estava sentado com os olhos fechados. Ela saltou para trás. Uma tarântula subia lentamente pela perna nua do seu avô. Ela abaixou-se e pegou uma chibata.

O velho ergueu a mão e a fez parar.

– Não – disse. – Ela veio me lembrar de uma promessa. Nada mais – ele fez um gesto circular no ar com a mão aberta sobre a criatura. – Eu não esqueci.

Ela viu a aranha deixar a coxa do seu avô e disparar por sobre as pedras e a areia na noite tenebrosa.

– Que promessa? – perguntou ela.

Ficou em silêncio por um tempo e então disse:

– A um amigo.

Deve ser importante, ela pensou, para que uma tarântula venha buscá-lo aqui, nesta lonjura, para lembrá-lo do compromisso. Esperava que ele vivesse o bastante para fazer esta coisa para o amigo. E a ajudasse a salvar Lily. Mas ela duvidava. Parecia fraco demais. E tudo o que estava acontecendo parecia tão estranho e complicado. Como podia algo na sua cabeça ter-lhe dito onde Lily estaria num certo tempo do futuro? E pedir ajuda à velha égua, uma aranha levando uma mensagem. Sua mãe tinha razão. Era loucura.

Adormeceu.

Dot acordou devagar, com a aurora cor de laranja, esfregando os olhos. O cobertor que havia colocado em torno dos ombros do avô estava sobre a superfície de pedra das proximidades. Chaco estava deitado no centro dele. Ela se preocupava com o cachorrinho. Não gostava dele, apenas se preocupava. Mal tinha se mexido desde que fora chutado. Jones sumira. Podia ouvir sua mãe cantarolando baixinho atrás dela. Esticou o corpo. O sol da manhã havia rompido no horizonte distante com jorros brilhantes de luz que banhavam calidamente o seu rosto. Estava totalmente acordada agora.

– Deus proteja Lily – disse. Questionou de novo se Deus e a Força eram uma e só coisa. Sabia que sua mãe não acreditava naquilo. Era confuso, mas ela achava que podiam ser. Mas como podia ter certeza? Era pecado acreditar em coisas índias?, ela se perguntava. Pecado era uma coisa difícil de imaginar. Parou de tentar.

Dot ficou de pé e girou num círculo lento, seu coração subitamente batendo mais rápido, sua mente cheia de admiração. Estava olhando por sobre a beira do penhasco. Se tivesse quaisquer dúvidas sobre a sua visão, elas se desfaziam com aquele único olhar. Tinha visto tudo antes. Vira aquilo no seu pensamento.

Empoleirada uns cento e cinqüenta metros acima de onde os rios se uniam, deixou seus olhos passearem lentamente sobre as águas, as rochas das cercanias e o deserto mais além. Todas essas coisas tinham aparecido no local do seu sonho. A Força havia funcionado. Voltou a agradecer à tordilha, tremendo enquanto acariciava o pescoço da égua, a felicidade lavando sua alma toda. Logo estariam com Lily. Estava convencida disso.

Maggie estava agachada diante de uma pequena fogueira de gravetos, fritando *bacon*. Dot sorriu e cerrou mais o casaco em torno do seu corpo e sentou-se diante do fogo. Sua mãe passou-lhe uma xícara de café.

– Mãe, este é o mesmo lugar. – Dot sorriu por cima da xícara. Maggie ignorou a observação.

Dot ergueu o olhar quando a cabeça do velho apareceu acima da beira da encosta.

– Bom dia – gritou ela, as palavras não amistosas, mas tampouco hostis.

Dot sorria para ele.

– É este, vovô. O lugar que eu vi.

Ele acenou com a cabeça.

Dot estudou o seu rosto, apertando os olhos, subitamente preocupada.

– Chegamos a tempo?

– Eles não atravessaram – disse ele, servindo-se de uma xícara de café.

Dot sorriu para sua mãe.

– Não é maravilhoso?

– O quê? Que não existem rastros lá embaixo? – ela hesitou e então falou baixinho: – Não vão atravessar por aqui. Nunca.

– Mãe, este é o lugar com que sonhei. Tudo o que vi no meu sonho está aqui.

– A mim parece apenas um lugar de miséria.

Jones construiu uma mureta baixa de arbusto de algarobeira perto da beira do penhasco para se camuflar e então se instalou para esperar, vigiando com atenção o rio abaixo, mal se mexendo ou sequer parecendo respirar. Periodicamente folheava alguns livros, mas sua atenção não estava na leitura. Seu plano, como havia esboçado por alto, era esperar que os raptores atravessassem o rio e então segui-los pelo México, pegando Lily de volta quando surgisse a oportunidade.

Dot aproximou-se do avô, achando sua presença, apesar de estar doente e cansado, estranhamente consoladora. Pensou no pai e no irmão por um tempo. Depois em Lily. Sua vida em família tinha sido maravilhosa. Duvidava que voltasse a ser como antes.

Chaco estava deitado no cobertor entre eles. Algumas vezes durante o dia, Maggie dera água para o cão ferido. Parecia gostar do animalzinho. Toda vez, Jones a observava cuidando do cão, observava como se fosse uma santa, como se tudo que fizesse, cada movimento que fizesse, era de extrema importância no esquema das coisas sobre a terra. Dot também notou que Maggie havia colocado flores numa pequena saliência de pedra perto de seus cobertores. Aquilo a surpreendera.

À medida que chegava o fim da tarde, Dot começava a sentir a tristeza invadindo-a de novo e estendeu os braços e colocou as mãos entre as do avô. Embora esperasse, ele não a afastou. Sentia-se protegida segurando as mãos velhas e usadas do avô entre as suas. Mais tarde naquela noite, sua mãe fez outra coisa estranha que a surpreendeu mais do que as flores. Trouxe dois cobertores, colocando um sobre os ombros de Dot e o outro sobre os ombros de Jones. Aquilo fez Dot sentir-se esquisita. Sentia-se bem, mas esquisita.

A fina meia-lua pairava alta sobre o deserto, e Maggie estava sentada perto dos cavalos, olhando as estrelas acima, quando Dot ficou de pé e olhou para o rosto sepulcral do avô. Com a cabeça tão magra, a pele como papel fino e seco colado sobre o osso, às vezes se assustava ao encará-lo de frente. Nestas ocasiões ele já lhe parecia morto. Parecia assim agora. Ela não gostava de falar com ele quando se sentia assim, mas precisava. Seu nervosismo aumentava. Os apaches já deviam estar ali. Fazia mais de três dias. Seu sonho dissera três dias. Algo tinha saído errado.

– Vovô? – sussurrou. Não respondeu a ela, mas estava tossindo baixinho, abafando o ruído num trapo que carregava e ela sabia que estava acordado. – Onde estão eles?

A dúvida voltou a se insinuar em seus pensamentos. Jones não lhe respondeu. Estava ficando frustrada com ele, falava tão pouco, raramente confiava nela.

– Encontrei minha magia.

– Você foi visitada pelo espírito da sua magia. Só isso.

– É a mesma coisa.

– Enquanto não puder controlar as coisas nesta vida, você não encontrou nada.

Ela pensou um tempo sobre isto, observando uma nuvem fina passar sobre a lua, depois se virou e olhou para ele.

– Não entendo.

– Eu lhe disse uma vez – falou ele, impaciente.

– Diga-me de novo.

Ele olhou para ela por alguns momentos, depois se virou para olhar o vazio escuro à sua frente.

– Controle a vida segundo suas crenças, e depois, somente depois, você a possuirá.

Isto é impossível, ela pensou, mas não disse. Dot voltou às suas cobertas e dormiu.

Jones puxou seu diário com capa de lona e estudou as páginas gastas por algum tempo, olhando com atenção através de seus pequenos óculos, apertando os olhos na luz fraca da lua. Parecia estar contando e calculando algo. Terminado, o velho levantou-se, pegou sua garrafa e duas xícaras e foi até Maggie, parando diante dela.

Ergueu os olhos para ele.

– Vamos beber em homenagem a sua mãe.

– Por quê?

– Porque não devemos nos esquecer dela.

Maggie continuou a estudar suas feições.

– Eu nunca esqueci.

Nenhum dos dois falou por um tempo e então Jones disse:

– Você nasceu numa noite como esta. – Ficou olhando para as estrelas acima. – A mãe de Susan estava morrendo. Tentávamos chegar lá quando você começou a vir ao mundo. Fizemos um acampamento improvisado. – Fez uma pausa. – Ela sangrou muito e nenhum de nós achou que sobreviveria. Durante dias ficou vagando, entrando e saindo de delírios. Toda vez que acordava me fazia prometer que eu diria a você que ela a amava mais do que a própria vida.

Maggie estudou a areia.

Ele estendeu a xícara para ela.

Ela sacudiu a cabeça.

– Ama, esta semana é o aniversário dela, eu acho. Perdi um pouco a conta. Mas está bem perto.

Maggie se retesou, fez alguns cálculos seus, os lábios e os dedos mexendo-se na escuridão. Lentamente, estendeu a mão e pegou a xícara que ele oferecia. Ele a encheu com uísque.

Jones depôs a garrafa e limpou a garganta.

– Incomoda-se? Eu recito um pouco de Tennyson todo ano.

Ela sacudiu a cabeça.

Pigarreou de novo e aprumou o corpo. Maggie viu um gavião noturno dardejar através da lua.

"Ela está vindo, minha doce querida;
Como sempre de maneira tão etérea,
Meu coração ao ouvi-la palpita,
Fosse o chão numa cama tão térrea;
Minha poeira ao ouvi-la palpita,
Ainda que há mais de um século funérea..."

Jones levantou a xícara para o céu estrelado.

– Susan. Para você, para nossos filhos e o que certa vez possuímos. – Tomou um gole.

Maggie virou-se para que ele não pudesse ver seus olhos e tomou seu próprio trago de mescal, quase engasgando no líquido ardente, e ponderando de novo sobre este velho, quem ele era e o que tinha feito, e o que ela sentia em relação a ele. E ponderou outra coisa: todas as noites em que ouvira sua mãe chorando no seu quarto numa centena de cidades, falando com ele como se estivesse lá com ela. Era possível que ele, também, estivesse sentado em algum lugar deste vasto deserto falando com ela? Talvez.

Talvez sua mãe não fosse louca, afinal. Aquele pensamento a fazia sentir-se melhor.

Ele sentou-se na areia ao lado dela e pensaram em suas lembranças separadas e beberam em silêncio.

– Havia razões para eu ter partido. Razões para aquelas pessoas no cânion.

Maggie nada disse durante algum tempo, o álcool a entorpecendo; então ela disse:

– Fale-me apenas de mamãe.

– O que você quer saber?

– Quem ela era para você. Do que falavam. Este tipo de coisas.

Jones virou-se para ela e acenou com a cabeça.

Ficaram acordados a maior parte da noite conversando e compartilhando o mescal. Ficaram bêbados. Riram um pouco das velhas histórias lembradas e contaram um ao outro coisas novas sobre Susan. Falaram sobre seus pudins de maçã e seus guisados apimentados; seu amor por dançar quadrilhas e passear de trenó sobre rios congelados em noites enluaradas de inverno. Suas teorias sobre a vida e a felicidade. Sua coragem e sua criatividade. Seus ditos espirituosos. O seu jeito de se vestir, de discutir e de rir. Então Maggie lhe contou como ela simplesmente desistira de viver, se deitara e morrera na cama um dia. Disse isto sem amargura. Nenhum deles falou por algum tempo. E a certa altura na parte mais profunda da noite, Maggie sentiu que algo viera à vida de novo para Samuel Jones. Algo que ela achava que estava morto para sempre.

Embora falassem de muitas coisas, nada chegou a ser dito sobre por que ele havia partido. Por alguma razão, Maggie receava ouvir o motivo, receava ouvi-lo contar que amava outra mulher — uma índia — mais do que à sua mãe e ela. Sabia que ele sentia o seu medo. Sabia também como a explicação era importante para ele. Mas ele não mencionou mais a questão. Foi bondoso da sua parte poupá-la disto, pensou.

Jones suspirou fundo, seus olhos enfocados na areia a seus pés.

– Conte-me sobre Thelma.

Maggie esperou um momento e então falou sobre sua irmãzinha por muito tempo. Descreveu a sua altura, a cor escura de seus belos cabelos, sua índole gentil e atenciosa e como atropelava as palavras quando estava excitada ou feliz. Seu amor à escola e à música. Sua risada e a generosidade do seu coração. E ele ouviu cuidadosamente, examinando cada palavra e o que todas elas diziam sobre esta sua filha que ele nunca chegara a conhecer. Fez muitas perguntas. Ela tentou responder a todas.

Havia algo penosamente belo em ser capaz de descrever sua irmã — esta mulher que ela amara tão profundamente — ao seu pai. Era como se estivesse apresentando estranhos que tivessem visto um ao outro de longe, apaixonando-se, embora nunca tivessem se encontrado. E por um momento ela ficou assoberbada por um sentimento de amor maravilhoso, pleno... um sentimento de que Thelma estaria pairando no ar da noite acima deles, ouvindo a sua conversa e sorrindo lá do alto. Mas aquilo era bobagem.

Ela finalmente ergueu a vista para encontrar os olhos pequenos dele estudando-a atentamente. Ele mudou silenciosamente de posição na areia ao lado dela.

– Ela sabia alguma coisa a meu respeito?

Maggie limpou a garganta.

– Mamãe lhe contou – fez uma pausa e olhou-o no rosto. – Ela o manteve vivo para nós – e baixou o olhar de novo para a areia.

Ele sentiu uma pontada de remorso, algo aparentemente se rompendo dentro dele ao pensar nesta mulher abandonada mantendo fielmente sua memória viva para seus filhos. Esperando por ele. Procurando por ele.

– Susan – foi tudo o que ele sussurrou para o céu da noite.

Se Maggie o ouviu, ela nada disse. Seus pensamentos estavam confusos por novas emoções que redemoinhavam dentro dela. Jogou a cabeça para trás e observou as estrelas, engolindo em seco umas duas vezes.

– Nós merecíamos mais. Pelo menos mamãe merecia mais.

– Sinto muito.

– Não quero desculpas – disse ela tristemente. – Só quero esquecer – suas mãos tremiam muito.

– Como foi que Thelma morreu?

Ela não respondeu.

– Ama.

– Não vai querer saber.

– Sim, quero saber.

– Índios. Apaches – disse ela. – Mataram a mulher de Mannito também – ela hesitou, olhando para o seu rosto marcado. – Eles mataram a maior parte das coisas que eu amo... de um modo ou de outro.

Ele começou a cantar suavemente.

Não tinha parado seu canto baixo quando Maggie resvalou para o sono. Ela sonhou com sua mãe, Thelma e Lily. Era a primeira vez no que parecia uma vida inteira que se sentia inteira de novo. Não totalmente, porém quase. Mas quando acordou na manhã seguinte a maravilhosa sensação de bem-estar havia sumido, substituída por uma culpa incômoda de que de certo modo ela fora infiel a sua mãe. E a velha sensação familiar de dureza em relação ao pai e à mulher índia tinha voltado.

Jones mostrava sinais sutis de tensão por volta do meio-dia, inclinando-se para a frente um pouco, examinando a areia e as árvores lá embaixo, como se determinado de que os raptores de Lily aparecessem, e então erguendo-se agachado e rígido, virando-se para a tordilha e cuspindo sangue. Pegou o trapo e colou-o sobre a boca. Quando se recuperou, disse:

– Vou verificar o rio de novo, para ver se atravessaram durante a noite – as palavras saindo ofegantes.

Maggie contemplou a rocha aos seus pés, sacudindo a cabeça lentamente, como se o que ele tivesse dito fosse a coisa mais estúpida que ela ouvira. De certo modo, Dot adivinhou, provavelmente era. Observando sua mãe, ela captou um lampejo de movimento do canto do seu olho, e virou-se rápido, estudando o local lá embaixo. Seu coração afundou. Nada.

Jones tinha visto a sacudida de sua cabeça e moveu-se rapidamente, agachando-se perto dela para que pudesse fixar a localização.

– O que foi?

– Nada. Achei que vi alguma coisa se mexer naquele toco de árvore.

– Fique quieta.

O tom dele era terrivelmente sério.

Esperaram quase uma hora antes de verem o homem. Ele cavalgava lentamente saindo de uma mata de alfarrobeiras que cercava a extremidade do banco de areia e então parou, ficou sentado e estudou o rio. Era um apache.

– É um deles, vovô? – perguntou Dot, num tom abafado e ansioso.

O velho não respondeu. Maggie tinha se aproximado e estava de pé atrás deles, um olhar estranho no rosto.

– Lá embaixo – ele disse.

Ela se agachou.

– É um deles? – perguntou Dot de novo.

– Está nervoso – Jones falou em voz baixa, como se para si mesmo. – Sabe que tem alguma coisa errada.

Olhou para Dot e Maggie.

– Não olhem diretamente para ele. Pensem em outra coisa. E não se mexam – sussurrou. Olhou então de novo para o índio. – Paz e serenidade, viajante. A segurança está do outro lado do rio. Leve-os em frente. Atravesse – disse suavemente, dirigindo as suas palavras e seus pensamentos para a figura imóvel lá embaixo.

– Deus – sussurrou Maggie. – Isto não pode ser verdade.

A cada instante ela desviava o olhar do índio para Jones, examinando seu rosto, como se o estivesse vendo pela primeira vez e não entendesse algo. Estava esfregando as mãos.

O índio ficou sentado no seu cavalo durante meia hora. Dot não podia ver o que ele fazia, sua visão bloqueada pelo matagal, mas imaginava que o avô estivesse certo, estava tentando entender o que incomodava o índio. Escutou o velho, afastando o medo e a dúvida da alma do estranho. Encorajando-o a fazê-los atravessar o rio.

– Lily está lá embaixo – disse Dot, a excitação grande demais para poder contê-la.

– Onde? – disse Maggie, ficando de pé de novo.

– Abaixem-se e fiquem quietas – sibilou Jones.

– Onde? – repetiu ela.

– Simplesmente eu a estou sentindo.

– Vocês duas, parem.

Minutos depois, o índio virou o cavalo e desapareceu de novo entre as árvores.

– Está indo embora – gemeu Maggie, ficando de pé de novo. – Precisamos ir atrás dele.

– Margaret – o velho observou-a por um momento e depois disse: – A vida de Lily depende de você ficar sentada e quieta.

Ela sentou-se e estendeu a mão para a sacola da sela que estava na pedra do seu lado, puxando sua Bíblia. Jones observou-a para ver se ela entendia e depois voltou a atenção de novo para o rio.

Maggie não sabia no que acreditar. Tinha visto o índio. Seria um dos raptores de Lily? Parecia incrível. Que jogo Deus estava permitindo que fosse jogado? Que estranhos poderes o velho possuía? Ou ele estava simplesmente certo? Certo em relação às religiões índias. Certo em relação ao cristianismo. Deus não se dispunha a ajudar a humanidade? Aquele pensamento a atordoava, suas mãos tremiam. Não podia imaginar seu mundo sem Deus.

Ela reconstituiu os acontecimentos dos últimos dias. Tinham cavalgado quase quinhentos quilômetros do rancho até aquele ponto solitário do Rio Grande, atravessando desertos secos sem trilhas, ásperas montanhas de pedra, não seguindo estrada alguma, sem qualquer marco tangível. Tinham chegado até ali por causa do sonho de Dot. O velho o havia traduzido e decifrado, vendo nele uma mensagem dos espíritos índios. Aquilo era impossível. No entanto, estavam ali. Ela vira o apache. Não era nenhum espírito.

Esfregou o rosto. Poderiam Jones e Dot ter adivinhado este lugar em suas mentes? E quanto a suas próprias preces? Não tinham dado em nada. Estudou o velho. Pensando. Reexaminou coisas a respeito dele. Se isso estivesse realmente acontecendo, se tivessem realmente encontrado Lily, então ela estava errada. Pela primeira vez em trinta anos, ele poderia talvez estar ali para ela. Estudou seu perfil ossudo, a ponte alta do nariz, as sobrancelhas cerradas.

Perto do pôr-do-sol, Dot olhou para o avô.

– Não estão vindo.

Ele se virou e olhou para ela.

– É isto o que a sua magia lhe diz?

– É só o que eu acho.

Jones estava se virando quando lá embaixo uma fileira de cavaleiros se dirigiu lentamente para a faixa de praia arenosa, a caminho da água. Dot viu o baio agitado de sua irmã dançando na longa fila de cavalos.

– É Lily! – guinchou ela.

– Onde? – disse Maggie, puxando um binóculo da bolsa de sua sela.

– Veja ela! Está carregando alguma coisa nos braços.

– Não! – Jones sibilou. Tarde demais. Maggie já tinha o binóculo diante dos olhos, o sol poente refletindo nas lentes, a luz relampejando na direção da areia e dos cavaleiros.

Os apaches travaram seus cavalos e Dot os ouviu engatilhando as armas. Mas não atiraram ou investiram. Tinham coragem, e algo mais: as mulheres. Era uma carta com a qual sabiam como jogar e ficaram sentados calmamente olhando para a saliência rochosa. Nenhum dos lados se mexeu. Então um índio pesado com uma perna deformada trotou o seu cavalo ao longo da linha de mulheres até que se aproximou de uma garota mexicana num cavalo castanho desgrenhado. Virou-se e olhou para o alto do penhasco, um olhar de desafio para eles, e então pegou as rédeas da montaria da garota e levou-a para longe dos outros. Mesmo à distância, havia algo em seus olhos escuros que apavorava Dot.

Maggie ficou petrificada, a realidade do que tinha feito tomando conta dela, enchendo-a de culpa fria. E de medo. Medo pela vida de Lily. Dot olhou para seu avô. Não tinha se mexido. Seus olhos estavam cravados no pesado apache. Maggie afundou lentamente nas pedras, parecendo doente. O aleijado parecia estar desafiando-os a atirar. Levantou então sua pistola e atirou na base do pescoço da garota, quase decapitando-a. Por um instante ela pareceu voar para longe dos apaches e dos cavalos, caindo de rosto na areia. A concussão da explosão repercutiu no penhasco, e Maggie empalideceu.

Ainda assim o cavaleiro não se mexeu, seus olhos fixos neles. Ficou sentado assim um longo tempo, e Dot podia dizer que seu avô estava lutando para controlar a raiva dentro dele. Finalmente, o índio virou-se e seguiu a meio galope lentamente para o rio; os outros o seguiram, trotando seus cavalos em fila indiana, cada homem cavalgando com uma cativa entre ele e a saliência rochosa. O cavalo sem cavaleiro seguia com eles, a areia escurecendo debaixo da garota morta. Dot não pôde se impedir de olhar dela para a sua irmã.

Subitamente Maggie não pôde mais agüentar.

– Lily! – gritou ela, pegando a sua espingarda. Jones a interrompeu, agarrando-a e colocando a mão sobre sua boca. Ela o mordeu, mas ele ainda assim manteve a mão sobre o rosto dela.

Então uma voz clara se ergueu do rio abaixo, o som fazendo valer tudo por que tinham passado na mente de Dot.

– Mãe! – a voz chamou. Era Lily.

Maggie se debateu com mais força, mas Jones a manteve presa.

– Se continuar com isto – disse Jones –, vão matar mais uma. E desta vez pode ser Lily. – Observou Maggie por um momento. Ela parou de lutar. – Vou soltá-la. Não diga uma palavra. Pela segurança de Lily.

Quando ele a soltou, Maggie arrastou-se até a beirada do penhasco e olhou uma vez mais pelo binóculo.

– Lily, Lily, Lily – chorou baixinho. Observou até que os cavaleiros desapareceram nas algarobeiras do lado distante do rio. Tinha visto sua filha. Eles a haviam encontrado! Mas o alívio foi rapidamente afogado por uma sensação de desamparo e vergonha. A garota caída na areia lá embaixo estava morta por causa dela. E Lily poderia estar perdida. Para sempre.

O Coxo sentou-se nas sombras das árvores e examinou o penhasco do outro lado do rio. Tinha visto a mulher e o velho gigante. Eles vinham atrás da garota. Tocou no relógio com os dedos, abrindo o fecho. Era ali que a tinha visto. O homem ao seu lado na fotografia era aquele que tinham alvejado no dia em que mataram o mexicano e levaram Li-Lie. Ele ainda não sabia como o velho se encaixava nisto. Não parecia branco. Não importava. De certo modo ele se encaixava. Baixou o olhar para o retrato, a idéia se formando na sua mente.

Ouvira a garota gritando do outro lado do rio para a mãe. Gritara o seu nome: Mah-gui. Sorriu. Possuía coisas mágicas dela: Seu nome. O ladrão das horas. Sua imagem-fantasma. Era o bastante.

Jones esperou até que estivesse totalmente escuro, depois levou-as rapidamente montanhas abaixo, movendo-se para oeste. Ele estava seguindo com esforço, galopando através das dunas, trotando nas águas rasas do rio até que ficassem ensopados e gelados, movimentando-se por sobre rochas irregulares, depois cortando para noroeste por entre correntezas profundas, cavalgando para longe dos apaches. Seu pensamento estava no cavaleiro coxo.

Dot não conseguia entender aquilo. Ele estava se comportando como um louco. Ela batia com os calcanhares em Alice, ao lado da tordilha. A velha égua tinha espumado mais cedo e estava fazendo um ruído de respiração difícil. Jones tinha aconchegado a forma tranqüila de Chaco em seus braços. Maggie cavalgava entre eles, tombada sobre sua sela, olhando para trás a cada instante como se ainda pudesse conseguir captar uma última visão de Lily.

– Nós não os estamos seguindo – falou Dot, seus dentes rangendo.

Ele sacudiu a cabeça. Embora continuasse a usar apenas sua roupa xamã, a sunga e *teguas*, as pernas úmidas com a água do rio, Jones não parecia estar com frio.

– Por quê? – perguntou ela.

– Eles estão nos seguindo. Pelo menos alguns deles.

– Por quê?

– Para descobrir quem somos. Aí, quando descobrirem que somos apenas três, para acabar conosco antes que nós alertemos os mexicanos do outro lado da fronteira.

– O que vamos fazer? – perguntou Dot nervosamente.

– Abrir distância entre nós, seguindo na direção que eles não querem seguir.

– E Lily?

Ele parou de falar.

– Vovô?

Ele olhou para ela, aborrecido com sua amolação interminável.

– Espero que consigamos seguir a trilha deles.

– Nós podemos?

Ele não respondeu. Apenas apertou mais o pequeno corpo de Chaco e estalou a língua para a tordilha trotar mais rápido, a velha égua parecendo balançar-se nas pernas, como se fosse desmoronar.

Depois ela endireitou-se e aprumou-se no familiar trote desconjuntado. Dot olhou para trás e sentiu-se subitamente assustada com a noite. Ela deixou-se ficar para trás até aproximar-se do ruão. Maggie não olhou para ela. Dot inclinou-se e agarrou as rédeas de sua mãe e bateu com os calcanhares em Alice para um meio galope, o ruão atrás delas.

Dot seguiu desta maneira, levando o ruão e forçando Alice a ficar ao lado da tordilha, por muitas horas, até que Jones parasse e ficasse na sela examinando a forma incerta de um monte de areia que se erguia da imensidão do deserto como uma pequena pirâmide. O velho estava estreitando os olhos com atenção e parecendo desconfortável. Até a tordilha parecia preocupada com a estranha forma cônica, levantando sua cabeça cansada e parecendo estudá-la.

– Vovô! – berrou Dot.

Jones virou-se e viu Maggie vomitando sobre o pescoço de seu cavalo. Dot molhou um pano e tentou dá-lo a ela, mas Maggie ignorou-o. Depois subitamente ela começou a balbuciar. Jones cavalgou para o lado dela e colocou a mão em sua testa. Ela estava queimando. Ele virou-se e olhou para o pequeno monte uma vez mais, a estranha sensação infiltrando-se nele novamente. Ele enfiou os calcanhares na tordilha.

– Traga-a – pediu ele a Dot.

Alguns quilômetros adiante, Jones guiou-as para dentro de um pequeno canal, desmontando, voltando e levantando os olhos para o rosto de Maggie. Dot parecia assustada.

Ele estendeu o braço e gentilmente atraiu Maggie para seus braços para descer do cavalo, a baba escorrendo de sua boca.

– Estenda algumas mantas para ela – disse Jones, lutando contra a tosse.

– O que ela tem?

– Apenas estenda os cobertores.

Maggie estava balbuciando numa língua que parecia indígena para Dot.

Jones acariciou seus cabelos.

– Durma, criança – sussurrou ele, como se ela ainda fosse pequena. Ele tocou um dedo nos lábios dela, mas ela não parava com aquele murmurar incessante.

- Vovô, que língua é essa?

– Apache.

Dot pareceu assustada.

– Ela não sabe apache.

O velho não respondeu.

Ele estava preocupado com algo muito maior do que o fato de que Maggie estava balbuciando numa língua estranha. Os apaches não os tinham perseguido. Ele não conseguia entender por quê. Ele tinha visto seus cavalos no rio. Eles estavam descansados e bem alimentados e ele tinha realmente esperado uma luta antes que alcançassem o canal. Mas nada. Sua retaguarda estava limpa. Ele também não entendia as sensações preocupantes que estava tendo sempre que pensava sobre o pequeno monte de areia.

Ele ajoelhou-se e estudou os músculos contorcidos do rosto de Maggie, estendendo uma de suas mãos e colocando-a carinhosamente no lado da cabeça dela.

– O que há de errado, criança? – A pele dele formigou e ele puxou a mão. Ela não se moveu.

Jones cavalgou através da noite buscando o pequeno monte, momentaneamente confuso com as direções. Aquilo raramente acontecia. Mas por alguma razão ele não conseguia se lembrar onde estava localizado o monte em forma de cone. A confusão tomou conta dele. Era como se alguém ou alguma coisa tivesse retirado a informação de sua mente. Mas a pequena tordilha parecia saber aonde estavam indo, abrindo caminho determinadamente através dos cactos, sobre as dunas, descendo para as planícies úmidas. Ela moveu-se para um galope forte, seu trote devorando os quilômetros. Pintassilgos trinavam na escuridão em torno deles. O velho esfregou pigmento vermelho fresco em sua pele e deixou marcas vermelhas de mão nas espáduas e ancas do cavalo.

Eles cavalgaram duramente por mais de uma hora. Depois a tordilha parou e o velho apeou. Ele colocou uma das mãos no pescoço fino do animal e deu um tapinha nele, maravilhado com seus poderes. Ele estava acostumado a eles, mas ainda assim se maravilhava. Como ela tinha sabido voltar a este lugar na vasta noite do deserto? Ele não tinha respostas.

Eles estavam na base do pequeno monte cônico que se elevava cerca de 15 metros do chão do deserto, como um templo sagrado naquela paisagem desolada. O velho conferiu a munição no Sharps e depois começou a subir a ladeira arenosa.

O pequeno círculo tinha sido desenhado na areia: a origem sombria de seus sonhos circulares. Jones entoou um canto por alguns minutos, depois acendeu seu cachimbo da paz e soprou fumaça cuidadosamente sobre ele. Apenas então se agachou mais perto do círculo e examinou as coisas que estavam ali no interior da esfera mágica. Ele certificou-se de não tê-lo tocado.

A pequena fotografia de Maggie e Brake estava encostada num apoio de agaváceas no centro, perto dos olhos secos de alguém. O longo pêlo de uma cauda de animal – parecia do ruão – estava enroscada em volta dessas coisas, tudo salpicado com pó de mica e pólen de tifácea. Olhando para as órbitas arregaladas e cegas, Jones soube perfeitamente que tipo de homem era o Coxo. Seu coração começou a se apertar, o medo por Maggie crescendo nele.

Ele queimou os olhos, os pêlos e a fotografia numa fogueira alta de arbustos de mesquita, porque o aleijado os tinha tocado e falado em cima deles. Depois ele correu tropeçando montanha abaixo, até a tordilha adormecida.

Lily sabia que tinha de ser agora. A ajuda estava próxima. O mais próximo que poderia jamais estar. E a criança não podia esperar.

Vagarosamente, ela cortou a corda de couro com a faca de Mannito, depois esperou que os apaches adormecessem. A garotinha estava choramingando novamente, o suor brotando de sua testa, inconscientemente agarrando sua boneca de pano nos braços. Lily acariciou seus cabelos e fez uma prece por ela, pensando em Dot.

– Eu amo você, Dotty Baldwin – sussurrou ela na escuridão.

Ela espreitou e contou novamente seis apaches. Ela os estava contando a cada instante. O aleijado não estava. Aquilo não era incomum, ele desaparecia com freqüência, normalmente retornando com outra mulher. Estudou a mãe das crianças onde ela estava deitada, dormindo na areia. Ainda não tinha certeza do que fazer. Mas tinha de correr o risco de levá-la. Ficou de pé vagarosamente.

Elas tinham escapado facilmente, a mulher sorrindo e seguindo-a como um cachorro bem treinado, enquanto Lily deslizava por entre os apaches adormecidos. Felizmente, os índios tinham bebido demais e estavam apagados.

Carregando a criança e sua boneca, Lily levou a mulher rapidamente, descendo o riacho estreito, correndo na direção do lugar onde os índios tinham amarrado os cavalos.

A mulher parou.

Lily virou-se.

– Qual é o problema?

– Meu marido – disse ela suavemente. – Ele está me chamando.

A mulher era louca, mas mesmo assim podia ter escutado alguma coisa. Lily concentrou-se na imensidão da noite em torno delas. Nada. Depois, um minuto mais tarde, ela ouviu.

– São só os cavalos.

Lily colocou a menina machucada gentilmente nos braços da mulher, observando seu rosto para ver se ela ia voltar atrás. Ela não voltou. Apenas virou-se e ficou olhando para a escuridão que as cercava, como se estivesse procurando alguém numa multidão. Aquilo fez Lily ter vontade de chorar.

Lilly estava selando o baio quando a mulher começou a andar vagarosamente de volta por sobre as pegadas.

– Não fique vagando por aí – sussurrou ela.

– Só vou pegar aquelas uvas que prometi a você.

– Não precisamos de nenhuma uva. Fique aqui.

Mas a mulher tinha desaparecido nas sombras. Lily começou a segui-la, depois parou e voltou para os cavalos, lembrando que ela só precisava mantê-la por perto até que a colocasse na sela. Terminando com o baio, Lily rapidamente selou o melhor animal que pôde encontrar para a mulher, apertando ambas as selas com força. Feito isso, ela virou-se e procurou por ela.

– Vamos – chamou suavemente.

Lily achou que tinha ouvido algo na escuridão adiante. Mas agora o som já tinha ido embora e ela não tinha certeza de que tinha ouvido algo além de seus próprios medos.

– Onde você está? – chamou.

Lily estava trotando na escuridão, buscando-as freneticamente, quando tropeçou sobre o corpo sem vida da mulher. Ela estava sentada de pernas abertas na areia, encostada numa grande rocha, segurando suas entranhas e sua filha morta nas mãos, encarando o céu da noite; sorrindo como se ela finalmente tivesse encontrado quem quer que estivesse procurando. A boneca estava no meio da sujeira.

Maggie estava murmurando e gargalhando como uma bruxa velha. Seu rosto tinha inchado quase além do reconhecimento, ela não se parecia mais com a filha. Jones ficou sentado segurando seu cachimbo, a fumaça saindo vagarosamente do bojo vermelho, observando-a. Dot estava entrando em pânico, olhando as pequenas manchas vermelhas que se formavam no pescoço e no rosto da mãe. Subitamente Maggie parou de balbuciar e ficou deitada olhando fixamente o céu da noite.

– Dorothy? – chamou através dos lábios inchados.

– Mãe?

O rosto de Maggie fez uma careta.

– Dorothy, me ajude a levantar.

– Não! – disse Jones severamente. – Não a toque.

– Mãe, o que você tem?

Maggie sorriu fracamente.

– Só estou um pouco cansada, é isso – disse ela num falsete estranho. – E meus olhos estão embaçados.

Maggie fez força para se sentar, Jones empurrou uma sela por trás dela e ela se encostou ali. Ele agachou-se em frente a ela e estudou seu rosto.

Maggie fechou os olhos como se fosse dormir, sendo sacudida por um tremor.

– Ama – a voz dele era firme.

Maggie olhou cegamente através dele.

– Onde eles estão? – perguntou ele.

– O quê? – Ela ergueu sua cabeça ao som das palavras dele.

– O colar e o pólen que pedi a você para carregar.

Ela pensou por um instante e disse:

– Eu os joguei fora. Eles pertenciam àquela mulher. – Os olhos de Maggie se focaram por um momento e se lançaram cheios de medo para Jones. – O que está acontecendo comigo?

Ele ficou de pé rapidamente, foi até sua sela e desamarrou uma pequena bolsa de couro.

– O que ela tem, vovô?

– Ama – chamou ele por cima do ombro. – Você precisa me ajudar. Além de sua visão, o que mais você tem?

Maggie estava balbuciando novamente.

– Ama – disse ele mais alto. – Escute minha voz. O que está errado? Me diga. – Ela não respondeu.

Jones esfregou pigmento vermelho nas palmas de sua mão, tirou uma das botas dela, pegou um alfinete e espetou a base de seu pé, até tirar sangue. Ela não se moveu. Os olhos de Dot se arregalaram.

– Ela vai ficar bem, vovô?

– Quieta, criança. – Ele ficou sentado pensando por um instante.

Subitamente, Maggie sentou-se, os olhos arregalados.

– Dot – disse ela, virando a cabeça, procurando a filha. – Meu crucifixo.

– Não – disse Jones, levantando a mão para conter a criança e ignorando os desvarios de Maggie. – Não chegue perto dela.

Dot correu e puxou a cruz da bolsa de sela da mãe, retornando rapidamente para ficar ao lado do avô.

– Criança. Sente-se perto dos pés dela. Quando eu estiver pronto, faça o que eu disser. Eu digo quando – ele olhou para Dot. Ela parecia assustada, os olhos fixos no rosto de Maggie. – Dorothy. Você entendeu?

Ela assentiu e estendeu o braço para colocar o crucifixo na mão da mãe.

– Não a toque – disse ele com firmeza. – Ela não está limpa agora.

– O que você quer dizer?

– Seu espírito está sendo mantido prisioneiro. O Coxo é um *pesh-chidin*. – Aquele, Jones sabia, era o motivo pelo qual os apaches não os tinham seguido.

Ele estava inclinando-se sobre Maggie agora, seus dedos cobertos com pigmento vermelho fresco, os olhos dela saltando selvagemente para o rosto dele.

– Por favor, não – disse ela, esforçando-se para se mover.

– O que é um *pesh-chidin*? – perguntou Dot, trêmula, observando o rosto raivoso da mãe.

– Eu não me importo – resmungou Maggie.

Jones espalhou o pigmento vermelho sobre Maggie enquanto ela se contorcia sob sua mão e recitava o Pai-nosso.

– O que é um *pesh-chidin*? – perguntou Dot vacilante, embora não quisesse realmente saber.

Jones passou pigmento vermelho no rosto de Dot. Terminando, ele olhou novamente para Maggie e disse:

– Um feiticeiro.

– Feiticeiros não existem – disse Dot.

Jones encarou-a até que Dot baixasse os olhos para a mãe.

– O que ela tem?

– Doença das almas.

Maggie fechou os olhos e pareceu ser levada subitamente para longe deles, seu rosto se contorcendo numa careta.

– Mãe?

Jones agarrou Dot antes que ela pudesse se mover e segurou-a por um instante, depois colocou-a aos pés de Maggie, empurrando-a para baixo gentilmente, até que ela estivesse sentada na areia.

– Criança, você deve ficar aqui e fazer apenas o que eu fizer. Mas você não deve tocá-la. Você entendeu? Repita o que eu digo. Faça isso para salvar sua mãe.

Dot plantou a cruz na areia aos pés de Maggie e começou a balançar-se para a frente e para trás num ritmo nervoso, recitando o Pai-nosso.

O velho ignorou sua neta. Maggie estava escapando. Ele agarrou freneticamente o seu tambor de couro esticado e começou a bater nele, recitando, numa cadência monótona: *Ugashe, ugashe, ugashe.*

Dot tinha ouvido a palavra dos pastores apaches no rancho. Sempre que ela os amolava com perguntas ou interferia no seu trabalho, eles diziam: *Ugashe.* "Vá embora." Agora seu avô a estava usando para tentar tirar um espírito maligno do corpo de sua mãe. Parecia maluquice acreditar que a simples repetição de uma palavra, e passar tinta vermelha na pele de alguém, ia curar qualquer coisa. Ela começou novamente com o Pai-nosso, mais alto desta vez.

– Criança – disse Jones, estendendo-lhe o pequeno tambor e ficando de pé. – Esta não é uma boa hora para você estabelecer uma conversa com seu deus. Nós devemos alcançar os espíritos e pedir a eles que nos ajudem. A palavra é U-GA-SHE. Bata o tambor devagar e repita. Pense que o mal está saindo de sua mãe. Tenha pensamentos puros. Tire-o dela com a força da palavra e de sua bondade. Chame seu próprio poder. Eu volto.

Dot assentiu e começou a bater no tambor, lembrando o alerta de sua mãe de que aquilo iria estragar sua alma. Ela não sabia a quem escutar. Ela amava sua mãe e normalmente ela estava certa sobre as coisas. Mas amava seu avô também, e ele parecia saber dessas coisas – e de qualquer maneira sua mãe estava doente, talvez morrendo. Ela bateu o tambor com mais força. *Ugashe, ugashe, ugashe.*

Maggie estava em perigo mortal, a vida dela nas mãos dele. Ele subiu novamente na tordilha e cavalgou, procurando as coisas de que precisava, o cavalinho vencendo com dedicação os quilômetros, a mente de Jones no apache aleijado.

O velho e o cavalo adentraram uma região inóspita. Passaram por árvores grandes e frondosas, à procura das palmas dos deuses e dos objetos espirituais de que ele precisava para salvar Maggie. Sua respiração estava saindo em arfadas irregulares. Perdê-la desta maneira iria acabar com todos os seus sonhos.

Ele tinha fustigado suas costas com a vara por tanto tempo que Lily não conseguia mais sentir a dor. Ela cavou com mais força, seus dedos rachados e sangrando, seu coração determinado que ele teria de matá-la para fazê-la parar. Ela ia enterrar essa mulher e sua filha. A qualquer preço.

O Coxo tinha usado vários galhos, quebrando cada um deles sobre as costas fortes de Li-Lee; ainda assim, ela não parava de escavar a terra com as unhas. Ele estava determinado a ensiná-la. Ela tinha fugido. Ela tinha ajudado outras pessoas a fugirem. E agora ela o estava desafiando. O galho na mão dele quebrou, ele amaldiçoou-a e chutou-a com força no traseiro. Ainda assim, ela continuou cavando. Ela estava louca, ele pensou.

Ofegando com força, ele parou e observou enquanto Li-Lee se esforçava para empurrar os corpos da mulher e da criança para dentro do buraco, colocando a pequena com o rosto sobre a mãe. Depois ela começou a jogar areia nas duas freneticamente. O sangue estava jorrando das costas de sua camisa.

Ela era teimosa. Ele não admirava teimosia numa mulher. Ele ia bater nela até tirar aquilo dela. Mulher nenhuma iria desafiá-lo. Jamais. Ele curvou-se e tirou a pequena boneca de pano daquela sujeira, examinando-a, depois enfiando-a em sua roupa e se mexendo para encontrar outro galho, mais forte.

Jones tinha ido longe o suficiente para que a lua passasse completamente pelo céu da noite, quando ele finalmente retornou para o pequeno canal. Ele estava arranhado e sujo, como se tivesse engatinhado por entre grandes galhos. Dot estava olhando de uma maneira confusa para Maggie, a mulher coberta de manchas vermelhas e banhada em suor. Jones observou o rosto inchado de sua filha por um instante, depois pegou o tambor da criança e começou novamente sua cadência monótona.

Dot recomeçou, depois Jones começou a dançar bem devagar no local, sua voz se tornando um balbuciar incoerente, a entonação parecendo um sedativo. Hipnótico. Dot esforçou-se para ficar acordada e repetir os sons. Mais e mais vezes através da noite ele cantou e recitou, Dot imitando-o, até que ela achou que não conseguiria mais agüentar aquilo. Maggie estava suando demais, mas de qualquer maneira parecia não ter mudado nada. Dot caiu no chão. Jones continuou cantando como se sua própria vida dependesse daquilo.

Depois subitamente ele parou. A noite estava silenciosa e parecendo envenenada, esperando por algum momento de magia. Ele caiu de joelhos ao lado de Maggie e retirou sua longa faca, inclinando-se sobre ela.

– Vô! não!

Ele não ligou para ela, cortando as calças de Maggie de cima a baixo e retirando-as para expor suas pernas, depois pegou o pigmento vermelho e fez cruzes em suas coxas, cobrindo-as com pitadas de pólen sagrado. Ele sentou-se e falou em cima dela por alguns minutos, depois deitou a cabeça de Maggie de volta na areia. Ela parecia morta, os olhos revirados. Dot estava choramingando atrás dele. Ele colocou pólen na língua de Maggie, depois amarrou sua boca com faixas de algodão, como se ela estivesse com dor de dente.

Eles cantaram até o amanhecer. Depois Jones parou de cantar novamente, o silêncio estranho e cheio de maus presságios, e tirou uma serpente viva de algum lugar de seu corpo. Dot pulou. Onde ele a tinha escondido? Ela odiava cobras. Pelo menos aquela era pequena e inofensiva, parecia um esquilo amarelo. Jones esfregou a criatura que se retorcia vagarosamente sobre as coxas de Maggie, para cima e para baixo em seus braços, sobre seu rosto, sibilando o tempo todo como se ele mesmo fosse uma cobra. Quando ele terminou, cuspiu no fogo, depois se virou e estendeu a cobra para Dot. Ela deu um passo atrás, com medo.

– Pegue-a. Ela não vai machucá-la, mas ela carrega agora o espírito do demônio. Pegue-a e deixe-a ir embora para que ela possa vomitar o mal dentro da terra.

Dot estendeu as mãos trêmulas e pegou o corpo liso e brilhante do réptil, aterrorizada com o que a possuía.

O apache coxo tinha sido sacudido de seus sonhos por pensamentos sobre o ancião. Ele estava suando e preocupado. A preocupação parecia agarrar-se nele, vindo da noite lá fora. Algo estava acontecendo. Ele pensou na garota, Li-Lee, e pegou a boneca. Ele andou até a fogueira e os outros apaches. Eles eram como cães vadios, pensou, eles observavam mas não faziam nada. Era sempre a mesma coisa. Tinha sido por toda a sua vida. Ele olhou corajosamente nos rostos deles enquanto se movimentava, não os deixando ousar interrompê-lo. Sabia que eles não iriam fazê-lo.

Ele inclinou-se sob a plataforma onde as mulheres estavam sendo mantidas, agachando-se na frente de Li-Lee e estudando seu rosto. Ela devolveu seu olhar com uma expressão de repulsa. Ele estava acostumado a isso, mas não estava acostumado ao desafio que via nos olhos dela. Ele tinha necessidade de estender a mão e agarrá-la, mas ela estava fraca da surra que já tinha lhe dado. Ela precisava conseguir cavalgar.

Ele segurou a pequena boneca na direção dela, provocando. Ela estudou-a por um instante, gradualmente reconhecendo que era a boneca da criança, sua garganta se contraindo até que ela tivesse dificuldade para respirar, depois sua expressão mudou. Vagarosamente a princípio, depois mais rapidamente, até que fosse de absoluta fúria.

– Seu bastardo! – gritou ela, lançando-se contra ele, arranhando o rosto dele e agarrando a boneca.

O Coxo agarrou-a pelo pescoço, apertando-o até que ela soltou a boneca, gritando de dor. Enfurecido agora, ele jogou-a de volta sobre a areia, espancando-a, batendo no rosto dela com punhos pesados, depois passando as mãos em volta do pescoço dela e apertando-o. Lily estava chutando e arfando em busca de ar, ficando profundamente vermelha, a vontade de lutar vagarosamente abandonando-a. Seus braços deslizaram para a areia enquanto ela desmaiava. Ele continuou a apertar sua garganta delicada, o Outro encorajando-o, até que ele soubesse que estava prestes a perdê-la e a soltasse.

Depois o sentimento anterior de preocupação entrou nele novamente. Desta vez pareceu medo. Ele não tinha certeza do motivo – apenas que tinha algo a ver com a mulher, Mah-gee, e o ancião. Eles queriam a garota. Talvez ele devesse matá-la. Livrar-se deles.

Maggie não se recuperou naquele dia. Parecia cadavérica, como se seu corpo estivesse congelado, sua pele pálida e translúcida. Ela mal conseguia respirar. Jones não disse nada. Ele não recitou, nem bateu o tambor, nem cantou. Nada mais havia a fazer, ele sentia. Seu poder havia falhado.

Dot estava assustada.

– Vô, quando ela vai ficar melhor?

– Ela já devia estar, agora.

– Mas ela vai melhorar, não vai?

– Eu fiz tudo o que sabia.

– Então a gente tem que tentar alguma outra coisa?

– Criança, fique tranqüila. Não há outra coisa. Não perturbe os espíritos. Se eles tiverem que ajudá-la, eles vão ajudá-la. Nada que você ou eu façamos agora vai mudar isso.

Dot estava subitamente apavorada com o fato de que tinha pecado como uma pagã, e que tinha sido por isso que sua mãe não havia se recuperado. Ela prometeu abandonar o caminho do pecado e se tornar temente a Deus novamente. Ela estava desesperada.

– Não acredito nisso. Nós precisamos tentar.

Ela pegou a pequena Bíblia na manta ao lado dela, agarrando-a com suas mãos trêmulas. Jones observou-a mas não fez nenhum comentário.

– Deus. Por favor ajude minha mãe. Ela está muito doente. Eu não sei por que, só sei que ela está morrendo. Por favor, ajude-a. Se eu fiz você ficar com raiva por acreditar na magia do vovô, desculpe. – Dot rezou com força durante um longo tempo, o velho observando-a.

Ele estava impressionado com as preces fervorosas enquanto ela se ajoelhava perto de Maggie, seu corpo pequeno oscilando, ondas de suor cobrindo-a. Ele escutou suas preces, os gritos lastimosos por ajuda que morriam vagarosamente no ar fino do deserto. Enquanto ele não sabia como alcançar o deus cristão, ela merecia fazê-lo. Seu coração era puro. Além do mais, o deus dela não ia interceder nos afazeres dos homens. Ele se sentiu mal pela criança.

Quando o sol tinha alcançado o pico de seu arco no céu cor de centáureas azuis, eles improvisaram uma padiola, colocaram Maggie nela e começaram novamente a cruzar a paisagem seca. Isso não fez Dot parar. Ela simplesmente passou a fazer as preces na sela, cavalgando ao lado da mãe, falando com ela. Implorando a Deus e implorando a Maggie. Ela fez isso até que estivesse tão rouca que mal conseguia falar.

Ela levou Alice para perto da tordilha.

– Vovô – ela arranhou a garganta, as palavras machucando-a. – Você acha que Deus está com raiva de mim?

O velho sacudiu a cabeça. Nenhum deus, ele achava, podia estar com raiva dessa criança cheia de coragem. Ele se sentiu triste por ela. Nenhum de seus sonhos iam se tornar realidade. Às vezes era assim. Era uma lição que ela teria de aprender.

Aquela noite, quando eles acamparam, Jones começou a recitar e tocar o tambor mais uma vez. Mas ele não tinha mais esperança dentro dele. Desta vez, Dot recusou-se a juntar-se a ele, ajoelhando-se, em vez disso, ao lado de sua mãe e rezando, segurando a pequena cruz. Os dois pareciam fazer um cabo-de-força sobre o corpo da mulher – cantilenas pagãs e orações cristãs flutuando e misturando-se no ar da noite.

Dot parou e olhou para o velho, com lágrimas nos olhos.

– Por que nada nunca continua igual, vovô?

– Não sei. Talvez para nos ensinar coisas que devemos aprender.

Aquilo era decididamente desencorajador para ela. Ela sacudiu a cabeça tristemente e voltou para suas orações.

Foi na parte mais profunda da noite, quando o ar fica mais gelado e as criaturas – nem criaturas do dia nem da noite – não se moviam mais, quando a terra e todos os seus habitantes verdadeiramente dormem, que Maggie finalmente gemeu. Foi um som longo, baixo e doloroso que parecia carregar com ele algumas das orações e cantos, e aquilo fez Dot sentar-se ereta e tiritando.

Jones agachou-se perto dos pés de Maggie e deu seu sorriso de dentes-de-ouro para ela. Ela ignorou-o, aborrecida com o pigmento vermelho. Ela conseguia abrir os olhos, beber e sorver a sopa, mas principalmente estava apenas aborrecida. Ela limpou as cruzes de seus pulsos – sabendo que não eram cristãs – e fez Dot ajudá-la a trocar as calças.

Tudo o que ela pôde dizer para Samuel Jones foi:

– Como você pôde?

Ele não respondeu. Apenas observava alternadamente ela e depois a criança, pensando nas orações cristãs de sua neta. Ele não tinha respostas. Estudou o crucifixo de prata que Dot tinha enfiado na areia ao lado de sua mãe, questionando coisas que ele não pensava havia muito tempo. Tudo o que sabia com certeza era que ele não a tinha curado.

Dot não sabia o que pensar. Ela tinha participado de ambos os rituais. Ela estava apenas agradecida por alguém ter salvado sua mãe.

Quando o céu estava se iluminando no leste e os lobos dos prados estavam correndo para suas tocas, Maggie sentiu-se forte o suficente para se levantar. Um pouco mais tarde, ela pôde sentar-se na sela e eles recomeçaram sua jornada, ainda viajando numa direção para longe do Rio Grande e dos apaches. E de Lily.

Maggie pensou na voz. Ela tinha vindo até ela novamente durante sua doença, tirando-a do desespero. Não conseguia se lembrar das palavras. Sabia apenas que tinha falado sobre vida. A bondade da vida.

Eles cavalgaram para dentro do amanhecer avermelhado, movendo-se por uma terra cheia de galhos de unha-de-gato e areia seca, os espinhos rasgando as pernas de suas calças e sua carne, a areia quente queimando os cascos dos animais. País inóspito. Eles cavalgaram, assustando coiotes, coelhos e corujas. A pouca água que encontravam cheirava a lama e minerais. Chaco não tinha acordado e Dot estava começando a acreditar que ele não sobreviveria. Ela não gostava dele antes, mas observar o pequeno *terrier* e segurá-lo inconsciente a fez ficar mais próxima dele. Maggie, quando estava mais consciente das coisas, continuou a cuidar de Chaco, forçando-o a tomar pequenos goles de água e sopa.

Estavam todos exaustos, homens e animais. Todos menos Alice. A jovem mula ainda tinha um cavalgar agradavelmente cheio de vida. Dot observou a tordilha lutando para seguir adiante e sentiu uma grande explosão de amor e admiração por ela, maravilhada que a égua velha e seu avô pudessem continuar seguindo. Parecendo impermeável ao frio e ao calor, à sede e ao cansaço, o velho e seu cavalo eram um par que combinava perfeitamente em sua determinação e paciência. De vez em quando a egüinha velha tropeçava, até caía, mas sempre recuperava o passo, caminhando penosamente adiante. Depois, onde quer que parassem, ela se deixava cair sobre seus joelhos machucados, como um camelo, e adormecia imediatamente, a cada vez parecendo que tinha finalmente morrido. Mas quando estavam prontos para viajar novamente, ela estava sempre de pé e andando com dificuldade, a cabeça baixa, liderando a viagem.

Dot amava os dois – amava a maneira com que partilhavam seu esforço juntos, o velho falando com ela, trotando corajosamente ao lado dela, segurando o apoio da sela numa das mãos ossudas, empurrando-a por trás quando a subida ficava escarpada. Ele lhe dava de beber quando não havia suficiente para ambos, esfregava-a para secá-la à noite e medicava suas feridas e cortes. Que ele amava e respeitava imensamente o velho animal era óbvio. Ela devia ter sido um terror quando jovem, pensou Dot. Agora apenas parecia alquebrada. Por outro lado, o ruão parecia totalmente esgotado também. Alice era o único animal que mostrava pouco cansaço.

Quando o sol chegou ao topo das montanhas distantes, o solo inclinou-se um pouco e eles começaram uma vagarosa subida por uma inclinação rochosa coberta com figos-da-índia, *lechuguilla* e cactos *cholla*. Jones e a tordilha pareceram apressar o passo. Havia mais elasticidade em seus passos. Os cactos estavam por toda parte. O pior do terreno era a *lechuguilla*. Em segundo, o *cholla*. A *lechuguilla* tornava o andar trapaceiro por causa dos arbustos de raízes verdes espinhosas que se enroscavam sobre o solo. O *cholla*, conhecido como "*cholla* pulador", fazia jus ao nome. Dot sabia, porque parecia quase pular em tudo o que ficava por perto.

Ela estava cuidadosamente tirando alguns das espáduas de Alice e de sua própria calça comprida. Alice estava seguindo a tordilha de novo. A égua velha estava andando sozinha, Jones tendo descido da sela alguns minutos antes, deixando-se ficar para trás delas para estudar sua retaguarda. Ele vinha fazendo isso de vez em quando havia muitas horas. Dot ficava imaginando como o cavalo sabia para onde ir, seguindo em frente com dificuldade, a cada vez com um objetivo aparente.

Dot observou seu avô trotando atrás, virado para trás na sela, o cavalinho oscilando precariamente com o peso.

– Eles estão de volta, vovô?

Ele a ignorou. Maggie estava olhando cegamente para o pescoço do ruão, o sol se espalhando em seus cabelos adoráveis.

Eles continuaram a subir a ladeira na direção da alta montanha azulada que se elevava centenas de metros acima do deserto. Vagarosamente o terreno começou a mudar. Eles beberam, e depois cruzaram uma faixa larga de água pura. Agavácias e arbustos deram lugar a girassóis, capim de arroz indiano e rosas selvagens. O ar era doce, a montanha alta, com o frescor do verão. A terra ficou bonita; a montanha era alta o suficiente para ter chuva. Havia melros de asas vermelhas e borboletas amarelo-enxofre, e pequenas plantas em fendas. Fontes de água. Florestas boas.

Eles seguiram um adorável leito de rio nas montanhas. As margens estavam alinhadas com tules e pesadas com salgueiros e salgueiros-do-canadá, e Dot podia ouvir patos espalhando água. Ela viu uma garça noturna sair da água e vagarosamente bater as asas correnteza abaixo. Havia sinais de castores e peixes-gato, cervos e rastros de guaxinins. Papoulas mexicanas forneciam cores ricas, salpicadas por todo o cânion, e pequenas árvores verdes se erguiam em rachaduras nas encostas. Era realmente um paraíso maravilhoso e ensolarado. Ela pensou que aquele devia ser o lugar mais bonito do mundo.

A enorme caverna era escavada dentro das paredes do cânion, erguendo-se talvez 23 metros na entrada, e alcançando atrás mais uns 30 metros, uma catedral elevando-se nos rochedos do deserto. Era majestosa e bonita. Iluminada e arejada por dentro, ela poderia facilmente abrigar cem pessoas sob seu teto abobadado de pedras, o chão coberto de areia. Havia dúzias de círculos de pedras com cinzas de fogueiras no centro. Estranhos desenhos cobriam as paredes. Jones desmontou e andou vagarosamente para dentro das correntes frias de sombra, virando-se e olhando as paredes e as cinzas escuras e frias de fogos há muito apagados, parecendo estar vagando num sonho, como se enxergando outras eras e outros povos.

– Vovô, você conhece este lugar?

– O lugar sagrado – disse ele. Ele ainda estava se virando num círculo vagaroso, estudando as pedras e a areia, lembrando-se.

– Estamos a salvo aqui?

Ele olhou para ela, examinando seu rosto. Depois ele virou-se e desviou o olhar novamente para dentro das sombras, entrando ainda mais fundo na caverna. Maggie apeou e passou os braços em torno de si mesma. Ela também estava se virando e olhando.

– Sinto uma coisa ruim aqui – disse ela.

– Vovô diz que é sagrado.

– Parece índio.

Jones tinha se agachado na areia grossa e estava recitando suavemente.

– Vovô. – Dot esperou, depois perguntou. – Lily?

Ele recitou mais alto.

Ele as havia deixado sozinhas nas sombras da enorme caverna. Elas tinham levado os cavalos e a mula para a parte mais profunda, depois tentaram apagar seus rastros. Terminado isso, tinham checado suas armas e nervosamente observavam a entrada do abrigo e o brilho do sol do outro lado. Chaco estava no colo de Maggie, choramingando. Ela estava acariciando-o e falando suavemente com ele.

– Onde você acha que o vovô está?

– Tentando encontrar os amigos índios dele.

– Não, ele não está. Mesmo se estivesse, os índios não são ruins.

– Por que você acredita tanto nos índios?

– Eu li... – depois ela acrescentou, rapidamente: – Eles são bons.

– Você não pode ler um livro e pensar que é a vida real. E você não devia pensar neles como sendo iguais a você.

Dot ficou olhando a luz do sol por um longo tempo antes de falar.

– Mãe, o vovô é índio. Índios são bons. Pelo menos tão bons quanto nós.

– Dotty, ele é branco. Nascido em Boston. De pais ingleses. Você sabe disso.

– Isso não significa nada. Ele aprendeu a ser índio.

– Verdade – Maggie disse, limpando a garganta. – Mas não é uma coisa de que ele ou você possam se orgulhar.

A conversa tinha tirado alguma coisa delas duas e elas ficaram ali sentadas por um tempo, até que Dot caiu no sono suavemente.

Maggie pulou quando viu Jones caminhando até a água para beber, depois seguindo uma trilha que levava para dentro das montanhas. Ela observou-o até ele desaparecer, a curiosidade crescendo dentro dela, subitamente determinada a saber o que ele estava fazendo. Se ele tinha localizado seus amigos índios, ela queria saber. Dot estava dormindo profundamente. Maggie deixou Chaco deitado na manta e o seguiu.

A trilha estreita de pedra erguia-se pela lateral de um penhasco de granito, subindo rapidamente para dentro da montanha inóspita, o ar frio e parado. Ela podia ouvir água em algum lugar adiante. Ela continuou em frente, parando no pé de uma estreita queda-d'água. A neblina cobria seu rosto e a fez tiritar. Ela não conseguia vê-lo em lugar algum.

Maggie estava se virando para voltar para baixo quando ouviu vozes. Ela gelou, escutando com atenção, o som fraco vindo de uma fenda sombria nas pedras próximas à cachoeira. Ela avançou, inclinando a cabeça para capturar os ruídos trazidos pela corrente de ar, ouvindo fragmentos de frases, e pensou que não conseguiria decifrar seu significado. Ela conhecia a língua: apache. Ela estava tremendo muito agora, lutando contra o impulso de correr.

Ele as tinha levado, como ela suspeitava, para seus amigos índios. Ela chegou mais perto. Alguém estava falando nomes índios, repelindo-os, muitas e muitas vezes. O som de alguém de luto. Maggie espiou dentro da rachadura na pedra, cega pelas sombras. A voz parou. Vagarosamente, seus olhos se ajustaram.

Samuel Jones estava de joelhos, rolando para frente e para trás, sem roupa, a não ser por sua tanga mais longa e *teguas* apaches. O local onde ele se ajoelhava era pequeno e circular, um poço vertical dentro da maciça parede de granito. Ele começou um lamento.

Maggie lutou contra a sensação de compaixão dentro dela, dizendo a si mesma que ele tinha merecido sofrer – tinha desistido de sua alma para viver com uma prostituta índia. Tinha perdido sua vida entre selvagens. Ele estava consumido pelas superstições e medos deles, levado por suas estranhas crenças de feitiçaria e magia, um mundo enlouquecido com espíritos e demônios. Ela começou a se virar para sair, depois parou, os sentimentos agitando seus pensamentos novamente como o vento soprando em folhas secas. Ela não conseguia se livrar deles. Estava pensando em sua infância com ele. Ele parecia cansado e doente, as lágrimas escorrendo por suas feições magras.

– Obrigado, Ama – disse ele, virando-se para olhar para ela, a voz trêmula. – Eu rezei para que algum dia isso acontecesse.

– O quê?

– Chegue mais perto.

Sem saber por que o fazia, Maggie virou-se e entrou dentro da pequena área.

– O quê? – perguntou ela novamente, tentando soar impaciente, mas apenas sentindo a atração magnética do velho.

Jones esforçou-se para ficar de pé e deu um passo para trás, abrindo uma fenda horizontal na rocha como se ela contivesse um tesouro precioso. O talho tinha cerca de 60 centímetros de altura e 1,80 metro de largura, e era fechado com pedras. Maggie observou enquanto ele puxava as pedras do buraco, abrindo um pequeno vão e olhando lá dentro. Ela chegou mais perto, seu coração batendo forte. Ele se moveu para trás para que ela pudesse olhar. Havia coisas indígenas dentro: colares, cerâmicas, roupas. Velhas e sujas. Depois ela os viu. Ossos. Pilhas deles, e três crânios.

Ele estava cantando em apache. Maggie estava esfregando nervosamente as mãos quando ele finalmente parou de cantar e falou.

– Foi onde eu os enterrei.

– Quem?

– Seu irmão e sua irmã.

O som da respiração de Maggie se prendendo foi audível.

– Isso é mentira.

– Eles são o que os brancos chamam meio-irmão e meia-irmã.

– Não acredito em você.

Jones começou a recitar suavemente de novo, vagarosamente recolocando as pedras. Maggie não conseguia tirar os olhos das sombras dentro do túmulo. Ela soubera apenas da mulher apache. Nunca de qualquer criança. Sua respiração continuou presa em sua garganta. Ela mordeu o lábio e fechou os olhos com força. Nunca pensara nela como nada a não ser uma índia prostituta que tinha roubado seu pai. O xerife tinha dito que ela era pequena e bonita e inteligente; que ela amara seu pai; que ele a amara. O corpo de Maggie retesou-se. Agora ela tinha descoberto a realidade mais dura de aceitar: ela era a mãe dos filhos dele.

Descendência extraconjugal. Bastardos. Mestiços. Mas, mesmo assim, seus irmãos.

– Eles tinham oito e dez anos.

Maggie não respondeu.

– A mãe deles, Yopon, está aqui com eles. Minha mulher.

Maggie parecia com raiva.

– Você quer dizer a índia por quem você abandonou minha mãe.

Ele ficou em silêncio.

Numa voz angustiada falada apenas para si mesma, ela disse:

– Não me importo. – Maggie estava chorando suavemente agora, não de tristeza ou raiva, simplesmente de frustração pelo passado imutável. Ela ficou de pé estudando o túmulo de pedra, vendo através dele os resquícios de sua vida.

– O nome de sua irmã era Lozen. Seu irmão, Eskim.

– Não me importo – disse ela alto, sua voz parecendo paralisada. Maggie ficou sentada no chão de pedra e passou os braços em torno de seus joelhos, balançando-se vagarosamente.

– Eu contei a eles histórias sobre você.

Maggie fechou os olhos.

– Por quê? Por que você nos misturou juntos como uma família? Nós não éramos uma. E eu não quero ser.

Jones passou a mão gentilmente sobre a superfície dos túmulos.

– Eles estavam com medo e com fome. Nós estávamos sendo perseguidos, incapazes de descobrir caça ou fazer fogueiras. As fontes estavam vigiadas, então bebíamos o que podíamos encontrar nas montanhas. Muitos morreram de febre.

Ele parou de falar e estudou as pedras. Sua voz soou distante quando ele falou de novo.

– Foi um terror para as crianças, observar seus amigos e sua família sendo dizimados ou assassinados. Foi por isso que contei a eles as histórias, Ama, para que eles pudessem deixar o mundo deles e escapar para o seu.

Maggie mordeu seu lábio inferior e assentiu, incapaz de condená-lo por aquilo.

– Você foi uma guardiã espiritual para eles. Eles acreditavam que você tinha o poder de resgatá-los, de levá-los para longe do horror. Eu nunca disse a eles que você não tinha. Não tive coração para isso. – Ele parou de falar e olhou para a parede de pedra à frente dele como se pudesse vê-los movendo-se lá dentro. – Eles costumavam me pedir para chamar seu espírito. Eles queriam ver você, Ama. Ver você levar nossos inimigos para longe. Lozen amava você sem nem mesmo tê-la conhecido.

Ele começou a recitar e sacudir seu chocalho de novo. Quando terminou, virou-se e olhou para o rosto dela.

– À noite, quando eu sentia a sua falta, segurava Lozen e fingia que ela era você. Eu falava com você. Ela entendia. Ela se sentava quieta e servia como um fraco espírito médium, para que eu pudesse alcançar seu coração e sua alma.

"Sua irmã a amava profundamente. Perto do fim, quando estávamos sempre com fome e frio, ela me fez falar com mais freqüência de você. Aquilo facilitou a dor para ela. Acreditava que enquanto uma de vocês vivesse, as duas viveriam. – Olhou para ela. – Agora ela vive através de você.

Maggie balançou a cabeça vagarosamente.

Ele apalpou uma pequena bolsa de couro que Maggie o vira retirar do túmulo de pedra.

– Na semana anterior a sua morte, ela fez isso para você. – Ele estendeu um pequeno colar de sementes de carvalho tirado da bolsa de couro rasgada. Maggie a segurou na palma da mão, tentando imaginar a garotinha índia, depois a colocou dentro do bolso.

Ele observou-a.

– Eu prometi que algum dia ia dá-lo a você. Ela está feliz hoje. Eu estou feliz.

CAPÍTULO 8

Eles tinham armado a fogueira bem no fundo da caverna, mas seu brilho não poderia ser escondido e ela dançava calorosamente no ar como uma coisa viva, espalhando-se pelo teto e pela areia, lançando um fraco e ondulado banho de luz sobre toda a caverna. Depois de uma refeição magra de feijão e repolho selvagem do deserto, eles descansaram em suas mantas, cada qual com seus próprios pensamentos.

Jones tinha amarrado os animais num local com grama alcalina próximo à entrada da caverna. Maggie podia ouvi-los pastando. O som era cheio de paz. Seu pai estava sentado e olhando dentro das chamas da quente e pequena fogueira de galhos de mesquita. Ela observou-a também por alguns minutos, depois olhou de volta para ele e viu seus olhos fixos no crucifixo. Parecia profundamente pensativo. Pensamentos perturbadores. A pequena cruz estava numa pedra pequena próxima ao fogo, lançando uma grande sombra trêmula dela mesma ao longo da areia. Parecendo desafiadora na noite, neste lugar de deuses pagãos.

Em que ele estava pensando? Ela imaginou. Salvação? Poderia um homem como ele um dia encontrá-la? Ela duvidava. O pensamento perturbou-a profundamente. Fechou os olhos e fez uma prece por ele. Por todos eles.

Maggie pensou em Lozen e Eskim, e na mulher, Yopon, e sentiu-se triste e incomodada. Mas não havia nada que pudesse fazer a respeito. A respeito de nada daquilo. Desde a época em que tinha onze anos, ela perdera a crença em todos os índios. Seu pai a havia abandonado por eles. Ela e Brake lutaram contra eles. Perderam Thelma e Julia para eles. Índios haviam matado Mannito, ferido Brake e roubado sua Lily. E agora ela chegara àquele lugar solitário para descobrir que tinha uma irmã e um irmão que eram meio-índios. Nada daquilo parecia justo ou certo, nem lhe pertencerem.

Vagarosamente, ela pensou que, mesmo se eles fossem seu meio-irmão e meia-irmã, não importava. Nunca os havia conhecido, jamais os encontraria, jamais teria de encarar seus sentimentos. Só porque ele tinha feito o que ela esperava dele, assumido a paternidade de crianças índias fora do casamento, aquilo não a afetava. Esse pensamento a fez sentir-se melhor. Sentia que eles tivessem morrido mas ficava aliviada porque não teria de confrontar o que quer que eles significassem para ela e sua vida. Enquanto podia algum dia vir a aceitar a existência desses irmãos ilegítimos em sua mente, sabia que jamais aceitaria a mulher índia, Yopon. Ela tinha destruido sua mãe, e Maggie jamais esqueceria ou perdoaria aquele fato. Não conseguia – não para depois viver consigo mesma.

Olhou para ele através do feixe de luz frágil e sombrio, seus lábios murmurando um canto silencioso. Ele tinha parado de encarar o crucifixo, mas não parara com suas cerimônias religiosas. Ela colocou a pequena cruz no bolso de seu casaco, observando-o sussurrar sua reza de pagão. Ele não tinha cessado desde que eles tinham chegado à caverna, realmente acreditava que ali era solo sagrado. Ela sacudiu a cabeça, lembrando o que ele havia lhe contado sobre os espíritos dos índios que não deixarem o lugar de sua morte – que Lozen, sua meia-irmã, estava ali, e viria até ela. Maggie mexeu-se nervosamente em suas mantas, espreitando as sombras além da luz do fogo.

Ela espantou o pensamento de Lozen, entendendo melhor como os medos dos povos primitivos cresciam na noite. Olhou novamente para ele, questionando como podia ter deixado isso acontecer consigo mesmo. Educação universitária, professor. Desistira de tudo aquilo. Desistira de seus direitos de primogênito, sua mulher e filhos, seu direito de ser seu pai. Tudo para viver com nômades errantes. Depois, no final, ele tinha entrado em pânico com a morte e voltado pobre e buscando perdão. Este último pensamento fez seus ombros se tensionarem.

Apertou sua Bíblia com mais força. Maggie considerava-se uma boa cristã e sabia que ela o perdoaria, mas se buscasse lá dentro de sua alma, não conseguia encontrar aquele sentimento nela, deixar o passado ir embora totalmente. Cada vez que ela tentava, ela se lembrava do amor de sua mãe por ele, de seus esforços para sobreviver, e qualquer compaixão que sentisse murchava. Olhou para ele, pensando novamente em Lozen e Eskim.

Ele a estava encarando.

– O que foi? – perguntou ela.

– Estou feliz por você ter sobrevivido.

– Você acredita que sua magia indígena me salvou.

Ele não respondeu.

– Você não tinha o direito de envolver a mim ou minha filha em sua fantasia pagã. Nós somos cristãs. – Ela fez uma pausa. – Você também já foi, há muito tempo.

Ele assentiu, observando as chamas.

– Agora você acredita em plumas e fumaça. – Ele virou-se e encarou-a por um instante, um sinal de agitação nas linhas em torno de sua boca. – Acredito num criador da terra e do homem. Como isso é tão diferente do que você acredita? – Quando ela não respondeu, continuou em voz firme. – Me diga, Ama.

– Seus deuses ficam por aí dando poder para os homens. Você está obcecado por seus rituais e enfeites pagãos... suas cantilenas, sua fumaça de cachimbo, suas pinturas, seus polens, suas contas...

– ...suas orações, seus anjos – interrompeu ele –, suas cinzas, seus incensos, sua água benta. – Ele ficou de pé e colocou madeira no fogo e obsevou as faíscas ascendendo para o teto da caverna. Depois se virou para ela. – Seus santos e discípulos que faziam mágica.

– Milagres – disse ela rapidamente.

– Cristo, que andou sobre a água e ressuscitou os mortos. Seu crucifixo.

– Blasfêmia.

– Não. Acredito que Cristo era verdadeiramente Deus. Mas os brancos O perderam.

Nenhum deles falou mais por um longo tempo. Maggie leu sua Bíblia, enquanto Jones limpava o Sharps. O vento estava se movendo através das pedras da caverna, murmurando vozes. Ela tiritou, fechou o livro e olhou através da luz da fogueira para ele. Maggie não tinha terminado a discussão.

– Se você acredita nisso, por que você não é mais cristão?

– Eu disse a você, Ama. Não sei o nome do que sou. Sei apenas que os brancos arruinaram aquilo que você chama de cristianismo.

Ele puxou uma vara de limpeza do cano da velha arma e espiou lá dentro para ver se estava limpa. Ainda olhando para dentro do cano, ele disse:

– Os brancos perderam seu deus.

– Isso não é verdade. Eu posso falar com meu Deus.

– Falar, mas nada mais. Ele está perdido em algum lugar. – Ele estudou seu rosto. – Meu deus ajuda, Ama. Ele pode ser alcançado. Seus bons espíritos me ajudam.

– Meu Deus vai me ajudar.

– Então use-o para encontrar Lily.

– Não vou testá-lo.

– Você não sabe como encontrá-lo, é tudo. Eu também não sabia. É por isso que não sou cristão. Quando precisei Dele, Ele não estava lá. – Ele sentou-se e pensou sobre o fato de que não estava certo se Dot tinha ou não o alcançado. Não, ele não tinha certeza. Essa possibilidade o aborrecia.

Ela buscou o crucifixo em seu bolso, tocando, em vez disso, o colar xamã de frutos do carvalho que Lozen fizera para ela. Sacudiu a mão para largá-lo.

Jones continuou a limpar o Sharps e a pensar sobre o que Dot tinha feito: a possibilidade preocupante de que ela tivesse usado o Deus cristão para salvar sua mãe.

O fogo tinha queimado até virar carvão, e Chaco estava latindo baixinho em seus sonhos sombrios quando Maggie falou de novo. Dot tinha mergulhado num sono profundo e se mexeu ao lado da mãe. Maggie colocou uma das mãos sobre ela. Olhando para a filha, seus pensamentos novamente voaram para Eskim e Lozen.

– Como eles morreram?

Jones não respondeu por um tempo.

– Mexicanos e brancos – disse ele, finalmente. – Encurralaram as mulheres e crianças aqui neste local. Eu tinha ido com os homens para Sonora para vender mulas. – Ele fez uma pausa e estudou as brasas do fogo. – Quando voltamos, eles estavam perdidos. Yopon e os outros, mortos. – Ele tomou um longo gole de mescal e sentou-se observando o fogo como se tentando ver algo nele.

Quando falou novamente, sua voz parecia inundada de dor.

– Duas mulheres escaparam com um garoto para nos contar a história. Eles violentaram as mulheres e garotas e depois atiraram nelas, ou bateram nelas até a morte. Depois reuniram as crianças menores num penhasco alto e fizeram-nas pular – disse Jones, lutando contra um choro em seu peito. – Seu irmão Eskim foi muito corajoso. As mulheres observaram das rochas enquanto ele segurava a mão de sua irmã mais velha e dizia aos outros para não ficarem com medo, porque eles se juntariam a seus ancestrais. Depois saltaram juntos.

Ele se virou, olhou o rosto dela e bebeu novamente.

– Acredite.

– Acredite em quê?

– Que sua irmã ainda anda por aí.

– Isso é loucura.

– Não, é a verdade. Os espíritos vivem no lugar de sua morte. Lozen está aqui. Você não está só. Ela está feliz de coração. Ela virá até você. Você vai acreditar. Os mortos não são desprovidos de poder. – Ele parou de falar e estudou o rosto dela. – A velha disse que antes de pular, Lozen gritou o nome de um espírito: May-re-teet. Mas eu sabia. Era: Margaret. Sua irmã estava chamando você. Ela acreditava que você a salvaria. – Ele continuou a olhar para Maggie. – Lozen a amava profundamente. Não importa o que você sinta por mim, retribua seu amor. Ela espera por você agora.

Maggie não conseguia parar de olhar para ele, os olhos se lançando sobre seu rosto, em pânico. Ela murmurou as palavras vagarosamente.

– O que você disse?

– Que Lozen ainda a ama.

– Não. Antes disso. O que a mulher disse?

– Que Lozen gritou seu nome antes de pular.

Maggie baixou a cabeça entre as mãos trêmulas, os cotovelos rodeando os joelhos, e começou a rolar para a frente e para trás na areia.

– Ama, o que foi?

– Nada – disse ela rapidamente. – Não quero falar mais. – Estava abalada pela possibilidade. – Não – disse ela, baixinho, e de novo, e de novo. Não era verdade. Mas mesmo que tentasse se tranqüilizar, não podia parar de pensar sobre a possibilidade de que aquilo fosse verdade. Não poderia bloquear a lembrança do grito assustador de seu nome que ouvira em seu pesadelo tantos anos atrás. E agora ali estava a possibilidade de que tivesse sido real. Um grito de socorro. Um grito de morte de sua meia-irmã que viajara através de milhares de quilômetros no espaço... até que a alcançasse... um grito silencioso em sua mente. Era a voz de Lozen que ela ouvira todos esses anos? Sua irmã estava tentando protegê-la e guiá-la? Ela tiritou.

Jones ficou sentado observando-a lutar com suas emoções. Quando ela conseguiu se controlar, ele pigarreou e disse:

– Depois que os enterrei, me juntei aos outros homens e viajamos até chegarmos a uma rancheria do chiricahua. Mas nossos corações tinham sido deixados aqui. Foi com os chiricahua que nós emboscamos os emigrantes. Pareceu certo até que vi o primeiro deles cair, mas então era muito tarde. Eu não podia mais parar aquilo. – Ele se virou e olhou para ela com uma expressão assombrada. – Fui para o cânion acreditando que suas mortes iam aliviar minha dor. – Ele olhou para as brasas, como se estivesse revivendo aquele dia. – Aquilo só a tornou pior.

Ela o observou sem dizer nada, depois olhou para Chaco, o cachorrinho querendo correr em seus braços, chorando em seu sono. Acariciou a cabecinha do *terrier* e sussurrou uma prece silenciosa por Lozen. Subitamente exausta, ela se deitou, colocando o cachorro ao seu lado, e caiu num sono perturbado.

Chaco estava gemendo novamente. Dot mexeu-se em sua manta e depois se sentou e olhou para o cachorro, dizendo numa voz sonolenta:

– Vovô, o que ele tem?

– Nada. Este é um lugar sagrado. O Lugar dos Sonhos. Ele está correndo com os espíritos. Nós todos vamos sonhar.

Dot pareceu nervosa.

– Não quero sonhar.

– Não tenha medo. A sabedoria vem dos sonhos.

– Vovô – ela bocejou –, quando vamos procurar Lily?

– Quando chegar a hora – disse ele baixinho. Ele não disse a ela que ele era incapaz de continuar, que Lily estava perdida.

Dot ficou sentada olhando através da luz suave do fogo para aquele homem velho e ébrio que ela amava. Ele estava certo. A vida era estranha, uma coisa mutável, como o caleidoscópio em sua casa. Constantemente formando e reformando novos padrões. Mudanças dolorosas. Mas mudanças boas também.

O pequeno Chaco num momento tinha sido tempestuoso e raivoso, agora ele vivia uma estranha existência pacífica num mundo de sombras. Onde?, ela pensou. Estava com eles? Ele ainda era um cachorro?

Ela estudou as formas escuras e cobertas de fuligem das paredes da caverna. Nenhuma delas fazia qualquer sentido. Lily tinha sido livre, agora era uma prisioneira. Seu pai estava ferido. Onde estava Mannito? O que era real para elas e Chaco? Era real apenas o que uma pessoa pensava e então havia realidades diferentes para todo mundo?

A possibilidade assustou-a, fazendo sua garganta se apertar. Ela pensou em seu pai, passando os dedos distraidamente sobre seu colar xamânico, falando com ele sobre o que acontecera, contando a ele que ficaria tudo bem, que eles encontrariam Lily e iriam para casa. Ela prometeu isso a ele, prometeu sob o poder de Deus. Depois, rapidamente, para ficar segura, ela prometeu sob o poder da borboleta. Ela enxugou uma lágrima dos olhos e começou a sentir-se sonolenta, como se sugada para o sono por uma mão invisível. Ela deixou-se levar vagarosamente naquele agarrar gentil. O vento soprou, e ele pareceu entrecortado com vozes de crianças.

Jones não conseguia parar de observar sua filha. Mas mesmo que seus olhos se movessem sobre as feições dela, ele se lembrava de sua mãe, Susan. Lembrou-se de Yopon, Eskim e Lozen também, e as longas noites que tinham passado aconchegados juntos em torno de fogueiras semelhantes. Seu coração doeu. Kayitah tinha nascido nesta caverna. Subitamente, um ramo de pinheiro reluziu em chamas brilhantes, lançando faíscas correndo na direção do teto de pedra escura. Ele observou as fagulhas quentes subindo como abelhas raivosas no ar, depois esfriando e morrendo na escuridão, no nada. A caverna sagrada tinha falado. Estava tão plena de vida humana. Era natural. Devia ser aceito.

Ele sorriu. Este lugar sagrado ainda tinha o poder de ensinar àqueles que queriam escutar. Tentou ouvir as vozes do vento nas pedras rachadas. Nada. Imaginou onde Kayitah estaria esta noite. Pediu aos espíritos para mantê-lo a salvo, para dizer a ele que Samuel Jones estava pensando nele. Jones calculou que ele estaria chegando perto dos 30 anos.

Maggie tossiu com força no seu sono. Estava de volta ao quarto deles no rancho, olhando do pé da cama para Brake. Passou os braços em torno de si mesma em seu sonho e sorriu. Ele ainda estava vivo. Chaco se mexeu ao lado dela na manta.

A porta para o quarto estava se abrindo vagarosamente. Maggie observou-a, preocupada. Momentos mais tarde, ela a viu: uma pequena garota índia, de pé, com os braços na cintura, olhando para ela com olhos grandes e suaves. Maggie esperou mas a criança não se moveu ou falou. Depois finalmente a garotinha estendeu as mãos timidamente em sua direção, sorrindo. Lozen. Era adorável. A criança estava prestes a falar quando, subitamente, Baldwin sentou-se ereto e firme na cama, apontando uma pistola para ela.

– Não! – gritou Maggie. – Ela é minha irmã.

Maggie acordou tremendo e ficou deitada imóvel na escuridão sufocante da caverna, escutando com atenção o silêncio horrível, imaginando o que sua irmã iria dizer a ela. Depois se sentiu boba. Era apenas um sonho – os mortos não falam. Maggie estudou as sombras. O fogo tinha queimado até o carvão. Estava tremendo por causa do sonho. Será que ele estava certo? Será que Lozen tinha vindo até ela? Ela espantou o pensamento. Depois ficou tensa. Algo estava errado.

Dot acordou com os rosnados de Chaco, descobrindo meio grogue que o cachorrinho ainda estava preso na armadilha de seu mundo de sonhos. Começou a sentar-se mas sentiu uma mão tocá-la e pulou.

– Vovô?

Chaco pulou para fora da manta e ficou latindo na noite. Dot esfregou os olhos sonolentos; depois os músculos em torno de seus ombros se tensionaram e ela se concentrou com mais força nas sombras à sua frente.

– Vô, Chaco está acordado.

O cachorro continuou latindo.

– Chaco – disse Jones baixinho. O pequeno *terrier* calou-se. Para Dot, o velho disse: – Criança, não fale. – As palavras eram baixas e cheias de perigo.

Tentou ver o rosto dele mas só pôde enxergar sua silhueta na escuridão da caverna. Ela virou-se e olhou na direção da entrada. Seu coração disparou. Havia formas se movimentando, sombras iluminadas pela lua. Alice zurrou em algum lugar da noite. Será que os espíritos tinham vindo até eles? Ou Deus teria mandado anjos vingadores para puni-la? Ela estremeceu.

Dot ouviu sua mãe puxar o cão da pistola.

– Abaixe a arma e não diga nada – disse Jones. – Não faça movimentos ou você será morta.

Subitamente, as formas sombrias entraram na caverna e havia vozes raivosas de apaches em torno deles. Não espíritos. Jones disse algo em mexicano. Houve uma mudança brusca. Dot ouviu alguém cuspir e sentiu os respingos.

– Pinda Lick-o-yi – sibilou uma voz na escuridão. Dot sabia de seus livros que aquelas palavras significavam Olhos Brancos.

Alguém chutou areia neles. Jones não fez nada.

– Não se movam – disse ele baixinho, seu tom não deixando dúvidas de que falava sério.

Dot tremeu, desesperada para estar nos braços da mãe, mas com medo de se mover temendo que pudesse ser morta. O desejo de pedir ajuda para a mãe quase sobrepujou seu medo. Ela apertou os lábios com força.

Jones atirou um punhado de galhos secos nas brasas quentes e minutos mais tarde eles queimavam em chamas. Assustada como ela tinha estado pelo escuro, a luz dançante do fogo, e o que ela iluminou, trouxeram um medo pior. Havia doze ou treze deles. Homens apaches, com panos em torno das cabeças. Armados e com raiva. Em algum lugar na escuridão atrás deles, uma criança chorava.

– Lily? – chamou ela, fracamente.

– Quieta – disse Jones.

Os guerreiros ficaram num semicírculo, olhando para eles. Jones estava sentado com as mãos dobradas em seu colo, o Sharps deitado em suas coxas, não os reconhecendo de forma alguma.

Dot buscou os rostos, seu coração disparado. Os olhos eram escuros, duros e penetrantes: rostos duramente expostos ao tempo. Muitos usavam uma faixa de pigmento espalhado numa linha ao longo de suas maçãs do rosto e nariz, a pintura passando logo abaixo dos olhos, fazendo-os parecer como se estivessem se esgueirando – espreitando alguma coisa. Nenhum mostrou a menor compaixão. Apenas raiva em olhos selvagens.

Dot buscou Lily mais um pouco, depois a compreensão veio de encontro a ela. O grupo de busca tinha dito que os renegados tinham escapado da reserva. Esses deviam ser eles. Dot estava paralisada. Chaco estava sentado perto de Jones, tremendo e olhando irritado para os índios.

Dot olhou para o rosto contraído de sua mãe. Quando ela se virou, dois apaches estavam se movendo na direção do grupo. Um era grande e usava um chapéu; o outro era menor, com o peito arredondado.

Os guerreiros abriram caminho para os dois. O maior tinha um rosto fino e bonito, com cabelos negros caindo pelos ombros; um chapéu inglês de aparência enrugada estava em sua cabeça, parecendo incrivelmente fora de lugar na cavena escura. Ele usava uma camisa limpa de mangas compridas de algodão, abotoada nos pulsos, e calças limpas brancas de algodão enfiadas em botas brilhantes de vaqueiro, com uma aparência elegante. Estava estudando sua mãe. Dot desviou os olhos dele para o outro homem.

Algo no homem menor, algo duro e cruel, parecia irradiar através de seu corpo físico. Seus cabelos pesados e sujos, os olhos pequenos, as bochechas largas, a boca grande e sem dentes, davam a ele a aparência de uma mulher feroz e masculinizada. Tinha visto velhas mexicanas em Santa Fé que eram assim: aparência de bruxa. Ela estremeceu.

Jones esforçou-se para ficar de pé. O índio-bruxo não se moveu ou mudou de expressão; apenas ficou segurando um rifle nas mãos, que parecia muito pequeno para o resto de seu corpo, olhando rudemente para o rosto de Jones. O velho olhou de volta, agarrando seu Sharps fortemente com ambas as mãos. Apesar de doente, Jones estava pronto para lutar.

O ar da noite estava frio e o guerreiro-bruxo usava uma camisa de algodão esmaecida, um cachecol vermelho em torno do pescoço e um paletó de aparência nova. Havia uma cartucheira pesada e um cinto onde levava uma faca e uma pistola de cabo de osso presos em torno de sua cintura; uma sunga longa e de aparência imunda caía bem entre seus joelhos. Suas pernas eram escuras e peladas, seus pés cobertos por *teguas* gastas. Ao contrário de seu companheiro, não prestava atenção a suas vestimentas. Roupas não importavam para ele, ela sentiu. Vida e morte – isso era o que importava.

Dot olhou para os olhos dele: não havia uma sensação de amanhã neles, tudo era agora, hoje, neste momento. Ou já tinha sido. E jamais seria novamente.

Maggie também estava enervada pela aparência daquele guerreiro. Deixou seus olhos se movimentarem vagarosamente por ele, seu olhar parando no paletó. Ele parecia fora de lugar naquela selvageria. O paletó estava limpo, os botões feitos de madrepérola. Seu coração bateu mais rápido. Ela olhou de esguelha. Sim, podia ver o distintivo dourado pendurado na lapela do lado de dentro. O distintivo do xerife! A respiração de Maggie voltou em sua garganta de maneira audível, e Jones lançou a ela um olhar severo.

O alerta das vozes em seu sonho estava certo. Os apaches tinham emboscado o grupo de busca, exatamente como tinham emboscado o xerife e os homens de volta para casa. Maggie estava chocada. A tristeza espalhou-se dentro dela. O xerife era um bom homem. Ele tinha salvado seu pai e ela sabia que estava tentando encontrar Lily quando foi morto. Ele era como muitos homens da lei na fronteira: meio rígido, mas honrado e leal. Maggie fechou os olhos e quis esquecer tudo aquilo – tudo o que tinha acontecido ou ia acontecer. Ela podia ouvir o guerreiro feiticeiro murmurando algo áspero.

O apache estava falando e observando Jones com desdém quando Maggie abriu os olhos. O índio maior fez um gesto com a cabeça. Jones disse algo meio mexicano, meio apache, a frase curta e afiada. O guerreiro-feiticeiro acenou uma mão sobre Dot e sua mãe e falou em apache. Quando Jones não respondeu, o homem disse novamente em mexicano. Dot sabia mexicano por causa de Mannito.

– Deixe–me ficar com elas – ele disse. – Para mostrar que você ainda é meu amigo.

– Nanata – disse Jones ao guerreiro-feiticeiro – não precisa de um presente meu para saber que somos amigos.

Houve um movimento no grupo, e alguém lançou um homem branco para a frente, forçando-o para que ele caísse de joelhos. Os braços do homem estavam amarrados atrás dele a um pesado galho de alfarroba e eles tinham enrolado tiras de couro em torno de sua boca e cabeça, como rédeas, e estavam prendendo-o por um longa coleira de couro. Ele era alto e magro e tinha sido espancado, mas mesmo assim Maggie e Dot o reconheceram. Era o homem de cabelos louros que havia açoitado Jones com o chicote e chutado Chaco até a inconsciência. Ele encarou Maggie, implorando silenciosamente.

– Mãe, aquele homem.

– Deixe-o ir – disse Maggie.

– Margaret – disse Jones firmemente.

Nanata olhou de Jones para Maggie e sacudiu a cabeça violentamente, cuspindo outra frase curta e baixando seu rifle na direção de Maggie. Jones baixou a própria arma até o cano ficar apontado para o peito do índio, e disse algo vagarosamente em apache. Nanata estudou a face de Jones, sem responder, depois afastou seu rifle para longe de Maggie. Jones levantou o Sharps.

Maggie não tirava seus olhos do prisioneiro. Dot olhava de volta para ele e teve vontade de chorar, forçando-se a desviar os olhos. Chaco estava ao lado do velho, rosnando como se estivesse pronto para atacar todos eles. Depois houve vozes mais fundas na escuridão da caverna e outro guerreiro, trinta e poucos anos e bonito, com um rosto que chamava atenção, charmoso e de estatura média, adiantou-se do grupo e ficou de pé ao lado de Jones, carregando um rifle de longo alcance.

Ele também parecia irado, furioso com todos. Subitamente gritou com o líder dos índios, depois disse algo igualmente ríspido para Jones, e fez o mesmo gesto abrangente com a mão na direção de Maggie e Dot, um corte preciso e agudo. O que quer que aquilo significasse, Dot não ligou.

Nanata chutou areia na direção delas e cuspiu. Jones puxou o cão de seu rifle. O ruído tinha uma finalidade assustadora. Depois o índio que se juntara a Jones saltou entre os dois adversários, rugindo novamente para o guerreiro e chutando areia de volta. Havia uma flexibilidade felina em seus movimentos. Seu rifle, com o de Jones, estava pronto para ser usado.

– Por que matar essas pessoas? – gritou ele em mexicano. – Vocês têm o prisioneiro. Este é Fielito – disse ele, fazendo um gesto na direção de Jones. – O marido de Yopon, filha do apache Montanha Branca. – Ele estava falando em mexicano, Dot percebeu, por causa de Jones.

Nanata olhou para o homem que falava alto, não parecendo surpreso que ele tivesse se juntado a Jones, depois sacudiu a cabeça, murmurando algo que Dot achou que era um insulto. O homem mais novo ficou tenso e começou a se mover, mas seu avô estendeu a mão e interrompeu-o. Nanata cuspiu ar na direção deles. Dot notou que seu avô tinha andado quase imperceptivelmente mais para perto do guerreiro-feiticeiro.

– Quero o prisioneiro – disse ele numa voz baixa.

Maggie se virou e olhou para seu pai.

Nanata grunhiu de maneira desrespeitosa.

– Sou um velho. Quero o prisioneiro como escravo. O que você vai conseguir com ele?

Nanata estudou seu rosto por um instante, depois disse:

– A mulher e a criança.

A espinha de Dot pareceu congelar, suas mãos tremendo.

Depois, numa voz baixa, Jones disse:

– Você me insulta pedindo minha filha e neta. Não faça isso. Sou velho e desejo trocar a vida pela honra.

Eles observavam um ao outro como cães de briga.

– Quero o prisioneiro – repetiu ele para Nanata, virando-se e andando de volta para o fogo e tirando a manta da tordilha para mostrar a bonita sela, a prata dançando na luz do fogo.

– Eu troco isso por ele. Ele vale muito menos.

Nanata ficou olhando para baixo, para a sela cintilante, e Dot pensou que dava para ver que ele gostava dela, mas quando ele se virou pareceu desinteressado. Ele começou a andar ao longo da caverna, parando para olhar de volta para Jones.

– Não vou machucar você, Fielito. Desta vez – disse ele, sorrindo. – Nós deixamos San Carlos para as Montanhas Mãe no México. Junte-se a nós.

Nanata virou-se novamente e afastou-se. Alguém puxou com força o homem louro cruelmente para ficar de pé e o arrastou para a escuridão. Ele estava fazendo um som engraçado que amedrontou Dot, e ela podia sentir o cheiro de urina.

– Quero o prisioneiro – falou Jones.

O velho guerreiro parou e olhou para trás.

– Coloque a sela aqui – disse, apontando para um lugar na areia. – Se eu resolver, ele vai estar lá fora esperando você ao amanhecer.

Jones não tirou seus olhos das costas de Nanata, como se não acreditasse nele. Finalmente, pegou a sela e colocou-a no lugar aberto indicado pelo guerreiro.

Quando conseguiu finalmente respirar novamente, Dot não quis. Seus olhos foram para o apache perto de Jones. O homem lançava olhares rápidos de esguelha para Maggie, recitando uma seqüência de palavras apaches que não pareciam amigáveis. O velho fez o agora familiar gesto com a mão na direção delas. Vagarosamente, os guerreiros restantes se dispersaram, espalhando-se e acendendo seus fogos através da caverna.

Maggie olhou para Jones e disse:

– Obrigada.

O jovem índio olhou para ela. Jones estendeu a mão na direção dela mas não olhou para Maggie.

– Ama – disse ele –, não fale.

Dot tremeu com essa ordem, imaginando por que o guerreiro havia ajudado quando era óbvio que ele não gostava delas. Jones andou com ele para longe de seu acampamento, sentando-se com ele em silêncio numa parte escura da caverna. Eles se sentaram por um longo tempo sem dizer nada. Maggie estava esquentando sopa para Chaco, o cachorrinho observando-a de perto e ganindo.

– Sim, estou feliz que você tenha voltado – assegurou Maggie. Ele abanou o rabo.

Dot viu seu avô fazendo gestos na direção delas novamente, depois o outro homem sacudiu a cabeça. Às vezes eles pareciam estar discutindo, depois sorrindo. Ela não conseguia entender aquilo. Finalmente, Jones apertou o homem num abraço e voltou vagarosamente para elas.

Maggie se endireitou na areia e disse:

– Não posso acreditar que você nos trouxe aqui – as palavras eram altas.

– Fale baixo – avisou ele. – Enquanto você estiver aqui, não deve se comportar de maneira rude. Não vai ser tolerado. Nem eu nem Kayitah seremos capazes de salvá-la. – Ele ficou encarando-a, até que ela assentisse.

– Aquele homem – disse ela, indicando o jovem guerreiro que estava caminhando arrogantemente para fora da caverna – está mais irritado do que os outros. Por quê?

– Vocês são brancas. Este lugar é sagrado. Eu não teria feito isso se Yopon e as crianças não estivessem aqui – disse, evitando sua pergunta. Chaco terminou de comer, pulou no colo de Jones e lambeu seu rosto. O velho deu um tapinha nele e deixou o cãozinho mostrar seu prazer.

– Por que eles simplesmente não nos levaram?

Ele esperou um pouco antes de responder.

– Eles ainda podem. Mas eles têm o homem branco, estão cansados e famintos. E até Nanata entende laços de sangue. – O velho parou de falar e esticou-se sobre as costas, cochilando à luz do fogo.

– Porque você pegou uma mulher apache eles não nos mataram?

– Família significa muito para eles – disse, abrindo um olho. – Eu sou parente por casamento da mulher de Taza, o guerreiro do chapéu.

Maggie refletiu sobre isso, surpresa quando várias mulheres entraram na caverna. Elas estavam usando saias longas e brilhantes e batas, seus cabelos negros e finos caindo livres pelos ombros.

Depois o temor por Dotty cresceu nela. Dotty não podia viver assim. Ela não deixaria.

Minutos mais tarde, o homem chamado Kayitah voltou, seguido por um garoto magro e alto de nove ou dez anos. Eles se instalaram perto de um fogo alguns metros adiante. O homem não olhou para eles, mas a criança espiava timidamente.

Maggie estudou o guerreiro. Ele tinha o peito largo, usava calças compridas e sunga longa apache, era bonito e bem proporcionado, seus braços parecendo tensionados como cordões de aço. Ela sentiu gratidão pelo que tinha feito e imaginou qual seria a ligação entre ele e seu pai. Ele agachou-se de costas para elas e começou a mexer no fogo.

Maggie deixou seu olhar percorrer o acampamento, surpresa com os sons felizes. Ela tinha esperado que um bando de hostis em fuga estaria escondendo-se nas sombras, rosnando e lutando. Mas o acampamento parecia pacífico, até industrial – pilhas de flores de iúca, tifáceas e batatas selvagens espalhadas sobre panos, os caldeirões fervendo. Os cheiros misturavam-se prazerosamente no ar até que seu estômago começou a reclamar.

Um pequeno grupo de mulheres estava lutando para elevar os quartos traseiros de um cavalo em varas de madeira que tinham sido amarradas juntas. Nenhum homem se moveu para ajudar, confirmando suas suspeitas sobre homens índios: uns inúteis. Era a aparência de contentamento que a surpreendia. Ela tinha sempre pensado nos apaches como mal-humorados e imprevisíveis. Essas pessoas não pareciam assim de jeito nenhum.

Subitamente Maggie endureceu, seus olhos se voltando para a anca de carne pendurada nas traves. Ela reconheceu as marcas na pele: o ruão.

– Eles mataram meu cavalo – disse ela alto. A conversa na caverna parou, enquanto os apaches se voltaram para encará-la.

– Fique quieta – ralhou Jones.

Mas Dot não conseguiu.

– Alice? – perguntou ela.

Jones fez um gesto para Kayitah vir até ele. O índio veio, relutante, e agachou-se. Eles falaram por um instante, depois o jovem guerreiro saiu da caverna.

Maggie o observou.

– Por que ele nos ajuda?

– Lealdade.

Maggie pensou sobre aquilo enquanto o observava voltar e dizer algo a Jones, depois se mover novamente para seu fogo e o garoto.

– Nanata prometeu que Alice não será molestada.

Dot sorriu. Ela não fazia aquilo, Maggie se deu conta, havia muito tempo.

Maggie continuou a olhar Kayitah através da luz trêmula.

– Os outros saíram para cuidar de seus afazeres, mas este ainda está com raiva – disse ela.

– Esta noite está sendo difícil para ele – disse Jones suavemente.

– Por quê?

Jones pareceu relutante para responder.

– Ele cresceu odiando os brancos. Agora, neste local sagrado, ele foi forçado a defendê-los contra seu povo. – Jones hesitou. – Pior, ele descobriu coisas que não pode aceitar.

Maggie olhou de esguelha o rosto dele, tentando compreender.

– Que coisas?

– Relacionamentos. – Jones estudou suas feições. – Ele é filho de Yopon. – Ele parou de falar por um instante e olhou o fogo sem vê-lo. – Eu não queria contar a você desta forma.

– Contar o quê?

– Como Eskim, Kayitah também é seu meio-irmão. Este é o motivo pelo qual ele a protegeu. É um hábito apache, defender seu clã. – Jones fez uma pausa. – Ele, como o resto dessa gente, não acredita nos brancos, então você deve tomar cuidado perto dele. Mesmo assim, ele é seu meio-irmão. E eu acredito que isso é mais poderoso ainda que seu ódio. Ele é o garoto que a velha salvou no dia do massacre.

O Coxo estava assombrado por seus sonhos. Algo tinha dado errado. O que, não tinha idéia. Incapaz de dormir, conferiu para ver que Li-Lee ainda estava lá, e ainda estava viva. Ela estava dormindo, agarrada à boneca de pano. Satisfeito, pegou uísque e um botão de peiote e subiu numa elevação para olhar o acampamento. O vento estava soprando vagarosamente. Ele sentiu uma vontade atormentada de saber o que tinha acontecido.

Ele agachou-se sobre sua perna pesada, desenhou um círculo em torno de si na areia e colocou a máscara. Depois que a ajustou, começou a beber. Quando sua cabeça estava rodando, quebrou um pedaço do peiote e comeu-o. Era enjoativo. Ele lutou para segurá-lo. Gemeu e chamou o Outro – sua voz profunda e penetrante no silêncio entre as pedras. Bebeu mais uísque e começou a cantar, o peiote queimando com um ardor dentro dele. Tentou visualizar o sonho que o tinha acordado, esforçando-se para saber o que estava errado, mas incapaz de responder à questão. Vagarosamente, o peiote começou a possuí-lo.

Ele não viu nada. Em vez disso, seus pensamentos foram para o momento em que descobrira quem era. Sempre tinha sentido aquilo – sentido aquilo lutando selvagemente dentro dele para se libertar –, sabido que os xamãs o olhavam cautelosamente, com suspeita. Mas foi só naquela manhã de primavera na rancheria que compreendeu. Ele pensou em seus pais.

Ele odiava os dois. Eles o toleravam, mas nada mais. Era um pária mesmo em sua própria família. Seu nascimento tinha sido difícil. Muito difícil, alguém disse. Fora arrancado do útero de sua mãe por uma velha. Quando viram que ele estava danificado, deitaram-no na sujeira para morrer. As histórias contadas em torno das fogueiras à noite diziam que ele se arrastara selvagemente entre as pernas abertas de sua mãe, como um demônio tentando voltar para a escuridão dentro dela. Alguns não acreditavam nas lendas, dizendo que a velha simplesmente o tinha machucado. Mas muitos acreditavam, convencidos de que era uma criança dos feiticeiros, que sua deficiência física o marcara. Uma troca de crianças feita pelos demônios.

A visão do peiote estava ficando mais clara dentro de sua mente. Podia vê-los como se estivessem de pé em frente a ele agora: sua mãe dizendo que já era hora de ele viver por conta própria. Tinha nove anos de idade. Ainda era uma criança.

Deixou seus pensamentos serem levados para o passado. Seu pai estava limpando o rifle. Enquanto recarregava, ele o deixou apoiado contra sua sela. O suor brotou sobre a sobrancelha do Coxo enquanto recordava. Algumas das lembranças se borravam, mas ele lembrava de olhar para a arma, ordenando que ela respondesse ao seu desejo. Seu pai tinha começado a trabalhar numa pistola, ignorando as reclamações de sua mãe.

Lembrou-se de olhar para o rosto dela, mas ela não olhou para ele. Nunca olhava.

Seus olhos tinham queimado na arma, seus pensamentos comandando-a novamente para levantar-se da sela. Aquela foi a primeira vez que ele ouviu o Outro. A voz clara e profunda, parecendo vir de algum lugar dentro dele. Era a única voz da qual ele jamais tivera medo em sua vida. Ela o fizera congelar. "Eu quero", foi tudo o que ela disse. E com aquilo, o rifle atirou, arrancando o cérebro de sua mãe. Ele lembrou o som de riso leve. Ele tinha escutado aquele mesmo riso muitas vezes desde então.

Subitamente sua mente ficou vazia. O vento subiu a montanha, jogando areia sobre ele. Seus pensamentos estavam girando em seu transe de peiote. Depois viu o rosto dela flutuando na noite, e soube a fonte de seu temor: a mulher no rio, Mah-gee. Ela estava olhando para ele de fora da escuridão, sorrindo para ele, zombando dele. Ela estava viva. Sua magia tinha falhado para matá-la.

Como isso podia ter acontecido? Como ele podia ter falhado em destruí-la quando ele sabia seu nome, possuía a imagem de seu espírito, tinha usado o pêlo de um de seus animais? Ansiosamente, repensou os passos do ritual de magia, o desenho do círculo, os cantos e os polens purificadores. Tudo tinha sido feito corretamente. Mas tinha falhado. Sua magia xamã tinha falhado. Aquela possibilidade chocou-o. O Outro não a tinha destruído – não tinha roubado a vida do espírito dela. Por quê? Certamente ela não era tão poderosa quanto o Outro.

Seus pensamentos voaram para o velho. O gigante idoso conhecia os velhos caminhos, ele o observara fazendo os rituais no rancho... escutara seus cantos, ouvira o som sagrado de suas falas e vira suas plantas xamânicas. Mas não. O grande não a tinha salvado. Ele sacudiu a cabeça para descarregar sua crescente ansiedade. O poder xamânico do velho estava se esvaindo tanto quanto sua vida se esvaía. Não, o velho não tinha salvado a mulher. Daquilo tinha certeza. Ele respirou fundo. Nem seu próprio poder estava fraco. Havia apenas uma resposta: ela salvara a si mesma. A mulher, Mah-gee, possuía seu próprio grande poder.

CAPÍTULO 9

Maggie não conseguia tirar os olhos de Kayitah. Ele parecia estar dormindo numa posição sentada. Usava dois cordões de contas brancas amarrados com força em torno de seu pescoço, e segurava o rifle no colo, os cabelos negros grossos arrumados no lugar por uma fita de tecido limpa cor de lavanda. Ela estremeceu pensando onde ele a tinha conseguido. Sua pele era lisa e de uma profunda cor de oliva. Até ela o via como bonito, até refinado em sua aparência. Mesmo assim, aquilo não era prova de nada, ela descobriu. O garotinho era filho de Kayitah, Jones dissera a ela.

O velho estava lendo ao lado do fogo, parando de instante em instante para olhar alternadamente de Maggie para Kayitah. Maggie inclinou-se para a frente e colocou as costas do crucifixo no topo da pedra próxima ao fogo como uma espécie de guardião espiritual contra os pagãos. Enquanto se instalava de volta em cima de sua manta, notou que os olhos de seu pai estavam na cruz novamente. Algo em seu olhar, algo perdido e solitário, moveu-a, e ela ajoelhou-se, pegou-a e estendeu-a através da luz sombria na direção dele.

Ele olhou do crucifixo para seu rosto por um instante como se pudesse estender a mão e pegá-lo, depois deu um meio sorriso, sacudiu a cabeça e olhou de volta para seu livro. O momento tinha sido perdido.

Dot estava deitada silenciosamente ao lado da mãe, os olhos fechados, mas muito preocupada com os apaches e Lily para dormir. Mais cedo, ouvira o avô falando sobre Kayitah e agora ela virou-se de lado e olhou para ele. Ele as tinha salvado, era um herói a seus olhos. Ela olhou para o garoto. Ele tinha se aproximado da fogueira deles e estava sentado brincando na areia, observando-as timidamente.

– Isso faz ele ser meu tio – disse Dot baixinho, olhando para as costas do homem. – E o garoto, meu primo.

Maggie não respondeu.

Dot observou um círculo de guerreiros assando as entranhas do ruão em varas verdes seguras sobre uma fogueira. Ela desviou os olhos. Ele tinha sido um bom cavalo e merecia um destino melhor. O indiozinho estava sentado na areia entre os dois acampamentos, olhando para Dot e sorrindo. Ela foi até lá e sentou-se perto dele. Kayitah não prestou atenção neles.

– Nós somos primos – disse ela. – *Primo.*

O garoto não entendeu.

– Qual é o seu nome?

Ele olhou para ela, inexpressivamente.

– Meu nome é Dot. – Apontou para si mesma.

– Dot – disse ele vagarosamente. – Dot, Dot, Dot... – parecia gostar do som.

Ela assentiu.

– Sim, Dot. Qual é o seu nome? – perguntou, apontando para

ele. Depois se lembrou das palavras em espanhol que Mannito lhe havia ensinado. – *Cómo se llama?*

Imediatamente o rosto do garoto se abriu num sorriso.

– Ho-nes-co – disse, orgulhoso.

– Honesco – repetiu Dot.

O garoto balançou a cabeça.

– Ho-nes-co – disse ele novamente, fazendo uma pausa em cada sílaba.

– Ho-nes-co – disse ela vagarosamente.

O garoto sorriu.

– Dot – falou, apontando para ela. Era magro e forte. Dot gostou dele imediatamente. Mostrou sua faca, e ele ficou adequadamente impressionado, fazendo um ruído de sucção através dos dentes e murmurando. Ela sorriu e gostou dele ainda mais.

– Ho – disse ela.

Ele assentiu animadamente.

– Ho – repetiu ele.

Dot soube que algo estava errado quando ouviu Chaco ganindo. O cachorrinho estava empoleirado na barriga de seu avô, o focinho voltado para cima, uivando. Maggie empurrou-o e olhou para o rosto cinzento do velho. Havia sangue escorrendo pelo lado de sua boca. Ela abriu suas pálpebras: apenas os brancos dos olhos eram visíveis.

Kayitah observou enquanto Maggie jogava um cobertor de cavalo sobre seu pai, ajoelhando-se novamente e esfregando as mãos dele, apalpando as pernas dele. Ela sentia a pulsação fraca no lado de seu pescoço fino.

– Mãe, quando ele vai acordar?

– Ele é velho e está muito doente.

Maggie olhou o rosto de Jones. Tinha visto mortes suficientes para saber que ele estava prestes a partir. O sol de mais de 70 verões queimara profundamente suas feições ásperas, até que a pele parecesse a própria terra. Ela subitamente ficou triste. Não podia mudar o que acontecera a ela ou a ele. Se tinha algum arrependimento, era de que não o tinha deixado explicar.

Agora, com ele deitado próximo à morte, aquilo parecia ter sido algo cruel. Seu livro estava na areia e ela o pegou: *Madame Bovary* de Gustave Flaubert. Ela sacudiu a cabeça, incapaz de conseguir uma boa pista sobre quem era este homem que havia sido seu pai. Ela devia ter escutado – isso era tudo o que ela sabia.

Ela estava colocando o livro dentro da bolsa da sela quando viu o diário de capa de lona. Ela o pegou em suas mãos e parou, parecendo estranho bisbilhotar o mundo particular dele, sem saber o que esperar, sem se sentir correta com aquilo. Mas subitamente teve a urgência de saber mais sobre ele – quem era, que lugar ocupava no mundo dela.

A letra dele era firme. Esperando um livro cheio de rabiscos, frases descuidadas e raciocínios despropositados, encontrou, ao invés disso, algo que a chocou como se tivesse levado um coice de cavalo. Suas mãos estavam tremendo e um músculo perto de seu olho começou a tremer. O que viu fez com que o sentimento que tinha por este velho e quem ele era mudasse desajeitadamente dentro de sua mente, até que não teve mais certeza de muitas coisas em que acreditara na maior parte de sua vida.

Correu as pontas de seus dedos gentilmente pelas páginas: cartas. O diário estava cheio delas. Centenas delas. Datadas. Cartas escritas ao longo de muitos anos. Algo se prendeu em sua garganta. Cartas escritas para sua mãe e Yopon. Cartas para suas esposas. Mas também, em datas posteriores, cartas escritas para ela e as outras crianças. Cartas nunca enviadas. Que nunca foram escritas para serem enviadas ou lidas. Cartas escritas para mulheres mortas e crianças perdidas. Mas os sentimentos estavam lá, cuidadosamente anotados – pessoais e detalhados, como se ele estivesse mantendo velhas conversas familiares que não tinham sido interrompidas por décadas de silêncio, tristeza e perda.

Maggie fechou os olhos e disse a si mesma que não queria ler nenhuma delas, que nada do que diziam poderia mudar alguma coisa em sua vida; não o que já tinha acontecido... e certamente não o futuro. Ela se sentou lá com os olhos fechados até que ouviu Dot pigarrear inquisidoramente. Ela abriu os olhos e encarou a jovem filha, que estava sentada olhando para ela com uma expressão triste. Maggie sorriu e sabia que tinha de lê-las; por ela, por sua mãe e Thelma, bem como por seus próprios filhos. Olhou novamente para a página. Estava datada de 5 de maio de 1870. Seus olhos moveram-se vagarosamente sobre a primeira frase, cuidadosamente examinando cada palavra e os pensamentos expressos, como se em algum lugar houvesse um arame escondido que, se tocado, iria fazer saltar uma armadilha dentro dela.

Ela tremia e a transpiração estava tomando conta de seu rosto. Ela enxugou a testa com a parte de trás do braço e releu as primeiras poucas frases, as palavras fazendo os músculos de suas costas se tensionarem.

Ama:

Ouvi hoje sua voz no vento. Eu costumava ouvir você me chamando, mas agora o som está desaparecendo. Eu não sei por quê. Talvez sejam os anos entre nós. Ama, eu sinto sua falta, minha criança.

Eu ainda penso em você como uma criança. É a maneira que vejo seu rosto e ouço sua voz. Mas eu sei que você é uma mulher, casada eu acho, e com seus próprios filhos.

Duvido que você se lembre de muita coisa sobre mim. Mas nós nos amamos – então talvez ainda se lembre. Gosto de pensar assim. Ama, pense em mim para que eu possa ouvir sua voz no vento novamente. Preciso ouvir sua voz. Sinto tanto a falta dela.

É primavera. Os gansos e patos se reúnem nos rios para começarem a ir para o norte. Eu pedi a eles para chamarem você, para encontrarem-na enquanto voam, e para lhe dizer que eu penso em você sempre. Para pedir a você para pensar em mim. Pense em mim, Ama, e vou ouvir sua voz novamente.

Maggie fechou os olhos e ficou sobre seus calcanhares. Correu as pontas dos dedos gentilmente sobre a tinta esmaecida da carta. Não se moveu por um longo tempo. Só ficou sentada e pensou. Deixou a dor diminuir. Quem era este homem que se importava tão intensamente com ela e as outras crianças... que ligava tanto para sua mãe e a mulher índia? Algo se travou em sua garganta. As mãos de Maggie estavam sacudindo fortemente as páginas enquanto tentava fechar o diário.

Maggie descobriu cinco diários parecidos nas bolsas da sela dele. Trinta anos de cartas. As mais antigas tinham sido escritas alternadamente para Yopon, sua mãe e seus filhos durante aqueles anos em que ele estava longe da primeira, e depois da outra. Trinta anos de solidão e tristeza. Trinta anos de sofrimento rabiscados ao longo dessas páginas amareladas. Lágrimas caíam nos livros, enquanto ela os colocava novamente dentro da bolsa da sela.

O peito de Dot apertou-se com a idéia de perder o avô. Depois o medo golpeou-a e ela olhou para a mãe. Maggie estava ajoelhada e colocando os livros na bolsa de sela de seu avô.

– Se vovô não levantar amanhã – disse Dot –, nós não vamos encontrar Lily nunca.

Dot moveu-se para o lado do velho.

– Vovô – disse ela, suavemente. – Sei que você não está bem. Mas tem que acordar amanhã. Temos que seguir a trilha para procurar Lily. Vovô, temos que fazer isso. Veja se dorme bem. – Ela fez uma pausa, depois disse: – Eu acredito.

– Dotty, ele está morrendo.

– Ele não pode – ela soluçou. – Ele prometeu. Prometeu que ia encontrar Lily. – Dot encarou o velho como se estivesse com raiva dele.

Maggie estudou as feições duras e exageradas do velho por muito tempo antes de falar.

– Ele tentou fazer o que prometeu. – Ela moveu-se para o lado dele, ajoelhada e enxugando a face enrugada com um pano. Depois ela virou-se para Dot. Ho-nes-co observava. – Mas se ele fez ou não fez, não importa. O resultado é o mesmo, Dotty

– acrescentou ela. – Você já é crescida o suficiente. Essas pessoas, eles não vão nos deixar ir embora. Eles vão nos levar, ou nos vender do jeito que aqueles homens vão vender Lily e aquelas outras garotas.

– Mãe, isso não é verdade. Kayitah é seu irmão. Meu tio. Hones-co é meu primo. Eles são índios, eles acreditam em família. Vovô disse isso. – O garotinho sorriu ao ouvir seu nome.

– Isso pode evitar que sejamos mortas. Mas não vai nos libertar. É melhor você entender e se preparar para isso. Pode chegar uma época em que possamos escapar. Se você conseguir uma chance, pegue-a. Não se preocupe comigo. Apenas corra e descubra o caminho de volta para o rancho. Prometa isso.

– Mãe, o vovô vai se levantar de manhã e nós vamos sair daqui e encontrar Lily. Exatamente como sempre planejamos.

– Dotty, prometa.

Dot assentiu vagarosamente, mas em seu coração sabia que o avô acordaria de manhã.

Kayitah retornou em silêncio, aproximando-se para se ajoelhar ao lado do velho. Maggie pulou, depois saiu do caminho dele. Eles ignoraram um ao outro. Ele amarrou um colar xamânico de contas em torno do pescoço do velho.

Dot observou-o por um instante depois olhou para sua mãe.

– Mãe, conte a ele sobre Lily. Por favor. Diga a ele o que estamos tentando fazer.

Maggie observou sua filha por um momento depois olhou para Kayitah.

– A irmã da menina foi roubada – disse ela em mexicano. – Nós precisamos da sua ajuda. Você vai nos ajudar?

A expressão do homem não mudou. Ele continuou a olhar para baixo para o rosto cadavérico de Jones.

– Mãe, tente de novo.

– Kayitah.

O homem virou-se e olhou para ela.

– A irmã da menina foi roubada. Você vai nos ajudar?

Kayitah ficou de pé e baixou os olhos para Maggie, seus olhos frios.

– *Silencio* – disse ele, voltando para sua própria fogueira. Dot correu atrás dele. Maggie não se moveu, seu rosto ficando vermelho.

Kayitah sentou-se perto de seu fogo, olhando para dentro da mistura de chamas e sombras. Dot ajoelhou-se ao lado dele, esperando que a olhasse. Ele não olhou.

– Eu entendo um pouco de mexicano, mas não consigo falar, mas Lily é minha irmã. Você é meu tio. *Tío* – disse ela, lembrando-se da palavra mexicana que Mannito usara. – Meu *tío* e *tío* de Lily.

Kayitah tinha se virado ao som da palavra e estava encarando Dot. Encorajada, ela disse:

– Por favor! *Tío, por favor.* Ajude-nos a encontrar Lily! – o homem olhou de volta para o fogo. Maggie estava murmurando o *Rock of Ages*, a sombra de sua pequena cruz estendida na areia e sobre o corpo imóvel de seu pai.

Dot abriu os olhos na manhã seguinte imaginando o que a havia acordado. Sonhara com a borboleta e sabia que ela estava na caverna, mas algo estava diferente. Não conseguia dizer exatamente o quê. Depois subitamente se lembrou de seu avô e virou-se para olhar para ele, o coração apertado, sabendo instantaneamente que sua mãe estava certa: ele não levantaria.

– Eu amo você, vovô – sussurrou ela.

Dot ficou de pé e virou-se devagar, olhando com surpresa para a caverna. Não havia mais ninguém ali a não ser sua mãe e seu avô. Chaco estava sentado alguns metros adiante delas observando a entrada como se estivesse de guarda. A sela tinha sumido. Nanata a trocara pelo prisioneiro.

– Mãe, aonde eles foram?

Maggie estava preparando o desjejum.

– Eles não foram todos embora.

– Quem ficou?

– Kayitah e o filho. Eu não vi aquele homem do grupo de busca.

– Kayitah vai nos ajudar – disse Dot.

Maggie não levantou os olhos da frigideira.

– Acho que ele está esperando seu avô morrer. Depois vai enterrá-lo e nos forçar a alcançar os outros.

– Não. Ele vai nos ajudar a encontrar Lily. Tenho certeza que vovô contou tudo a ele.

– Dotty, escaparmos dessas pessoas é a única chance de Lily.

Dot sacudiu a cabeça e foi se ajoelhar ao lado de seu avô e tocou sua mão.

– Vovô. Precisamos de sua ajuda. Por favor, acorde.

Kayitah entrou na caverna levando a tordilha atada a uma padiola. Ela parecia tão frágil e instável como sempre. O homem parou-a ao lado de Jones. Ela tentou fuçar o velho e o índio empurrou-a para longe. Dot foi até lá e segurou sua cabeça pesada, sentindo sua respiração quente em suas pernas. Era uma égua boa e velha com um tremendo coração, e Dot sabia que ela estava preocupada com seu avô.

– Ele vai ficar bem – sussurrou na orelha dela. Conferiu os arreios para ter certeza de que não iriam machucar suas feridas, depois pegou alguma relva e tentou alimentá-la. Mas ela não quis. Dot puxou a cabeça da égua velha para cima para que pudesse olhá-la nos olhos. – Você não pode morrer agora. Eu preciso de você. Por favor, coma. – Como se obedecendo a ela, a tordilha mordiscou a relva. Dot sorriu e lutou contra as lágrimas.

Maggie estava ajoelhada ao lado de seu pai, tentando sem sucesso dar-lhe água. O apache esperou um instante, depois tirou-a do caminho com um movimento rude. Ele inclinou-se e pegou o corpo murcho, reduzido agora a pouco mais que pele seca e ossos duros, ajustando o velho no carregador; Maggie jogou um cobertor sobre ele. Dot notou que a mãe segurou a mão de seu avô por um instante, falando suavemente com ele. Chaco pulou e sentou-se na barriga do velho, latindo para eles irem embora.

Kayitah deixou claro que estava partindo e que elas deviam segui-lo. Elas se moveram para embalar as coisas. O guerreiro saiu e retornou trazendo um cavalo para dentro da caverna. Ficou sentado olhando para Maggie enquanto ela embrulhava tudo, descontente com o arranjo que o ligava a esta mulher branca. Obviamente não queria a ela nem sua filha, e estava aparentemente apenas controlando sua raiva por causa de seu pai.

– Mais rápido – disse ele em mexicano.

– Se você quer que eu me apresse – retrucou Maggie –, então desça de seu cavalo e me ajude. De outra maneira, espere. – O dia já tinha começado a esquentar e pequenas gotas de suor respingavam seu lábio superior.

– Mãe, não faça isso – disse Dot. – Ele está nos ajudando.

– *Perezozo!* – gritou ela, ignorando o apelo de Dot. – Preguiçoso!

As feições do homem não se moveram. Ele se sentou observando Maggie até que ela tivesse parado de fumegar e voltado a arrumar as coisas; depois ele se virou e saiu vagarosamente da caverna.

– Corra, mamãe. Nós temos que seguir. Ele vai atrás de Lily. – Dot parou de falar e ficou olhando de boca aberta enquanto Kayitah voltava trazendo dois cavalos alquebrados.

– Onde está Alice? – perguntou a ele. – *Tío*, Alice?

Ele não respondeu.

– *Mula?* – perguntou Maggie.

O homem observou-a por alguns instantes, depois disse:

– Nanata.

– Mas ele disse que não ia fazer mal a ela. Roubá-la é fazer mal a ela! – gritou Dot. Ela sentou-se com força na areia e gemeu, seu mundo caindo ainda mais. Não restava mais nada. Nada funcionava. Ela sentiu uma urgente necessidade de chorar, mas controlou-a. Não havia Deus, ela sentia. Nem o poder da borboleta. Ho-nes-co veio e sentou-se perto dela. Maggie deixou-a sozinha, sabendo o quanto era duro para ela a perda da mula.

Depois que Maggie terminou, elas montaram nos velhos cavalos e seguiram Kayitah e a tordilha para fora da caverna. Dot segurava seu apoio de sela atrás e olhou em volta para as sombras, sentindo como se tivesse perdido algo ali. Depois levantou os olhos e viu Maggie sentada em seu cavalo alquebrado na entrada, algo na maneira que seus ombros baixaram fazendo-a parecer assustadoramente derrotada. Dot ficou tensa e cavalgou até ela, seguindo o olhar de sua mãe, depois descobriu a náusea crescendo em sua garganta. A cabeça loura estava enfiada num grande poste de madeira perto da entrada da caverna. O guerreiro-feiticeiro tinha sido verdadeiro com seu mundo cruel: ele tinha deixado o prisioneiro em troca da sela.

Maggie e Dot ficaram olhando a cabeça medonha em silêncio chocado até que Kayitah cavalgou até elas e açoitou seus cavalos com força, com uma corda enrolada.

– Agora você entende os índios – disse Maggie.

Dot não respondeu mas sabia que jamais poderia olhar para Kayitah novamente sem pensar sobre o homem louro e a coisa horrível que tinham feito com ele. O tio que quisera tão desesperadamente que fosse um herói agora parecia nada mais que um assassino. Ela lutou contra as lágrimas.

Mais tarde, quando Dot tinha recuperado algum controle sobre suas emoções, olhou em torno e se deu conta de que saíram da caverna e foram na direção errada. Não era o rumo para o sul que precisavam tomar para encontrar Lily. Ela cavalgou ao lado de Kayitah e apontou com força para trás deles.

– Lily. – O tom de sua voz era acusador.

Ele a ignorou. Dot puxou seu cavalo para parar e começou a se virar, mas Kayitah agarrou as rédeas e disse:

– *Alto.*

A palavra foi falada baixa e firme mas não deixava dúvidas de que ele estava falando muito sério. Dot estremeceu, pensando sobre o homem de cabelos louros, e depois ficou com raiva de novo.

– Mas este não é o caminho!

Ele olhou para ela.

– Vá em frente, me mate – gritou Dot. – Mas este não é o caminho para minha irmã!

Kayitah não prestou atenção a ela, apenas jogou uma corda sobre a cabeça de seu cavalo e continuou em frente, puxando com força o animal sempre que ela tentava ficar para trás ou se virar. A tordilha velha se esforçava corajosamente com a padiola, seguida por Maggie e Ho-nes-co. Dot virou-se e olhou para Maggie; ela parecia perdida em seus pensamentos, suspirando muito tantas vezes, cavalgando como se estivesse sozinha naquela paisagem desértica.

No final da manhã, num local solitário entre duas barreiras de montanhas, eles cruzaram os trilhos de uma estrada de ferro, e um sinal apontando para oeste que dizia: HOGANSVILLE: 65 quilômetros. Maggie parou seu cavalo no meio da estrada, o sol queimando inclemente, e ficou lá sentada como se fosse ficar ali para sempre. Kayitah esperou que se movesse; depois cavalgou até ela e jogou um laço sobre a cabeça de seu animal, levando ambas as montarias para adiante.

Eles cavalgaram pesadamente sobre uma longa planície deserta até a noite, as sombras derramando poças azul-escuras sobre a terra que esfriava. Dot passara o dia inteiro gritando com Kayitah sobre Lily e o fato de que eles estavam viajando na direção errada. Praguejara contra ele algumas vezes, olhando furtivamente para sua mãe; mas Maggie, se ouviu, não disse nada. Nem ele. Sua expressão nem se suavizou, nem ele pareceu se importar com que coisas desesperadas ela estava tentando transmitir a ele. Dot estava exausta de gritar e se preocupar. Maggie não tinha falado desde a manhã, parecendo resignada com algo que Dot não entendia.

Duas vezes, quando pararam para descansar, Ho-nes-co tentara ficar ao lado de Dot. Todas as vezes, uma palavra dura de Kayitah tinha-o mandado apressado de volta a seu próprio cavalo. Dot achou que entendia como o garoto se sentia. Ela teria gostado que ele cavalgasse com ela também. Era quente e solitário na trilha. O velho tinha gritado em seu delírio uma ou duas vezes, o som agonizante e desesperadamente solitário, mas não recuperou a consciência.

Ao anoitecer, o céu era uma mistura selvagem de laranja e rosa, ancorada por um horizonte vermelho-escuro de montanhas distantes, do outro lado do deserto gasto e perdido. Kayitah escolhera um pequeno arroio para eles dormirem; e embora Dot tenha tentado implorar para fazê-lo se mover novamente, chamando-o de *tío* e implorando por Lily, não adiantou. Ele estava determinado a acampar naquele local. Maggie desceu vagarosamente de seu cavalo e sentou-se na areia, parecendo derrotada. Dot agachou-se perto dela e colocou os braços em torno de seus ombros.

– Tudo bem, mãe. Vamos encontrar Lily. E vamos voltar para papai e James.

Maggie não respondeu.

– Ainda tenho meu poder. – Dando-se conta do que havia acabado de dizer, Dot olhou rapidamente para o rosto de sua mãe. Maggie não estava escutando.

Um pouco mais tarde, Maggie levantou-se, pegou um cantil e tentou dar água ao velho. Ele tomou um pouco, mas a maior parte escorreu de sua boca para o solo arenoso. Maggie secou seu rosto, ajoelhou-se e falou baixinho com ele. Dot imaginou o que ela estava dizendo; estava ralhando com ele ou ela o tinha finalmente perdoado? Kayitah observou Maggie por um tempo também, depois pegou seu arco e suas flechas e escalou a pequena ravina. Dot foi recolher capim para a tordilha.

Maggie estava com raiva e com vergonha de si mesma. Sentou-se e estudou as rachaduras na face enrugada do velho, seus olhos se movendo por suas feições. Sentiu remorso. Mesmo sendo mau, ela pelo menos devia a ele a chance de explicar. Mas tinha negado aquilo a ele – negado a um homem que morria um simples pedido. Negado seu próprio pai. Observou seu perfil imóvel por um longo tempo, sentindo algo duro se quebrando dentro dela. Ela lutou contra aquilo.

Tinha esperado tanto tempo, tinha deixado as coisas enterradas tão fundo. Ela e o velho tinham perdido o momento em que poderiam ter conversado. A culpa era dela. Quem era ele na verdade? O que tinha feito com sua vida? O que queria contar a ela? Sabia tão pouco sobre ele. Sua mãe tinha falado nele depois que partira, mas apenas de maneiras positivas, apaixonadas, reverenciadoras. Nunca realmente falaram sobre quem ele era. As duas tinham jogado esse jogo – Susan por causa de seu amor por ele; Maggie, por causa de seu amor por sua mãe.

Lembrou o nome que tinha ouvido Kayitah usar para ele: Fielito. O que tinha fé. Como podia ser? Como alguém – mesmo os índios – podia pensar em Samuel Jones como tendo fé? Ela esfregou o rosto com as mãos e lutou contra a confusão em sua mente. Maggie ficou ao lado dele por um tempo, pensando em sua mãe e ele, como riam e conversavam. Eles tinham sido felizes. Mas se aquilo era verdade, então por que ele tinha partido?

– Por quê? – sussurrou ela para ele, observando suas feições cuidadosamente. Mas não havia resposta, não havia reconhecimento. – Do que você lembra? Do meu quarto? Da boneca que comprou para mim? Das vezes em que eu disse que o amava? De qualquer coisa que eu tenha dito? – Maggie fez uma pausa, olhando cegamente para a parede arenosa do canal. – Você não sabe nada do que sofri. As noites que chorei para você voltar para casa. E você nunca voltou. – Maggie estava soluçando suavemente agora e pegou a mão do velho nas suas. – Você não ouse me deixar novamente! Você não morre enquanto eu não disser para você morrer. Entendeu?

Ela se forçou a parar e olhou para o arroio, vendo sua filha e o indiozinho. O ódio dentro dela tinha partido, mas não o doloroso vazio.

Ho-nes-co agachou-se ao lado de Dot, que estava sentada dando bocados verdes para a tordilha. Estava segurando um pequeno arco e um punhado de flechas, e usava uma sunga de camurça e mocassins. Sorria muito, e Dot gostava dele. Apontou para o arroio, estendeu o arco e sorriu. Dot assentiu. Ela tinha estado preocupada com Lily e Alice e seu pai e queria parar de pensar neles por um tempo. Eles correram pelas areias, perseguindo coelhos e esquilos, ou qualquer outra coisa que fosse comestível. O garoto deixou-a tentar atirar algumas vezes com o arco. Sua mira era horrível, e eles tiveram dificuldade para encontrar uma das pequenas flechas. Ela estendeu o arco de volta para ele e disse:

– Muito difícil.

Ele levantou a cabeça como um cachorro curioso e tentou entendê-la, a inteligência dançando em seus olhos castanhos. Depois desistiu, encolheu os ombros magros e retomou a caçada, Dot seguindo seu primo. Chaco corria ao lado deles.

Ho e Dot estavam rindo quando voltaram ao acampamento. Kayitah, não. Estava agachado com uma expressão séria em seu rosto liso e mexia com um pedaço de pau uma grande lata de água fervente, claramente insatisfeito com algo. Dot procurou sua mãe.

– Mãe – chamou ela. Ela se virou para Kayitah. – *Madre?* – Ele a ignorou, olhando a caçarola e falando firmemente com Ho-nes-co.

– *Tío, madre?* – disse ela, a voz traindo seu medo.

Ele deixou o pedaço de pau na lata, levantou uma das mãos e abriu-a com o polegar e o indicador de sua outra mão, a linguagem silenciosa para os cavalos. Dot virou-se. Um pedaço de papel oscilava na brisa próximo às selas. Ela o abriu, o coração disparado.

Dotty:

Fui buscar ajuda. Dê água ao seu avô a cada parada. Caldo de carne uma vez por dia. Se ele morrer, dê a ele um enterro cristão. Eu volto para buscar você. Eu te amo.

Mamãe

Por um instante passageiro ela sentiu um assustadora sensação de abandono. Depois Dot olhou para seu avô e se sentiu melhor. Mesmo inconsciente, ele a fazia sentir que as coisas de alguma maneira ficariam bem. Pegou um cantil e tentou dar de beber a ele. Parecia morto. Sua mãe tinha colocado uma pequena corrente com uma cruz em torno de uma de suas mãos. Chaco subiu na barriga dele, e ela teve de espantá-lo, repreendendo-o, para poder escutar o coração dele. Depois se sentou ao seu lado, fechou os olhos e segurou as mãos grandes e retorcidas.

– Vovô, fique com meu poder. Volte. Você precisa voltar. Precisa encontrar Lily. Você prometeu.

Ela o encarou por um longo tempo. Nada aconteceu. Lutou contra as lágrimas, estudou suas mãos e imaginou o que ele tinha feito com elas durante sua vida para machucá-las tanto.

– Vovô, eu acredito. – Ela enxugou o nariz na manga.

A luz da manhã estava se espalhando sobre as montanhas distantes, produzindo uma mancha de cor dourada e quente na paisagem do deserto. Maggie tinha cavalgado o velho cavalo na estrada para Hoganville por horas e estava exausta. Ela instigou o animal a prosseguir.

Ela passaria um telégrafo para o Exército e as autoridades mexicanas, notificando-os da localização de Lily, e organizaria os cidadãos de Hoganville para resgatar Dot e capturar Kayitah e Hones-co. Sentia pelo garoto. Não pelo homem.

Estava convencida de que ele estava levando seu pai para o México para enterrá-lo nas montanhas onde o velho e a índia tinham vivido. Ele era tão selvagem quanto o resto deles. Infelizmente, o garoto também era, e já estava velho demais para ser civilizado com sucesso. Era uma pena. Ela bateu com os calcanhares no cavalo.

Maggie viu a fronteira da cidade antes de vê-los. Hoganville era pequena, mas ainda assim era uma cidade, e estava situada a não mais de oitocentos metros no horizonte árido. Ela podia ver homens amarrando cavalos num curral em frente a algumas cabanas. Ela freou seu cavalo e ficou olhando as construções, depois voltou os olhos para os choupos, lutando contra a nauseante sensação em seu estômago. As sombras balouçantes das árvores. Não um, mas um grupo.

Maggie estava entrando na cidade, forçando-se a ignorá-los, quando viu, com um olhar de esguelha, a última forma escura: muito pequena. Ela parou novamente, estudando as formas mais de perto, a garganta apertada, um músculo perto de seu olho começando a tremer incontrolavelmente. As cordas estavam fazendo um som horrível no vento. Tudo nela dizia para ela voltar e cavalgar para longe... tudo menos seu coração. Ela não podia fazer aquilo. Muito amedrontada, instigou o cavalo na direção das árvores.

Maggie não se moveu por um instante. Ela só ficou sentada no animal e olhou para eles. Não estavam lá há muito tempo, os corpos ainda tinham a aparência suficientemente normal, o cheiro apenas começando. Ela apeou e vomitou seu desjejum. Eram quatro. Índios. Pelo menos, pareciam índios. A mulher era mexicana. Quatro pessoas, uma família: pai, mãe, um velho como Jones e um garoto de 11 ou 12 anos. Uma mulher, um velho e um garoto. Por quê? O que eles teriam feito? Eles não pareciam renegados perigosos.

Eles nem mesmo eram apaches. Pelo trabalho manual de contas e as cores de seus trajes, ela imaginou que eles eram Pueblos. Eles não tinham lutado contra os brancos naquele século, mas tinham sido enforcados assim mesmo: uma criança e uma mulher. Não fazia sentido, mas nada fazia mais muito sentido. Havia uma placa de madeira pregada ao choupo: A SOLUÇÃO 100%. A raiva começou a crescer dentro dela.

Maggie cortou o tronco com um pequeno machado de mão – o tronco se curvando para baixo, os corpos rígidos caindo numa pilha horripilante. Depois cortou as cordas e cavou covas na areia fofa com uma pequena lata. Sua raiva a guiava. Ela rezou por todos eles.

– Deus, por que o Senhor deixou isso acontecer? E por que o Senhor não me ajuda?

Maggie ficou sentada por um longo tempo observando um pardal de papo preto perseguindo folhas secas. Depois de um tempo, pegou dois galhos secos e fez uma cruz de madeira com tiras de couro, enfiando-a no solo em frente aos túmulos com uma pedra.

Depois leu uma passagem de sua Bíblia, gritando as palavras. Percebeu que a mulher mexicana provavelmente teria sido católica e a criança também. Ou quase. Seria bom para os índios também. Deus é Deus. Aquela era sua conclusão.

Após terminar, montou devagar no cavalo e ficou sentada olhando na direção da cidade de Hoganville, lembrando de algo que seu pai lhe dissera quando era uma garota: "Você tem que nascer e renascer e novamente renascer para viver." Ela não o tinha entendido. – Achou que entendia agora. Uma hora mais tarde, virou o cavalo e começou vagarosamente a voltar pela estrada na direção pela qual tinha vindo. O que quer que Hoganville tivesse, não havia nada para ela.

O sol do deserto estava esquentando a terra, fazendo-a parecer de alguma maneira diferente. Mudada. Ela estava pensando nas pessoas na caverna e o que estava acontecendo com o mundo delas. Não eram inocentes, mas mesmo assim eram humanos. Ela engoliu com dificuldade e bateu com os calcanhares na velha égua para apressá-la.

Era tarde quando Maggie os alcançou. Ela viu os três e o rio enquanto chegava ao topo de uma montanha alta e desceu de seu cavalo, ficando de pé, surpresa, ao lado do animal exausto.

Era o mesmo local. O lugar onde Lily tinha passado três dias antes. Podia ver onde eles tinham cavado um túmulo na areia para a garota que tinha sido assassinada ali e sentiu a culpa tomar conta dela.

– Perdoe–me – murmurou. Fechou os olhos e se encostou nas espáduas do cavalo. Ela pensou na maravilha que era encontrá-los de volta ali.

Kayitah tinha feito aquilo, os tinha levado de volta para o local exato onde ela vira Lily. Mas como? A direção que tinham tomado da caverna tinha sido tão absolutamente errada. A caverna era realmente sagrada? Ela se forçou a parar de pensar assim. Mais que provavelmente seu pai simplesmente dissera a ele o lugar, e ele tomara sua própria rota.

Maggie ficou de pé no topo da montanha observando Dot e Ho-nes-co girando selvagemente em círculos felizes sobre a areia, seus braços abertos, Chaco mordiscando com raiva seus pés. Kayitah estava agachado e dando água aos animais na beira do rio. Ela olhou para seu pai deitado sem movimento na padiola ao lado de uma pequena fogueira. Ela rezou para ele não estar morto.

Maggie ficou lá no crepúsculo, observando os morcegos esvoaçando pelo céu que escurecia sobre o rio, escutando o vento da noite saindo da terra seca, e pensando em muitas coisas. Muito sobre Lily e seu pai. Não havia nada que ela não daria para ter Lily de volta, para vê-la a salvo. Agora, graças a Kayitah, talvez eles tivessem uma chance. Seu coração se eterneceu pelo homem – seu meio-irmão.

Ela olhou através da faixa de água na direção da terra seca do México ao crepúsculo.

– Lily, fique a salvo – disse ela baixinho. – Estamos chegando.

O som do riso das crianças subiu a montanha, passando suavemente sobre ela. Depois houve outro som. Mais duro. Como um tronco rachando numa floresta no inverno. Duro e imperdoável. Por um instante no tempo, nenhum deles se moveu. Depois ela viu Ho-nes-co dobrar-se na areia, e Dot correndo para o garoto, Kayitah correndo para os dois. Depois o som duro veio pela montanha até ela novamente, e Maggie se deu conta de que eram tiros de rifle. O cavalo de Kayitah caiu. Depois outro animal berrou e caiu, se retorcendo na água.

Três homens montados estavam atirando da praia na direção de Kayitah e Dot, atirando e gritando, enfiando os calcanhares com força nos flancos de seus cavalos. Maggie puxou seu rifle e não hesitou, fixou o globo ocular no espaço em V e mirou o primeiro cavaleiro. Sabia que eles ainda estavam atirando, mas não ouviu nada. Nada além da pequena voz sussurrando uma vez mais profundamente em seu coração.

Seria Lozen? Não tinha certeza. Tudo o que sabia era que ela a acalmava, ajudava-a a bloquear todas as distrações, ajudava-a a fazer uma mira cuidadosa no primeiro cavaleiro. Viu claramente que ele era branco. Não fazia diferença. Dot estava lá embaixo... e Kayitah e Ho-nes-co. Ele estava tentando matar sua filha. Ela não tentou gritar ou acenar, apenas apontou sua arma e apertou o gatilho cuidadosamente.

Ela sempre fora uma boa atiradora. Samuel Jones a ensinara. De alguma maneira, o homem se agarrou a seu rifle, mas Maggie podia ver, pelo jeito que ele rolou para trás sobre o traseiro do cavalo correndo, que estava morto antes de chegar à areia. Os outros dois se viraram e galoparam freneticamente na direção das árvores, atirando selvagemente sobre seus ombros em Kayitah, que se encolhia sobre Dot e Ho-nes-co. A voz tinha ido embora.

A bala atingira o garoto no pescoço. Dot e Kayitah estavam ambos segurando seu pequeno corpo sem vida, o sangue brotando em longos riachos pelos braços de Dot, os dois fazendo estranhos ruídos de lamento. Maggie juntou-se a eles. Ela se sentou na areia e colocou seus braços em torno de sua filha, e fez o som também; ele parecia emergir de algum lugar dentro dela e misturou-se com os sons deles.

Sentada ali, escutando sua filha e seu meio-irmão pranteando a criança, Maggie se deu conta de que ela nunca tinha olhado o garoto de perto antes. Ela não podia tirar os olhos dele agora. Seu sobrinho. Ela não o conhecia – sabia apenas que tinha sido feliz e que tinha se ligado instantaneamente a sua prima. Ele tinha arriscado a ira de seu pai para brincar com ela, e Dot e ele criaram laços. Laços de sangue eram instintivos e poderosos. As lágrimas encheram seus olhos. Ela se virou e olhou para o perfil bonito de Kayitah, o sofrimento exagerando seus traços. Estendeu a mão e acariciou os cabelos de Ho-nes-co de seu rosto e sussurrou um hino da igreja.

Mais tarde, ela disse:

– *Hermano.* – Ela esperou que olhasse para ela. Quando finalmente ele virou a cabeça, ela disse: – Sinto muito – em mexicano.

Ele assentiu com uma dignidade solene e voltou para seus lamentos e cânticos. Novamente ela se juntou a ele. Dot estava chorando alto, batendo na areia com os pulsos. Kayitah ficou de joelhos, segurando o garoto em seus braços, e olhou para Maggie. Depois deitou Ho-nes-co cuidadosamente no colo dela e andou vagarosamente na direção do acampamento onde o pai deles estava deitado.

Maggie preparou a criança para o enterro. Quando terminou, Kayitah cantou a canção da morte de Ho-nes-co. Dot juntou-se a ele. Maggie observou. Até Chaco estava respeitando o momento, sentado quieto e observando, depois correndo para ficar com o velho de novo. Ele nunca o deixava por muito tempo.

CAPÍTULO 10

Dot escolheu o lugar do enterro. Kayitah havia começado a preparar um local entre as rochas, perto do rio. Dot, porém, aproximou-se dele e sacudiu a cabeça. O tio fitou-a durante longo tempo, observou-a quando ela apontou e seguiu-a. Ela tomou a frente até uma pequena clareira entre as tamargueiras. Era um local belo, iluminado pela lua, com vista para o rio.

Juntos, levaram pedras para o local. Em seguida, Kayitah sentou-se ao lado de Ho-nes-co e lhe falou em idioma apache. Maggie aninhava Dot nos braços. Terminando Kayitah o que dizia, Dot afastou-se da mãe e ajoelhou-se ao lado do corpo. Desatando do pescoço o colar de poderes mágicos, amarrou-o em torno do pequenino braço da criança e disse:

– Venha comigo, Ho. Todos nós ficaremos juntos.

Maggie traduziu as palavras de Dot para o mexicano, para que Kayitah soubesse o que elas significavam. Ele inclinou a cabeça emocionado. Apontou um dedo indicador para o ar, envolvendo-o com a outra mão. "Guarde", era o que significava o gesto. Ele parecia profundamente comovido.

– Eu prometo – disse Dot.

Elas deixaram Kayitah sentado no ar frio da noite ao lado da sepultura e voltaram penosamente pela areia, entre chilreios de grilos, para o local onde Chaco estava, montando guarda ao velho. Desaparecido o sol, o vento noturno morreu e um silêncio tranqüilo desceu sobre o rio. Era um lugar conveniente para enterrar a criança, pensou Maggie. Alguma criatura pequena entrou furtiva na água, e ela se perguntou se poderia acaso ser o espírito da criança.

A tordilha estava deitada na areia, dormindo. Dot segurou a cabeça da égua velha. Maggie deu ao pai um gole de água, maravilhando-se por ele ainda estar vivo e agradecendo a Deus isso. Em seguida, Dot deu-lhe banho com um pano úmido e vestiu-o com roupas limpas. De vez em quando, Dot soltava um gemido longo e forte. Maggie compreendeu. Pensou no menininho, em Brake, em Lily, e fez o mesmo.

Mais tarde, Dot e Chaco desceram até a praia para pegar o cavalo do morto. Maggie acompanhou-a com os olhos, rifle nas mãos, o pequeno *terrier* trotando com ar importante ao lado da filha e compreendeu, com um nó na garganta, que todas essas tragédias coletivas haviam quase transformado Dot em uma mulher feita. Desta vez, porém, não lamentava esse fato... não lamentava porque a jovem mulher em que ela havia se transformado estava cheia de força e autoconfiança, de amor e coragem. E, sim, de compaixão.

Olhou para o rosto do velho, estendido no chão, ouvindo o som das preces de Kayitah perpassando tristemente pelo ar noturno. Enquanto examinava as feições do velho, coisas em sua mente começaram a tornar-se lentamente claras. Ele a havia abandonado, mas lhe tinha ensinado também coisas sobre a vida. As coisas práticas e as espirituais. A sonhar, a atirar, a curar. A não ter medo. E esses ensinamentos haviam feito uma diferença. Até mesmo a volta dele para ela tinha feito uma diferença.

– Pai – disse e, em seguida, hesitou. – Talvez nós nunca tenhamos sido destinados a nos compreender. Mas nos compreendemos depois.

E olhou para longe por cima do rio.

Mais tarde, enquanto ainda observava a água escura, disse:

– Eu costumava tentar me lembrar daqueles tempos, tentar compreender, mas a mágoa e a raiva sempre me impediam. Você deixou a mamãe e isso a matou. Mas... – a voz alquebrou-se e esperou por um momento –, mas você me deixou, também. E isso matou também alguma parte de mim. Não basta que você diga que me ama.

Maggie levantou-se rapidamente. Dot estava cavando uma sepultura para o morto, perto da água. Maggie voltou a olhar para Jones e disse:

– Eu preciso saber. Preciso saber por que você me abandonou.

Maggie e Dot haviam terminado de enterrar o homem quando Kayitah voltou ao acampamento. Ele parecia zangado por que elas haviam reverenciado dessa maneira o assassino de seu filho, mas ficou nisso. Foram até o cavalo do homem branco e a velha montaria de Maggie. A tordilha estava praticamente morta. Kayitah examinou atento a face de Maggie, os olhos sondando-a com toda atenção. E ele parecia perdido. Ela compreendeu... havia sentido a mesma emoção desesperada trinta anos antes quando o pai a deixou e nesse momento, novamente, com Lily. Queria chorar pelo homem que não conseguia chorar por si mesmo. Ele tinha ido ali para lhe salvar a filha, uma criança que não conhecia e havia perdido a única coisa de valor em sua vida.

– Obrigada – disse ela. – Mas vá e procure seu povo. – Falou em mexicano. – Nós procuraremos Lily. Você não nos deve mais coisa alguma.

Kayitah fez um movimento na direção do cavalo e disse:

– *Yo cabalgo.*

Maggie não entendeu, mas inclinou a cabeça, dizendo sim. Ele levantou o rifle do chão e subiu para o lombo do animal. Maggie apontou para Jones e, em mexicano, disse:

– Eu cuido dele. Se ele acordar, eu direi a ele o que você fez por nós. Por sua família.

Kayitah fechou a mão em punho e enfiou o dedo indicador no ar, os olhos alucinados de raiva. Em seguida, fez um movimento de ligação, movendo a mão na direção de Maggie. Ela tampouco entendeu esse gesto.

Quando desapareceu na noite, Maggie rezou por ele e disse adeus. Em seguida, sentou-se e examinou o rosto do pai. Depois de todos esses anos, de todas as mudanças físicas, ainda o via como ele era na noite em que foi embora, há tantos anos. Sentada de costas para ela, Dot olhava para a vastidão da noite, perdida em seus próprios pensamentos.

– Pai – sussurrou Maggie –, sei que você está quase no fim. Encontre Lily e proteja-a.

Deitou-se ao lado dele e logo depois adormeceu.

A escuridão estava fria e silenciosa e eram ouvidos apenas os sons baixos do rio e das aves noturnas. Ao acordar, Maggie descobriu que Dot não se encontrava mais junto à fogueira. Foi até o lugar onde sabia que ela estaria, sentada à luz da lua ao lado da sepultura de Ho-nes-co. Ajoelhou-se ao lado dela e nada disse durante longo tempo. As estrelas brilhavam na escuridão imensa no alto. Envolveu os ombros de Dot com um braço.

– Como era ele?

– Engraçado. Simplesmente engraçado. Ele gostava de mim. Não sei por quê.

– Ele era de seu sangue – disse Maggie suavemente.

Dot virou a cabeça e, na escuridão, examinou o rosto da mãe, espantada por ela ter reconhecido parentesco com Ho-nes-co.

– Você está dizendo adeus?

Dot sacudiu a cabeça.

– Não tenho que dizer. – Pronunciou as palavras de uma forma comum, prosaica. – Estou apenas pedindo a ele que me ajude.

– A fazer o quê?

Dot esperou um momento antes de falar, cutucando a areia com um galhinho. Olhou para a mãe.

– Você não vai acreditar. E simplesmente vai ficar furiosa.

– Eu não ficarei furiosa.

Dot observou-a por um momento, olhou em seguida para a sepultura de Ho-nes-co e disse:

– Vovô me disse uma vez que todos têm um poder especial dentro de si. E que quando uma pessoa se prepara para morrer, ela perde esse poder. E que esse poder tem que passar para alguma outra pessoa. – Dot calou-se e olhou para a mãe, esperando ver raiva.

Maggie, porém, estava simplesmente escutando.

– Bem, Ho deve ter possuído também um poder. E eu estava pedindo a ele que o enviasse para vovô. Para que ele acorde e encontre Lily. Você acha que isso pode acontecer? Você acha que Ho pode transferir seu poder para o vovô?

Maggie permaneceu sentada alguns momentos, antes de responder:

– Eu não sei, doçura. Eu nada sei sobre essas crenças. Mas uma coisa eu sei.

– O quê?

– Que se você acredita nelas... eu acredito, também.

Dot sorriu para Maggie e inclinou-se para mais perto do calor da mãe.

Maggie levantou-se cedo, antes que os grandes morcegos pardacentos acabassem com seus incansáveis vôos em picada, a fim de verificar o estado do pai. A primeira réstia de luz aparecia no céu matutino. Um silêncio imenso enchia a terra. Durante longo tempo, estudou o rosto magro do velho. O poder de Ho não havia passado para ele. Descobrindo que estava desapontada, ficou surpresa. Cobriu-o com mais um cobertor para protegê-lo da friagem da manhã, deu-lhe um pouco de água e leu para ele alguns trechos da Bíblia. Dot continuava a dormir ao lado das cinzas frias da fogueira da noite anterior. Maggie sentiu-se tão perdida e amedrontada quanto no pior momento de sua vida.

Encontrava-se sozinha nesse momento num lugar ermo, com um moribundo e seu cavalo esfalfado e quase morto, seu próprio pobre animal, uma mocinha e um cão. Não havia maneira, sabia, de jamais encontrarem Lily. Não sabia o que fazer. As suas opções eram o México ou Hogansville. Levantou-se, abriu a Bíblia ao acaso e leu: "Orai sem cessar." Sentiu a raiva crescendo dentro de si. Havia orado – "Orai sem cessar" – e nada recebido em troca, exceto dor e sofrimento. Fechou a Bíblia. Nessa ocasião, virou-se e viu-o.

O irmão vinha lentamente cruzando a areia em sua direção, montado no cavalo do morto, trazendo as montarias dos dois outros homens que haviam ajudado a matar Ho-nes-co. Os músculos de suas costas tremeram. Por que ele havia voltado? Nada havia ali para ele. Ele pertencia ao que quer que houvesse sobrado de seu povo. Mas ele voltava e o medo que havia sentido durante toda a manhã deixou-a, substituído por novas emoções por esse homem... esse irmão.

Kayitah freou o cavalo e, da sela, olhou para eles, os olhos ainda queimando com uma intensidade assustadora. Chaco latiu, zangado.

– Obrigada – disse ela.

Ele fitou-a com um rosto sem expressão. Em seguida, de maneira mal-humorada, abrangeu com um gesto de mão o terreno do acampamento. Maggie teve certeza de que, com esse gesto, ele queria dizer que se preparassem para ir embora dali. Inclinou a cabeça num gesto de concordância e começou a pôr suas coisas nas bolsas de sela.

Antes do amanhecer do dia seguinte, Maggie tremia de esperança. Dot havia localizado na escuridão um sinal dos seqüestradores de Lily, ao observar um cacto pisoteado. Por mais que tentasse, não conseguiu descobrir o que aquilo significava. Kayitah, porém, havia-o interpretado com perfeição. Ele simplesmente sentou-se perto do local, como que fundindo seus pensamentos com a noite que findava e as estrelas matutinas, sentindo silenciosamente a presença dos que haviam passado por ali.

Aos poucos, as estrelas desapareceram, o céu do leste iluminou-se e as codornas iniciaram seu alegre canto: *pe-cos, pe-cos.* Imóvel, Kayitah continuou a examinar o sinal. Dot fez um esforço para ver o que ele via. Nada. Em seguida, viu-o estender a mão e tocar suavemente com um dedo uma pedrinha que havia sido chutada de seu leito. Ela sabia pelo que Mannito lhe havia ensinado que ele estava calculando a distância entre a pedra e a marca do casco do cavalo – que uma única pedra dizia a seu tio a direção, a velocidade e o peso do animal que a chutara.

Na fraca luz da manhã, ele se moveu devagar para a frente pelo chão duro, interpretando folhas secas rasgadas, examinando leves depressões na areia. Pôs-se de quatro e aproximou a cabeça da terra, examinando-a de um lado para o outro. Em seguida, levantou-se e passou os dedos sobre a vegetação baça próxima. Começou a mover-se com mais rapidez, agachado, estudando a areia e as pedras.

Quando se convenceu da direção tomada pelos seqüestradores, iniciou um trote brando, engolindo a distância. Depois disso, eles cruzaram e voltaram a cruzar numerosas vezes os rastros, o sinal tornando-se mais fresco. Maggie sentiu-se delirantemente feliz. Não podia acreditar nisso. Os índios deviam ter penetrado profundamente no México, onde teria sido impossível capturá-los. Mas não haviam feito isso. Estavam suficientemente próximos para que Kayitah pudesse interpretar seus rastros enquanto trotava ao lado deles.

O crepúsculo trouxera para a terra uma sombra de cor púrpura profunda e nesse momento eles se aproximavam de um pequeno vale relvado em forma de palma da mão, cercado por colinas de arenito. Dot ouviu o som de grous perto da água. As pernas lhe doíam por ter estado na sela durante todo o dia. Mas sentiu pela aparência do tio que estavam perto e se aproximando mais, por isso permaneceu montada. Numerosas vezes, ele desceu para a trilha e escutou com toda atenção, como se realmente pudesse ouvir vozes. Ela tentou fazer o mesmo, mas nada escutou. Apenas o silêncio daquelas terras desertas.

Kayitah freou novamente o animal e, na sela, sondou o silêncio com os ouvidos. Ela vislumbrou o pequeno vale através de uma abertura nos morros e teve vontade de desmontar e ir investigar. Kayitah, porém, previu esse desejo e fez um movimento rápido e seco com a mão. Dot permaneceu onde estava. Observou quando ele desceu silenciosamente da montaria e agachou-se, enfiando o polegar na areia, perto de uma pegada de cascos de cavalo, estudando com todo cuidado as duas marcas. Dot sabia que ele estava comparando o tempo transcorrido entre elas. Ele se levantou e, pela primeira vez desde que o conheceu, viu-lhe nos lábios um meio sorriso. Havia localizado os seqüestradores!

– Onde estão eles? – perguntou Maggie baixinho.

Não se ouviam sons. Nem havia sinais visíveis. Kayitah ergueu a mão e com um gesto disse-lhe que ficassem caladas e desmontassem. Levou os cavalos de volta pela trilha, escondeu a padiola, levantou Jones nos braços e começou a subir as montanhas.

A luz estava morrendo e o sol poente pintava de cor-de-rosa as montanhas. Kayitah havia deitado Jones sobre um cobertor, perto de um paredão de arenito. Dot estava sentada perto da borda de rochas, olhando fixamente para o vale relvado, à procura de sinais de Lily. Maggie observava Kayitah.

Ele estava sentado nesse momento a alguns metros de distância, os pensamentos longe, olhando fixamente para o afloramento rochoso, como se estivesse observando algum desfile distante. Uma grande tartaruga do deserto passou lentamente por ele à luz mortiça. Estendeu uma mão e tocou, de maneira reverente, a carapaça do animal. A velha criatura puxou a cabeça para dentro. Em seguida. Kayitah voltou a seus pensamentos e a tartaruga continuou seu caminho. Aquilo não era um bom sinal. Ele olhou para Maggie como um homem prestes a entregar o que possuía. A morrer. Essa idéia assustou-a

– Precisamos de um plano – disse ela, em mexicano.

Ele nada disse em resposta. Ela o observou espalhando solenemente suas poucas posses – um colar de prata, uma braçadeira de contas e algumas outras quinquilharias – em cima de um cobertor. Em seguida, ambos mergulharam em seus próprios pensamentos no local apertado entre as rochas. Não havia fogueira, nenhuma lua ainda, apenas escuridão crescente e estrelas no céu noturno. Ela teve a impressão de que ele estava se preparando para ir em busca de Lily.

– Descreva – disse ele.

Maggie, o coração batendo desabalado, tentou, em mexicano, descrever Lily. Foi uma luta. Kayitah escutava. Finalmente, ele se levantou.

– O que posso fazer para lhe agradecer? O que posso lhe dar?

Lentamente, como se uma vaga recordação estivesse despontando em seu cérebro, Kayitah fitou-a através das sombras que se aprofundavam. E pareceu mais uma vez zangado.

– Os brancos roubaram as pedras e a terra. O que você pode me dar?

– Nesse caso, por que está fazendo isso?

– Por meu pai. – Olhou-a bem no rosto. – E pela *niña*. – Fez um gesto brusco na direção de Dot. Ela estava longe demais para ouvi-lo. – Ho-nes-co e ela...

E fez o gesto de amor.

– Primos.

Maggie inclinou a cabeça, concordando.

- O menino viverá nela. É suficiente.

Kayitah havia riscado uma nova linha de pigmento branco de um lado a outro do nariz e bochechas, a pintura dando-lhe um aspecto ameaçador e tornando demoníacas suas belas feições. Ele nada usava senão calça de couro, botas de couro de veado, faca e pistola. Maggie conseguiu contar apenas seis cartuchos. Puxou alguns de seu próprio cinto e ofereceu-os a ele. Kayitah sacudiu a cabeça.

Durante um longo tempo, ele ficou agachado ao lado de Jones, falando-lhe em sua própria língua. Ao acabar, voltou e, de pé, olhou-a.

– Se eu não voltar... dê isso a ele.

Estendeu uma pequena bolsa de couro. Maggie pegou-a, seus dedos roçando ligeiramente as mãos dele. Teve um sobressalto, dando-se conta de que esta era a primeira vez que havia tocado no irmão. E teve a impressão de que era a última vez que faria isso.

– *Hermano* – disse ela, com alguma coisa apertando-se dentro de seu peito.

Ele sacudiu a cabeça, mas não de modo áspero, como se a palavra o incomodasse e em seguida olhou para o pai.

– Se eu não voltar – repetiu –, dê isso a ele quando o sol aparecer sobre as rochas. – Virou-se e se afastou.

Maggie não pôde deixar de segui-lo com os olhos.

– Traga minha filha de volta. Você é o *tio* dela. – E correu atrás dele, tirando ao mesmo tempo a aliança do dedo. Entregou-a a ele, colocando-a na palma aberta da mão de Kayitah e fechando-a. Ele soltou-se dela, como se o toque lhe fosse desagradável.

– Mostre isso a Lily e ela vai saber que eu o enviei.

Lily rolava e se mexia na areia enquanto dormia, sorrindo e movendo as mãos como se acompanhando alguma música que só ela podia ouvir. Riu baixinho e girou sobre si mesma. Em seguida, começou a endurecer-se, sentindo que havia alguma coisa errada.

Abriu subitamente os olhos e, apertando com força a boneca de pano contra o corpo, olhou fixamente para o teto escuro da pequena caverna onde ela e outras cativas estavam sendo mantidas. Inteiramente desperta nesse momento, soube com certeza que havia alguma coisa errada. Escutou com toda atenção. Nada. Apenas a respiração regular das outras mulheres. De vez em quando, uma delas gemia ou chorava baixinho, mas só isso. Alguém se movia no interior da caverna.

Sentou-se ereta, olhou pestanejando para a noite e descobriu que fitava diretamente o rosto de um índio. O guerreiro se encontrava agachado na escuridão, examinando-a atento, como se procurando alguma coisa. Ele era um completo desconhecido. E precisou de todas suas forças para não gritar. Ele fez um gesto de cautela, levando a mão à boca, e olhou furtivamente para os índios que estavam às suas costas. Eles dormiam em volta da fogueira.

Lily examinou-lhe atenta o rosto, esforçando-se para parecer calma. Ele tinha melhor aparência do que os outros, mas ainda assim era um apache. Nesse instante, fazia sinais silenciosos, que para ela não tinham sentido. Em seguida, aproximou-se um pouco. Ela encostou com força as costas na parede da caverna.

– Não toque em mim – disse nervosa.

Ele repetiu o gesto de cautela e disse em um sussurro feroz:

– Lily... *tio*.

Ela endureceu-se. Como era que ele sabia seu nome? Ele se aproximou mais.

– *Tio* – murmurou ele outra vez.

Quem era esse selvagem? Por que ele continuava a dizer "tio"?

O homem apontou para ela, em seguida virou o dedo para si mesmo e fez um longo e abrangente gesto com a mão, que ela interpretou como significando que saísse dali com ele. Ela sacudiu com força a cabeça, num gesto negativo.

– Deixe-me em paz – disse.

Ele olhou rapidamente em volta para ver se os outros índios a tinham ouvido. Finalmente, quando se voltou para ela, pareceu nervoso.

– Lily... *tio* – disse, enfático e repetiu o largo gesto. Em seguida, tirou alguma coisa de uma bolsinha de couro e mostrou-a a ela. Lily olhou fixamente para aquela coisa até que finalmente a reconheceu e tomou dele a aliança de casamento da mãe.

– Onde foi que você conseguiu isso? – gritou, atacando-o com os punhos.

Ele tentou rolar para longe e puxar a pistola, mas os outros índios caíram sobre ele.

Rapidamente, Lily enterrou na areia a faca que havia tirado da cintura daquele homem.

Os gemidos eram incessantes, interrompidos apenas uma vez ou outra pelos gritos dele: "Ho-nes-co." Mas ele recaía sempre nos gemidos intermináveis. E muito tarde, quando achou que não podia agüentar mais aquilo, quando as brisas da noite morreram sobre a terra seca, ela o ouviu gritar:

– Lily... *tio!* – as palavras atingindo pontos sensíveis dentro dela.

Os índios de pé em volta dele caíram na risada. Maggie baixou o binóculo e desmaiou em cima da grande pedra. Ficara escondida durante horas no sopé dos morros acima do acampamento dos apaches, observando em terror impotente enquanto eles torturavam Kayitah.

Ele não gritava mais como antes... simplesmente emitia o som horrível, animalesco, do gemido. Maggie balançava-se para a frente e para trás contra a pedra, batendo com o corpo na superfície dura para distrair a mente do horror, apertando os lábios com toda força para abafar o grito que crescia nela.

Tentou mais uma vez bloquear com as mãos o terrível som penetrante. Sem resultado. O barulho infiltrou-se nela como água através de rachaduras numa pedra, corroendo alguma coisa dura em seu interior e lhe enxaguando da alma o resíduo porventura existente.

Ela deixara Dot dormindo no acampamento e seguira Kayitah, dada a possibilidade de ele e Lily precisarem de ajuda na fuga. Mas alguma coisa havia saído errado. Puxou os joelhos para o peito e implorou ajuda a Deus. Nenhuma chegou.

– Índios malditos – disse, amargamente, mas, em seguida, sacudiu a cabeça. – Não.

Não ia caluniar a raça de Kayitah. Podia odiar o aleijado e os outros, amaldiçoar a amante do pai. Mas não todos eles. Não, Kayitah. Não, Ho. Não, Lozen.

Os apaches haviam amarrado seu irmão pelos punhos e tornozelos entre duas árvores baixas e o estavam crivando de flechas, mas evitando com todo cuidado as partes vitais. Não agüentou mais observar a cena. Lutou contra a histeria que ameaçava dominá-la, virou-se para ir embora mas, em seguida, parou. Não. Não o abandonaria. Não podia. O pai lhe havia ensinado lealdade. Voltou a olhar pelo binóculo, soluçando.

– Kayitah, deixe esta vida. Aqui nada há para você. – Enxugou os olhos. Em seguida, fez o sinal-da-cruz sobre o irmão. – Eu o batizo como filho de Deus. Que Jesus Cristo se compadeça de sua alma. – Observou-o por um momento e em seguida disse: – Irmão. Vá. Procure seu filho.

Kayitah deu um puxão nas cordas que o prendiam e gritou:

– *Fielito!*

Depois, silêncio, e ela teve certeza de que ele havia morrido.

– Obrigado, Deus – soluçou.

A manhã aproximava-se a distância quando se lembrou. Procurou feito louca a pequena bolsa que o irmão lhe havia dado e correu para o acampamento nas colinas. Chorando enquanto corria.

Quando o primeiro borrifo de luz se espalhou sobre as rochas, Maggie pôs a bolsinha de couro nas mãos de Jones, como Kayitah havia pedido, apertando até que os os dedos deformados se fecharam sobre a pequena bolsa. Em seguida, inclinou-se e beijou-lhe a testa.

– Ele morreu – disse tristemente. – Kayitah morreu. – Lutou contra o aperto na garganta. – Ele queria que isso fosse seu. Sinto muito.

Lentamente, levantou-se e virou-se, os pensamentos no irmão perdido que tinha amado e respeitado tanto o pai de ambos e que morrera tentando fazer o que o velho lhe pedira. Sentiu que Kayitah sabia que ia morrer – que não poderia resgatar Lily. E ainda assim, tentou. Suas últimas palavras haviam sido "Lily... *tio*" e *"Fielito"*. Sua família. Seu sangue. Maggie continuou a lutar contra o aperto na garganta. O irmão estava morto. E havia morrido por sua filha.

De pé ali, de costas para o pai, sentiu uma estranha expectativa no ar e enrijeceu o corpo, sem saber por quê. Nesse momento, ouviu um barulho às suas costas, girou sobre si mesma e fitou-o.

– Maria santíssima, mãe de Deus – murmurou.

O velho estava se sentando em cima do cobertor, pestanejando para o alvorecer.

– Você está vivo? – murmurou, atônita ao ver Jones consciente e movendo-se.

O velho nada respondeu, simplesmente olhou à distância para o dia que nascia, como se estivesse escutando seu nome sendo chamado pelo demônio, com o corpo rígido dolorosamente faminto.

– Vovô – gritou Dot feliz.

Chaco correu de um lado para o outro e subiu em cima do velho, latindo feito um doido. Ainda assim, Samuel Jones não olhou para elas nem nada disse. Era como se estivesse em transe profundo, perdido em algum mundo subterrâneo cuja existência só ele podia sentir.

– Dot – disse Maggie tranqüilamente –, acho que será melhor deixar que ele acorde aos poucos. Ele esteve inconsciente durante muito tempo.

Sentadas na areia, observaram o velho durante a maior parte da manhã, maravilhando-se com seus poderes de recuperação. Ele continuou sentado ereto, mas nem falou nem se moveu. As costelas sobressaíam vivamente contra a pele coriácea, como as de uma vaca faminta, as pernas já finas ainda mais finas, uma folha murcha e quebradiça de homem. Esquelético e seco.

Uma ou duas vezes, Maggie ofereceu-lhe água. Em ambas as vezes, ele reagiu como se não a tivesse ouvido ou sabido que ela estava ali. Continuou a olhar de dentro da sombra de uma árvore na direção do céu que se iluminava, olhos fixos na direção do acampamento apache, como se estudando com toda atenção alguma coisa perdida no vento. Maggie achou que, de alguma maneira, o compreendia.

– O que há de errado com ele? – perguntou Dot.

– Ele esteve quase no fim. Uma pessoa precisa de tempo para voltar de onde esteve.

Dot olhou-o, espantada.

– O poder de Ho funcionou.

Maggie hesitou por um momento e, em seguida, balançou a cabeça.

– O que foi, então?

– Kayitah.

Dot virou-se vivamente e olhou para Maggie, absorvendo o que essas palavras significavam. E sacudiu com força a cabeça.

– Não. Kayitah vai trazer Lily de volta.

Maggie, olhando fixamente para as mãos, não respondeu.

– Mãe? Kayitah foi procurar Lily.

– Foi. – Maggie levantou-se, sacudindo a poeira da calça comprida.

Dot continuou a observá-la.

– Mãe?

– Ele não conseguiu.

– Como você sabe? – perguntou Dot, a voz se erguendo.

– Ele não conseguiu.

Maggie olhava para o pai.

– Ele pode estar atrasado. Talvez esteja se escondendo nos morros.

Maggie balançou mais uma vez a cabeça.

– Você não sabe com certeza. Kayitah foi procurar Lily. Tinha de trazê-la.

Dot estava começando a emitir um estranho som crescente que vinha de dentro.

Maggie envolveu com os braços os ombros magros da filha, apertando-a com força, como se para prender o som que se formava dentro dela.

– Mamãe, é a única oportunidade de Lily. Ele tem de achá-la!

– Não, Dot. Ele morreu.

– Você não sabe disso com certeza – gritou Dot, virando-se e correndo para a borda da clareira. Em pé ali, gritou para a manhã o nome da irmã.

Maggie seguiu-a e abraçou-a novamente.

– Dot... pare com isso. Ele morreu. Eu vi.

A criança desmaiou em seus braços.

Dot havia ultrapassado o estágio de lágrimas quando voltou a falar, passado a um nível de desespero que lhe pôs em carne viva as palavras:

– Não podemos deixar que eles fiquem com Lily.

Dot chorava ainda enquanto dava água aos animais na bacia de pedra que Kayitah havia lhe mostrado. Nesse momento, ouviu um som e parou, escutando, os cabelos se arrepiando na nuca. Alguém estava subindo devagar a trilha que ia até a água. Perto demais para que ela pudesse esconder os cavalos. Não podia nem mesmo avisar a mãe. Quem quer que fosse, não se preocupava muito em manter silêncio, quebrando galhos e chutando pedras. Dot enfiou-se mais profundamente nas sombras de uma moita de manzanita, rezando para que fosse

Kayitah e Lily... orando para que a mãe houvesse cometido um erro sobre a morte do tio.

Nesse momento, Alice subiu penosamente a crista da elevação, parecendo tão feliz como sempre, e esfregou com o focinho a velha égua. Dot puxou a cabeça da mula para a sua, rindo e chorando.

Por um minuto, a jovem mula esfregou-se para cima e para baixo no peito de Dot, antes de virar-se e começar a subir a trilha para o acampamento. Dot simplesmente sacudiu a cabeça. Como era que ela sempre sabia onde ela estava? Seguiu-a.

Não encontrou Maggie, que lhe deixou uma nota dizendo-lhe que pegasse o avô e o levasse de volta para o rancho... que ia à procura de Lily e que se emparelharia com ela. O corpo de Dot tremia.

Deitada entre as rochas acima do lugar onde o bando havia armado acampamento, Maggie tinha o sol às costas, o binóculo nas mãos, sabendo que, desta vez, não haveria reflexo. E não podia deixar de olhar para o irmão.

– Kayitah – murmurou, as palavras arranhando-lhe a garganta.

Ele havia perdido a vida do filho – e, em seguida, a própria vida – por sua filha.

Desviou a vista e vasculhou o acampamento. Viu um grupo de índios sentados perto da encosta arenosa de um morro. Achou que Lily e as outras mulheres se encontravam próximas. Lentamente, passou seu plano em revista, conferindo detalhes. Em seguida, puxou para a frente o velho e usado Sharps, colocando-o em cima do afloramento rochoso, apontando o longo cano azul para o índio mais próximo. Velha e muito usada, a arma ainda transmitia uma sensação de equilíbrio perfeito. E entendeu por que o pai a havia usado ao longo de todos aqueles anos. Esfregou e secou os olhos com a base da mão, puxou os cartuchos do bolso e colocou-os em linha sobre uma pequena pedra, onde poderia pegá-los facilmente. Não usaria todos eles. Dois, talvez três, antes que eles começassem a persegui-la. Queria acertar no aleijado. Se conseguisse acertar em dois outros, ótimo. Pegou o pequeno crucifixo e colocou-o sobre a pedra, passando os dedos por cima da peça.

– Deus, perdoe-me.

Fechou os olhos, recordando-se de anos da vida delas. Lily sempre havia sido inteligente e atrevida. Sabendo que Brake e James haviam-na apoquentado sobre suas roupas e ares importantes, ela, Maggie, dissera:

– Alguém tem de apreciar coisas belas. – Interrompeu-se por um momento. – Eu amo você. E seu pai, seu irmão e irmã a amam. E seu avô. Se houvesse alguma outra maneira... – Interrompeu-se. – Deus, Lily... – Pronunciou as palavras como se elas a machucassem, olhando raivosamente para os cartuchos. – Isso não devia ter acontecido com ela.

Secou os olhos e rezou até que o suor começou a porejar-lhe a testa. Orou para que o que estava prestes a fazer fosse o certo. Não havia outra maneira. Sem Kayitah e seu próprio pai, ela e Dot acabariam por perder o controle da situação ou seriam capturadas. Não podia deixar que isso acontecesse com Dot. Não, tinha que acabar ali com tal insanidade. Olhou para o rifle sobre a pedra, ao lado dos cartuchos. Depois de atirar em Lily e no aleijado, ela a usaria contra si mesma. Dot tinha a coragem e a resistência necessárias para voltar ao rancho. Viu movimento lá embaixo. Introduziu na câmara da arma o primeiro cartucho.

– Mãe de Jesus – sussurrou. – Você viu seu filho sofrer. Você poderia ter ajudado... – Não conseguiu dizer as palavras. – Ajude-me. – As mãos tremiam. – Sei que isto é um pecado. Perdoe-me. – Juntou as mãos, incapaz de controlar o tremor incessante de ambas.

Não havia maneira de disparar o rifle com precisão. Poderosa como fosse, a arma era extremamente sensível. Sua mente pareceu mover-se sem propósito. Em seguida, sentou-se ereta.

– Lozen, ajude... minhas mãos. – Calou-se por um momento. – Certa vez, você me pediu ajuda. Mas eu não sabia que você existia. – Calou-se e em seguida tomou uma profunda respiração. – Eu sei agora. Sei que desde então você me falou durante estes anos todos. Eu...

Esperou pelo som da voz calma em sua mente. Esperou que a irmã a ajudasse a dar firmeza às suas mãos trêmulas. Mas nada aconteceu.

As mulheres estavam de pé na luz crepuscular, perto do acampamento. Maggie focou o binóculo em Lily, examinando-a cuidadosamente. Nunca a tinha visto tão despenteada assim... ou tão linda. O corpo flexível havia perdido peso e tinha os olhos inchados. A magreza, a tensão e as contusões apenas lhe realçavam a beleza.

Suas mãos tremiam tanto nesse momento que a imagem de Lily no binóculo dava saltos. Ela estava de pé, ereta e alta, com uma pequena boneca na mão. Devia haver uma criança em algum lugar por ali. Maggie sorriu em sua dor, sabendo o quanto Lily amava crianças. Pigarreou para limpar a garganta.

Como poderia machucá-la? A filha de Brake. Maggie soluçava forte nesse momento. Conversou com Lily durante um longo tempo. Conversou com ela como sempre havia feito quando a filha estava doente ou com medo de alguma coisa. Disse-lhe o quanto significava em sua vida. Lentamente, disse adeus à filha... disse-lhe palavras que lhe rasgaram as entranhas como nada antes em sua vida. Ou que rasgariam no futuro.

Esperou até as mulheres começarem a comer. Disse nesse momento, pela última vez, adeus a Lily e engatilhou o Sharps. No momento em que apertava o gatilho, a vozinha surgiu clara em sua cabeça:

– Não – foi tudo o que ela disse.

Mas foi o suficiente.

– Ajude-me – implorou Maggie. Mas no mesmo momento em que disse isso, sentiu que Lozen não a ajudaria. A irmã já havia lhe falado.

De repente, ele estava ali... deitando-se ao lado dela. Ela não conseguiu acreditar no que via. Teve grande dificuldade para afastar dele a vista, a umidade toldando-lhe a visão. Ele estava ali... contra todas as probabilidades. Ainda assim, não havia possibilidade de que aquele velho tolo moribundo pudesse salvar Lily. Encostou a coronha do rifle no ombro e mordeu novamente o lábio.

– Ama – disse ele, a voz parecendo crua e áspera.

– Não há outra maneira.

Ele sacudiu a cabeça.

Ela examinou o rosto encovado.

– Onde está Dot?

Com gestos, ele disse a palavra “cavalgando”.

– Verdade?

Ele inclinou a cabeça e voltou a examinar o acampamento, o corpo endurecendo-se ao ver Kayitah.

Maggie deixou que ele sentisse toda sua dor por um momento e disse em seguida:

– Ho-nes-co também morreu.

Ela viu os lábios dele movendo-se, os olhos pestanejando na luz do crepúsculo. Olhou para o rifle velho e agonizou ao perguntar a si mesma se poderia fazer aquilo, mas, em seguida, arrastou-se para o lado dele.

– Faça isso por mim. Por Lily.

O velho pegou a arma e olhou para o distante Kayitah. Maggie observou-o por um momento e teve certeza de que ele não faria aquilo.

A égua tordilha entrou no acampamento dos índios como se fosse dona de metade do território, parando ao lado da fogueira, enquanto os apaches pegavam seus rifles e ordenavam às mulheres que voltassem para a caverna e em seguida procuravam apressadamente abrigo. O acampamento, nesse instante, ficou deserto.

Jones sorriu.

– Tudo aquilo só faz destruir nossas chances de acabar com esta loucura para salvar Lily – disse Maggie zangada.

Ele ficou calado.

– Eles simplesmente começarão a procurar para descobrir quem é o dono dela. – E sacudiu a cabeça quase imperceptivelmente. – Eles não vão acreditar que ela veio desde Santa Fé em um passeio domingueiro.

Jones permaneceu imóvel.

– As coisas de Kayitah. – As palavras saíram lhe arranhando a garganta. – Eles acreditarão no cavalo dele.

Maggie virou-se. Os índios estavam examinando o embrulho em cima do lombo da tordilha, tirando flechas e outras coisas. Maggie notou que eles apontavam para Kayitah. Em seguida, começaram a dançar, rir e levantar garrafas no ar.

– Por que estão tão felizes?

– Mescal.

Maggie girou a cabeça e olhou com espantada admiração para o rosto maltratado pelo tempo do velho, a esperança crescendo nela novamente. Ele era espantoso – tinha voltado do reino dos mortos e ainda estava lutando. A força vital de Kayitah teria passado para ele? Cristãos não acreditavam nessas coisas, disse para si mesma, questionando-se em seguida para saber se estava certa. Cristo instilou o poder de seu espírito poderoso no falecido Lázaro. Ela tremeu, estendendo a mão e tocando o crucifixo em cima da pedra à frente.

A caverna estava às escuras e a única luz eram os raios brancos suaves da lua que entravam pela abertura da frente. Quase nada podia ser visto. Lily ficou tensa. Tinha ouvido um som de pés se arrastando na entrada. Prendeu a respiração, escutando com toda atenção e tremendo. Achou que tinha visto uma parte da sombra mover-se.

Teria o aleijado voltado para espancá-la novamente? Fechou com força as mãos em torno da boneca e sentiu a ânsia de fazer alguma coisa precipitada ou esconder-se, mas sabia que isso era inútil. Lutou contra os tremores que a dominavam. Filhos de Satã, foi o que ouviu certa vez o padre de Santa Fé chamar os apaches. Orgulhosos demais... apenas animais irracionais. Nada mais. E o aleijado era o pior deles.

Ele a atacara tantas vezes que tinha perdido a conta – esbofeteando-a e batendo com força, terminando cada ataque com o terrível estrangulamento. Lutou para controlar as emoções. Lembrou-se que, na última vez, desejou que ele não parasse com aquilo. Não podia agüentar mais. Seus olhos inchados se fecharam e sentiu o gosto de sangue.

Mentalmente, fez um plano simples ao observar a forma escura movendo-se em sua direção. Iria matá-lo e em seguida fugiria. Se a capturassem, ela se mataria. Mas poderia fazer isso? Não sabia. Tudo que sabia era que não podia agüentar mais aquilo. Fechou os olhos inchados, fingindo dormir, a mão escavando a terra em busca da faca que havia escondido ali.

Ouviu-lhe a respiração e sentiu o cheiro de álcool e de sebo corporal e teve certeza de que ele estava agachado bem à sua frente. Hesitou apenas por um momento e resolveu nesse instante que ele nunca mais bateria nela. Ergueu a faca em um largo gesto, enfiando-a com toda força no flanco da sombra. Mas ele viu o movimento e foi rápido o suficiente para desviá-lo para baixo, e a faca penetrou em sua coxa. Ele estremeceu com o choque e um gemido subiu de dentro do corpo. Lily retirou a lâmina e estava elevando-a em desespero acima dos ombros, quando reconheceu o rosto do avô contorcendo-se de agonia.

O velho segurou-lhe o punho.

– Menina. Solte a faca. Acabou.

Ele fechou com força a boca e os olhos, lutando contra a dor lancinante e aplicando pressão no ferimento sangrento na perna.

Lily nada mais pôde fazer do que fitá-lo, sendo a presença dele ali incompreensível. Tinha visto a mãe no rio, mas pensou que ela estava fazendo parte de um segundo grupo de busca. Jamais havia pensado que o velho viria. Nunca, mas nunca mesmo. Era uma coisa além de qualquer compreensão.

Ele estendeu a mão e tocou suavemente a inchação em volta dos olhos de Lily.

– Você está bem agora, menina! – disse baixinho.

– Me leve para casa – choramingou ela.

Com a mão, ele fez um gesto de cautela.

– Eu levo. Diga a essas mulheres que venham conosco. Não façam barulho.

Ela não respondeu, simplesmente examinou-lhe as feições, como se ele fosse o primeiro ser humano que via.

– Lily.

Ele parecia mortalmente magro e de rosto encovado. Ela estendeu um dedo trêmulo na direção do avô.

– Vovô, leve-me para casa.

– Nós vamos para casa.

Ouvindo um som às suas costas, Jones virou-se. Maggie entrou. Um momento depois, Lily estava nos braços da mãe, enquanto Jones tapava a boca de ambas para que ficassem caladas.

Mais tarde naquela mesma noite, cada contorno dos morros, a trilha, as moitas, cada fenda e rocha eram banhadas de cinza pela lasca de lua que flutuava no céu claro, um céu lavado por nuvens brancas delicadas e semeado de estrelas. Nada se movia, exceto Jones e a fila de mulheres. O velho mancava dolorosamente. Andavam em fila indiana na escuridão, dirigindo-se para a boca do pequeno vale. Ele já havia roubado a tordilha e os outros cavalos, que os esperavam a algumas centenas de metros trilha abaixo.

Ele deu um passo para um lado e sussurrou para Maggie:

– Diga a elas para montarem. Eu volto em um momento.

Jones soltou as correias de couro cru que prendiam o corpo de Kayitah e deitou-o no chão. Kayitah estava rígido e duro como madeira queimada. Jones não conseguiu mover as pernas e braços dele ao longo do corpo, de modo que parecia que ele estava caindo do céu. O corpo era ocultado dos apaches, que curtiam a bebedeira, por uma cortina de moitas. De longe, Jones examinou-os. Idiotas. Ele poderia tê-los matado, mas o Coxo não estava à vista e não podia correr o risco de que ele voltasse.

O velho sentou-se ao lado de Kayitah e segurou-lhe a mão, olhando cego para a escuridão da noite, vendo coisas nela. E sorriu através das lágrimas.

– Yopon. Orgulhe-se de seu filho. Ele fez tudo o que um homem de verdade poderia fazer. Deu a vida... por sua família.

– Kayitah. – Jones olhava para uma estrela brilhante no baixo céu do sul. – Lembra-se de quando lhe dei aquela estrela? Você era um menino. Você disse que se morresse antes de mim iria para sua estrela e me esperaria. Espere até que eu me junte a você, espere para que eu não possa perdê-lo no vasto céu. Oh, filho. – Parou, incapaz de continuar. Acariciou a mão dura de Kayitah. – Vá para sua estrela. Espere por mim. Leve sua mãe, leve Lozen, Eskim, Ho-nes-co e os outros, vá para lá e espere. Eu segui seu sinal por muitas trilhas. Deixe seu sinal para mim. Marque bem o caminho, de modo que eu não o perca na última trilha.

Inclinou-se para trás sobre os quadris.

– Eu o amo, filho. Diga à sua mãe e irmã, e a seus irmãos, que eu os amo também. Em breve, estarei com eles. E, Kayitah, se você vir aquela mulher, Susan, ou minha filha Thelma, leve-as também para a estrela. – Hesitou por um momento. – Mas apenas se elas quiserem ir.

– Elas vão querer ir – disse tranqüilamente Maggie.

O velho sobressaltou-se e fitou-a. Ela soltou o lenço do pescoço, Lily a seu lado, a boneca nas mãos, os olhos quase fechados pelo inchaço. Ela pareceu assustada com o cadáver. Ainda assim, teve forças para segurar os cantos do pano quando Maggie o estendeu para ela. Deram a volta até que puderam colocá-lo sobre o rosto de Kayitah. Lily pegou pedras e colocou-as nos cantos do lenço para mantê-lo no lugar.

– Você acredita nisso? – perguntou Jones. – Que Susan e Thelma vão querer ir?

Maggie ajoelhou-se, tirou o crucifixo do bolso e colocou-o na areia perto do corpo de Kayitah. Lily observou os dois, a mãe e o avô, enquanto lutava com alguma coisa em seu íntimo que não compreendia.

– Eu não tenho a menor dúvida.

O velho pareceu profundamente comovido. Nesse momento, Lily ajoelhou-se também ao lado do corpo de Kayitah. Com todo cuidado, levantou a ponta do lenço e olhou para o belo rosto.

– Ele disse que era meu tio.

Jones olhou para Maggie.

– E era – disse Maggie. – Ele era um homem bom e valente. Ele agiu pela família.

Lily virou-se e olhou para o rosto da mãe, o seu contorcendo-se de emoção.

– Eu o matei.

– Criança – disse baixinho Jones.

Lily ergueu os olhos para ele.

– Diga a ele agora que você sabe que ele é seu tio. Que está grata porque ele tentou salvá-la. – Jones esperou por um momento, controlando-se. – Ele era meu filho. Era apache. Acreditava em família. Ele gostaria disso. A morte tirou por ele a condição de branca de sua pele. Você é realmente parenta... ligada a ele pela morte.

Maggie sussurrou orações por Kayitah, tocou-lhe em seguida a mão e disse:

– Adeus, meu irmão.

Afastou-se para as sombras vizinhas, deixando Lily sozinha com o corpo. Mais uma vez, Jones verificou o que faziam os apaches que se encontravam perto da fogueira e, em seguida, começou a procurar sinais no chão. Agachou-se, pôs os óculos e estudou um local a alguns metros de distância. Maggie aproximou-se e viu pegadas de mocassins na areia.

– O Coxo – disse Jones. – O que matou a menina no rio. O que lhe enviou a doença do fantasma. Ele comandou a morte de Mannito no rancho. E fez o mesmo aqui com Kayitah. E tentou raptar Lily naquela noite no nevoeiro.

Maggie permaneceu calada. Nesse momento, estava convencida de que seu pai conhecia essas coisas.

Quando Lily afastou-se do corpo de Kayitah, Maggie notou que ela havia colocado em cima do peito do tio a pequena boneca. Jones permaneceu sentado ali durante algum tempo em companhia do filho. Em seguida, deixaram o guerreiro morto no silêncio da noite e dirigiram-se rapidamente para o local onde estavam os cavalos e as mulheres. Jones examinou as selas e em seguida puxou a tordilha para fora da fila, montou e começou a cavalgar ao lado de Maggie.

– Eu vou voltar. Siga a trilha até cruzar o rio. Em seguida, dirija-se para as montanhas azuis ao norte. O que quer que fizer, não pare.

Na sela, Maggie fitou-o, os olhos sondando-lhe o rosto.

– Você está fraco demais. Ele vai matá-lo. E isso não trará Kayitah de volta. Nós temos Lily. Venha conosco. Por favor – implorou.

– Eu tenho que fazer isso.

– Por quê?

– Mannito. E meu filho. – Observou-lhe o rosto por um momento. – E para que você e as crianças fiquem em segurança.

– Por favor, não faça isso.

Ele virou a tordilha para a escuridão e se afastou delas. Maggie e Lily seguiram-no com os olhos até que ele desapareceu.

– Nós vamos vê-lo novamente? – perguntou Lily.

– Não sei.

Maggie cutucou o cavalo com os calcanhares e começou a descer a trilha.

CAPÍTULO 11

Com um gambá correndo pela areia à frente, Maggie tirou o cavalo das águas rasas do Rio Grande, refreou-o e procurou lembrar-se de tudo que o pai lhe dissera para fazer. Tentou orientar-se para o norte e as montanhas azuis, mas não conseguia ver coisa alguma na escuridão. E perguntou a si mesma a que distância se encontravam de seu destino. E também se os apaches estavam no rastro delas.

Deixou a vista cair para o chão ao lado do cavalo, os pensamentos em Dot e na longa e perigosa jornada que ela enfrentaria para voltar ao rancho.

– Cuide-se, menina – murmurou.

Em seguida, ergueu a vista e viu o velho saindo a cavalo da mata, a uns cem metros praia abaixo. Ele havia desistido da caçada. Graças a Deus.

Maggie pôs-se a seu lado quando ele passou.

– Encontrou-o? – perguntou nervosamente.

– Não. – Jones continuou a cavalgar por um momento e, em seguida, disse: – Ele nos encontrará.

– Não brinque.

Jones fitou-a de uma maneira que dizia que não estava brincando. Durante algum tempo, continuaram a cavalgar em silêncio. Maggie fez força para não pensar no Coxo. Tinha os pensamentos em Deus. Não havia recebido um sinal divino de qualquer tipo, nem resposta às suas orações. O velho havia salvo Lily. A coisa era simples assim. Fez isso por pura sorte ou... Ou o quê? Poderia haver alguma coisa em seus estranhos rituais, nos cantos estranhos, na pintura, na fumaça sagrada? Quem eram esses deuses dele? Examinou o pescoço do velho cavalo que montava e teve certeza apenas de que nada sabia.

O céu começava nesse instante a iluminar-se em uma fina linha de um lado a outro do horizonte distante. Eles vinham trotando forte nas duas últimas horas, a pequena tordilha bufando enquanto se movia.

– Precisamos descansar – disse ela em voz alta. – Essas mulheres e os animais estão prontos para cair esfalfados a qualquer momento.

– Não podemos – respondeu Jones.

– Por quê?

Ele não respondeu.

– Eles estão nos seguindo... não?

O velho inclinou a cabeça numa resposta afirmativa.

– Eles não podem nos capturar.

As palavras dela eram mais uma pergunta do que uma declaração.

Jones parou a tordilha, orientou-se pela linha noturna do horizonte e em seguida voltou a cavalgar em trote picado.

Maggie emparelhou-se com ele.

– Eles não podem nos capturar. Não podemos deixar que isso aconteça.

Jones penetrou na luz da manhã como se fosse um homem possuído, enquanto Chaco ladrava encorajamento para o resto da fila. Todos os cavalos estavam brancos de espuma em volta da boca e flancos. Para Maggie, tornou-se claro que o pai havia escolhido com todo cuidado uma única rota de fuga e estava resolvido a ir até o fim. A tordilha trotava em ziguezague, quase a ponto de desabar, embora continuasse teimosamente a resistir por causa do velho.

Maggie, mais uma vez, emparelhou-se com ele. Chaco fez uma rápida troca, das ancas da tordilha para o cavalo de Maggie e de volta novamente, apenas para se mostrar. A terra apresentava-se rachada e cheia de gomos. Cacto e pouco mais. Os raios do sol desciam como facas sobre a terra.

– Eles estão em nosso encalço?

Jones inclinou a cabeça para trás, na direção de onde tinham vindo.

Maggie virou-se na sela e olhou. Forçando a vista, mal conseguiu ver uma pluma de poeira subindo no amanhecer do deserto, talvez a uns oito quilômetros do ponto onde se encontravam.

– Eles podem nos pegar?

– Podem.

Perto do meio-dia, ela localizou o objetivo da corrida implacável: uma cadeia maciça de montanhas azuis, enevoadas e como que se empenando à distância devido ao calor. O velho olhou atento para as montanhas alcantiladas como se receoso de que, se desviasse a vista, elas desaparecessem. Um dos cavalos das mulheres não agüentou mais e caiu de joelhos com um gemido. Um único olhar, e Maggie teve certeza de que aquele animal estava perdido. Jones descreveu um grande círculo, levantou a moça pelo punho – e Maggie teve certeza de que a pequena tordilha vergaria sobre o peso extra, mas ela continuou a cambalear para a frente Nesse momento, o velho deslizou para o chão e passou a trotar em passo claudicante, o ferimento vertendo um fluido claro ao longo da perna. Lily cutucou o baio para se pôr ao lado dele.

– Agarre – disse ela, apontando para o arção anterior da sela.

Seus olhos se encontraram por um momento. Em seguida, ele inclinou a cabeça e segurou-se no arção.

– Dirija-se para aquele desfiladeiro estreito entre os picos altos – disse ele. – Siga em linha reta. Eles vão hesitar. Nós, não. Dessa maneira, nós os derrotaremos.

Lily inclinou a cabeça.

Maggie cavalgava no outro lado do velho. Jones tossia muito. Ela iniciou o movimento de descer do cavalo. Com um gesto, ele lhe disse que permanecesse na sela.

– Meus passos são mais longos. Temos que chegar às colinas.

– Você vai se matar.

– Se não chegarmos às colinas, pouco importa – respondeu ele em voz áspera.

– A tordilha não pode ir muito mais longe – retrucou Maggie.

– Ela vai chegar às montanhas. Ela prometeu.

Lily e Maggie trocaram um olhar mas nada disseram. Continuaram a viagem em silêncio durante um longo tempo. Em certo momento, Maggie girou sobre si mesma e olhou para o lado do rosto do velho voltado para ela e perguntou:

– Onde está Dot?

Parecia assustada.

Jones fez um movimento na direção do nordeste. Maggie protegeu os olhos com a mão e olhou na direção indicada por Jones, como se pudesse ter um vislumbre da filha. Os pensamentos lhe trouxeram à mente as centenas de quilômetros de deserto seco e ermo que separavam sua filhinha do rancho – e em algum lugar por ali seguia o apache aleijado. O coração de Maggie bateu mais forte. Nesse momento, pensou em Alice, a mula, e na coragem de Dot e sentiu-se melhor. Se alguém podia fazer aquilo... seriam aquelas duas.

Orgulho cresceu dentro dela, afugentando por alguns momentos o medo na mente. Suas filhas eram fortes, tal como a avó. Maggie hesitou. Iguais a Yopon e a Lozen. Com um rápido olhar para o rosto machucado de Lily, ela, pela primeira vez, ousou acreditar que chegariam em casa. E ficariam juntas novamente como uma família.

Olhou para trás. O penacho de poeira estava mais alto. Os apaches estavam reduzindo rapidamente a distância que os separava.

– Depressa – disse ela, cutucando e pondo o cavalo num galope.

– Não – berrou Jones. – Esses animais cairão se você os botar para galopar. Temos que percorrer a distância a furta-passo.

Ele arquejava para respirar.

– Mas eles estão se emparelhando conosco!

Jones não respondeu. Lily continuou a cavalgar com os olhos fixos no desfiladeiro entre as montanhas, observando atentamente o avô, perguntando-se sobre como poderia pôr em ordem aquelas coisas misturadas em sua mente. Queria lhe dizer alguma coisa, mas não conseguia achar as palavras.

– Eles estão tentando nos tirar da trilha – gritou Maggie, apontando para a direita e para outro penacho menor de poeira.

– Como foi que ele fizeram isso? – perguntou Lily ao avô.

O velho simplesmente sacudiu a cabeça e continuou a trotar. Nada parecia capaz de desviá-lo de sua intensa concentração nas montanhas azuis. Um bando de pombas incas levantou vôo rapidamente embaixo das patas do baio de Lily, fazendo com que o cavalo se empinasse e levantasse Jones do chão. Lily agarrou o braço do velho e ajudou-o a manter a empunhadura, os olhos dele não deixando nem por um instante a linha de montanhas.

O penacho de poeira à direita continuou a aproximar-se. Até que cerca de 20 minutos mais tarde Jones fê-las parar, foi até o baio e soltou o Sharps com um safanão. Maggie puxou seu próprio rifle e entregou a pistola a Lily. Nesse momento, a poeira desapareceu e eles tiveram a certeza de que quem quer que fosse havia deixado de galopar e estava se aproximando a pé.

Havia próximo dali um arroio de bom tamanho. Jones entrou cuidadosamente nele com uma graça que lhe desmentia os anos e o estado de saúde. Maggie virou-se e examinou atenta o horizonte às costas deles. Distinguiu pontos pretos embaixo da nuvem marrom-clara. Minutos depois, ouviu o som de moitas se quebrando e girou vivamente a cabeça quando Jones reapareceu à margem de uma ravina, seguido rapidamente por Alice e Dot.

Jones lhes deu apenas um minuto juntas, Dot rindo e dançando loucamente de alegria com a irmã, enquanto Maggie sorria e lutava para conter as lágrimas. Dot correu para o avô, lançou o braços em volta dele e ambos caíram no chão. Dot gritou:

– Conseguimos!

O velho mostrou em um sorriso os dentes de ouro. Em seguida, reiniciaram o trote louco.

Horas depois, pararam os cavalos ao sopé das montanhas azuis. Maggie, nesse momento, conseguiu distinguir os homens montados que vinham no encalço deles e a pelagem dos cavalos que montavam, enquanto Jones as levava para a abertura larga de uma ravina pedregosa. O pânico cresceu nela até sentir que estava pressionando os pulmões, fazendo com que arquejasse para respirar. As outras mulheres davam também a impressão de estarem apavoradas. Jones era o único que parecia calmo, aparentemente aliviado pelo fato de terem penetrado nos assustadores paredões de pedra das colinas.

Precipícios de granito – espinhaços aguçados cavados pelos ventos uivantes, projeções rochosas delgadas e picos altaneiros – erguiam-se por ali, rígidos e inclementes. Maggie não conseguia entender por que o pai se sentia contente. Aquilo parecia a pior das escolhas, um lugar onde simplesmente poderiam cair numa armadilha. O velho, porém, continuava a tocá-las para a frente como se ali estivesse a própria salvação. Ele havia deixado Lily e trotava vagarosamente para subir uma trilha rochosa, a fila lutando para segui-lo, as mulheres chorando e preocupadas com os apaches que as seguiam de perto.

O sol havia iniciado sua descida para a terra e o céu cobria-se de uma tonalidade amarela, enquanto os desfiladeiros e rochas lançavam profundas sombras azuis. Os apaches haviam descido de suas montarias e subiam o caminho abaixo deles, a não mais de 500 ou 600 metros. De vez em quando, disparavam um tiro, mas estavam fora da distância de pontaria certeira e economizavam munição. Aquilo ia acabar logo, pensou Maggie apavorada.

Olhou para o corpo magro do pai, que continuava a seguir incansavelmente para a frente, suas reservas físicas pareciam não ter fim. Era espantoso: um homem à beira da morte e, nesse momento, desafiando-a magnificamente. A trilha íngreme estava se estreitando, ameaçando acabar ao penetrar no maciço paredão de rochas, a paliçada se erguendo em baluartes inteiramente verticais, alguns deles de 200 metros de altura. Para onde ele as levaria nesse momento?, perguntou a si mesma. Ou teria ele, afinal de contas, calculado mal e simplesmente as levava sem saber para um beco sem saída? Ela continuou a cavalgar. Não havia alternativa. Exceto uma. E a usaria, se obrigada. Eles não levariam nenhuma de suas filhas. Não vivas.

Maggie esta prestes a cair de puro medo e cansaço quando descobriu por que motivo Jones as havia levado para ali. Alguma coisa se prendeu em sua garganta. Ele havia conseguido. Novamente. E esteve presente quando, em desespero, precisou dele.

À sombra do paredão rochoso havia uma estreita abertura, tão apertada que os cavalos teriam que ser empurrados para entrar, sem cavaleiro, um após o outro. Em seguida, no outro lado da estreita passagem, a trilha voltava a alargar-se, criando um efeito de ampulheta. Era o lugar perfeito para repeli-los... penhascos em volta, perpendiculares e desafiadores, íngremes demais para serem escalados. Maggie aparentemente não podia desviar os olhos do rosto velho e feroz do pai, enquanto ele tangia cada animal através da abertura estreita.

Alice havia sido um dos primeiros animais a passar pela brecha na pedra e nesse momento relinchava loucamente. Maggie olhou para a mula e teve imediata certeza de que havia alguma coisa errada. A mula jovem estava lutando através dos outros animais para voltar pela abertura, criando um caos na trilha. Jones segurou-lhe as rédeas, virou-a e bateu com força nas ancas do animal. A mula estremeceu, mas não se moveu... apenas virou a cabeça para poder olhar novamente para a trilha atrás do velho. Eles se viraram e descobriram a razão disso.

A égua velha havia desmoronado nas pedras embaixo, enquanto a mulher que nele montava, caída de costas, lutava para se soltar e passar para a segurança através da abertura. Jones começou a descer a trilha, dirigindo-se para o animal.

– Não faça isso! – gritou Maggie.

Ele ignorou-a, descendo o caminho e caindo de joelhos em frente ao animal velho, de língua de fora e que parecia morto. Maggie seguiu-o, andando agachada, o rifle nas mãos, olhando para as rochas embaixo à procura de apaches. Nesse momento, Dot passou feito um raio por trás de suas costas, na direção da trilha, e agachou-se ao lado do avô. Ela nesse momento adulava e implorava ao velho cavalo que se levantasse.

– Por favor – suplicou.

– Dot, volte – gritou Maggie.

O som de balas encheu o ar. Maggie viu uma nuvem de poeira na trilha, perto do cavalo, e correu para a frente, caindo de joelhos ao lado da filha, ao mesmo tempo que examinava os calhaus, até que viu movimento. Levou o rifle ao ombro e atirou. Em seguida, Lily desceu correndo a trilha e agachou-se ao lado da égua velha, empurrando-lhe com força as ancas. Dot foi fazer-lhe companhia enquanto Jones puxava a cabeça do animal. A tordilha gemia nesse instante.

Maggie engatilhou o rifle e levou-o ao ombro ao ver outro apache mover-se por cima das rochas, uns duzentos metros abaixo. O tiro estalou seco no ar parado da montanha. Embora não o atingisse, foi por pouco, e ele se arrastou com força pelo chão, desaparecendo.

– Depressa! – gritou para eles.

– Vamos, cavalo! – gritou fora de si Lily. – Levante-se.

Jones, nesse momento, falava suavemente em apache com a tordilha. Em seguida, as outras mulheres foram fazer companhia a eles e logo depois o grupo conseguiu pôr de pé a tordilha e levá-la aos tropeços para a abertura. Maggie tentou agachar-se novamente, mas o grupo manteve-a de pé a contragosto. Em seguida, a égua passou pela passagem estreita e Maggie disparou um tiro final ao acaso e correu. Encontrou Jones à entrada da trilha, o Sharps na mão, onde ficou até ela conseguir passar em segurança. Em seguida, ele, Dot e Lily rolaram pela encosta uma grande pedra da altura da cintura de um homem, deixando-a cair como se fosse uma rolha na parte mais estreita da abertura. Maggie tomou a frente das mulheres e de Dot trilha acima, pegando e escondendo os cavalos para que não fossem atingidos por balas perdidas.

Jones virou-se e olhou para Lily. De pé ao seu lado, ela olhava cegamente pela estreita abertura para as rochas embaixo. Ele não a havia realmente olhado em boa luz desde o rancho e nessas ocasiões ela andava tão arrumada que ele nunca notara aquilo antes. Nesse momento, mesmo com os olhos inchados, ele ficou atônito ao notar o quanto ela se parecia com Susan, o quanto possuía da beleza quase mágica da avó. E sua maravihosa coragem também.

Essa moça poderia gostar das coisas mais finas na vida, pensou ele, mas sempre daria conta de si mesma. E admirou-a por isso. A irmã mais jovem possuía as mesmas qualidades. Como também Maggie. Susan havia criado uma linhagem de mulheres guerreiras. Ele sorriu.

– Obrigado por ter ajudado a tordilha – disse. A noite caía rapidamente nesse momento sobre as colinas.

Lily observava-o com toda atenção e deu a impressão de que queria dizer alguma coisa, mas não disse. Ele lhe entregou o Sharps e ajoelhou-se ao lado da égua velha, acariciando-lhe o pescoço durante um longo tempo, falando-lhe novamente sobre a vida que ela havia levado e seus feitos heróicos. A égua velha parecia finalmente acabada. Ele lhe falou sobre as grandes e extensas campinas ao fim da trilha final. Imitou o pio de chamada da cotovia do prado, porque sabia que ela gostava desse som. Em seguida, Dot chegou apressada e tentou dar ao animal um pouco de água, que trouxe no chapéu.

– Obrigado, criança, mas não adianta. Ela está indo embora agora.

Dot começou a sacudir com força a cabeça. Alice havia se aproximado e nesse momento tinha o focinho junto da égua velha, sua respiração suave soprando a pelagem tordilha.

– Por que ela tem que morrer agora?

– É a ocasião certa. Ela fez uma grande coisa. Sabe disso e está orgulhosa. Só as montanhas vivem para sempre.

– Não. Não é hora ainda. Nunca é a hora certa. – Dot inclinou-se para a frente e colou a cabeça ao ombro da égua.

– Criança, não a perturbe. Deixe que ela se vá em paz e em glória, orgulhosa do que fez. Ela sofreu por isso. Você deve agora, com dignidade, reverenciá-la. Ela nos deu tudo que tinha no coração. – Jones começou a cantar baixinho.

Chaco aproximou-se e saltou para a anca da tordilha, como se fazer isso nela infundisse vida. A égua velha, porém, sacudiu-se uma vez e morreu. Alice esfregou o focinho nela com força.

– Oh, mãe – chorou Dot.

– Pense na trilha que percorremos juntos – disse-lhe o velho. – Lembre-se sempre disso e ela viverá. – E sacudiu um pequeno chocalho no ar por cima da égua.

Maggie soltou a sela da tordilha, puxou-a para fora e cobriu com a manta a cabeça do animal. O velho chamou Dot com um gesto e ficou ali sentado com ela, apontando para a brilhante Estrela do Sul. Tossia muito, e Dot pensou por um momento que ele ia recair no estado de inconsciência. Mas logo depois ele parou e recuperou o fôlego.

– Ela, Ho-nes-co e os outros esperarão lá por nós – disse ele, apontando para o céu. – Todos nós vamos nos encontrar lá.

– Mamãe e o resto de nós?

– Todos. Nós somos parentes.

– Mas como vamos encontrá-los?

– Kayitah marcará uma trilha. Nós saberemos.

Maggie e Lily olhavam fixamente para a estrela faiscante, cada uma delas com pensamentos próprios. Em seguida, Maggie agachou-se ao lado da tordilha e pôs a mão no lombo do animal, pensando que nunca teriam achado Lily sem a grande coragem dela. Ela havia transportado o velho por todas aquelas centenas de quilômetros e partido o seu coração. A pequena égua, Kayitah e o pai haviam lhe trazido a filha de volta.

Ela se inclinou mais para a cabeça coberta pela manta.

– Obrigada – murmurou.

Maggie ajudou Dot a levantar-se e dirigiu-se com ela para o local onde as mulheres haviam feito uma fogueira e nesse momento preparavam uma refeição. Havia próximo um buraco com água pura de chuva. Dot foi até lá e bebeu longamente. Em seguida, sentou-se e ficou olhando na noite para a estrela no céu meridional. Maggie observou-a por algum tempo antes de virar-se para a égua velha e Jones. O velho estava fazendo tranças nas crinas da tordilha e nelas introduzindo penas e contas. Agachada ao lado dele, Lily fazia a mesma coisa. Observar os dois juntos – o pai e a filha mais velha – deu-lhe a sensação maravilhosa de que os céus haviam finalmente espargido sobre ela sua doce luz.

Mais tarde, os apaches começaram a chamá-los e a provocá-los falando lá de baixo. Jones pegou o Sharps e examinou o espaço acima das rochas, no que foi acompanhado por Lily. Mesmo a distância, Maggie podia sentir medo na filha. Jones deve ter sentido isso também, pois lhe entregou a arma. Ela pegou-a relutante, e Maggie observou o velho gigante conversando com a neta – conversando da maneira como ele costumava conversar com ela, Maggie, há tanto tempo. Um senso cálido, revigorante, de família e parentesco envolveu-a.

Lily disparou a arma maciça, dando um passo para trás com o forte coice. Jones soltou uma risada. O riso como que rompeu o último dos duros nós dentro de Maggie. Lily recarregou a arma, enrijeceu-se e atirou mais uma vez. Os dois riam nesse momento.

Os apaches estavam silenciosos nesse momento. Eles não atacariam à noite. Maggie, porém, tinha também certeza de que eles tampouco iriam embora. Eram como lobos seguindo um animal ferido. Permaneceriam na trilha até que o derrubassem. Pensou no Coxo e estremeceu.

Caída a noite, a lua iluminando o céu e os sons noturnos começando, Maggie aproximou-se devagar e sentou-se ao lado do velho. Ele olhava para a égua morta, Chaco no colo, Alice de pé ao lado dele. O cachorro rosnou para ela. Jones estalou os dedos baixinho e Chaco calou-se. Ficaram mudos durante algum tempo. Maggie observou uma cambaxirra em um cacto *cholla* gigante próximo. A ave estava se preparando para a noite, movendo-se lenta e como que deliberadamente entre os ramos finos, o seu *chug, chug* quebrando o silêncio.

Lily e Dot estavam sentadas nesse momento perto das brasas quase apagadas da fogueira, conversando em voz baixa. Aquela vista era tão bela, pensou Maggie. Dot ria para a noite fria, seu sonho transformado em realidade... contra todas as probabilidades. Transformado em realidade por causa do avô. Maggie olhou para o rosto de Jones. Parecia uma máscara mortuária. Ele, por ela, esteve realmente lá. Ouvindo-o arquejar para respirar, Maggie descobriu nesse momento por que os apaches chamavam-no de Fielito. Ele merecia esse nome. Ele lutou para continuar vivo apenas para salvar a neta. Não, isso não era toda a verdade, Maggie sabia. Ele lutou, também, para chegar a ela. Maggie ergueu a vista por algum tempo para o borrifo de estrelas no alto e pensou em Brake, Kayitah, Ho-nes-Co e Mannito.

Ao voltar a olhar para o velho, ele dizia, em silêncio, alguma coisa à noite, movendo apenas os lábios. Esperou que ele terminasse e falou em seguida:

– Diga.

Jones pigarreou.

– Dizer o quê?

– Por que me abandonou.

Durante algum tempo, ele não conseguiu encontrar as palavras. Uma ave piou num chamado em algum lugar no desfiladeiro. O ar estava frio. Ele se mexeu na areia para aliviar a dor que lhe trespassava o peito.

– Não a abandonei. – O velho parou por um instante. – Eu apenas voltei para eles.

Maggie escutou o vento que varria as montanhas e ficou à espera de que ele dissesse mais alguma coisa.

– Quando jovem, eu negociava com as tribos – com os lakota sioux, os crow, os paiutes, os cheyenne –, vivi entre elas naqueles anos em que eles ainda não odiavam o homem branco. Aprendi suas línguas e costumes. – O velho pensou por um momento, moveu-se novamente na areia, num esforço para escapar da dor implacável. – Talvez tenha ficado por um tempo longo demais entre elas. Elas se tornaram mais meu povo do que os brancos. Eu acreditava no que me ensinavam. De cada uma delas tirei as coisas que faziam sentido para mim. – Estendeu a mão e fez um agrado nas costas do cãozinho. – Reuni essas coisas e formei o que você poderia chamar de minha "religião pessoal". – Sorriu para ela.

Ouvindo um ruído nas rochas no alto, os dois levantaram a vista e viram os grandes e sonolentos olhos de um gato do mato olhando para baixo. Jones sorriu.

– Boa caça, irmão – disse baixinho e o pequeno gato de focinho sonhador continuou seu caminho.

– Viajei para o sul em 1818 para fazer negócio com os navajos e os zuni, abrindo um posto de comércio em território mexicano. Negociei honestamente com eles. O movimento era bom. Mas um dia um bando de apaches da Montanha Branca chegou para negociar e eu a conheci. Vinte anos, velha para uma apache solteira. Ela era bela.

– Yopon.

O velho confirmou com uma inclinação de cabeça.

– Ela era inteligente e séria e, durante longo tempo, resistiu aos meus esforços desajeitados para namorá-la. – Parou e olhou para Maggie e lhe acariciou os cabelos com a mão enorme. Maggie fechou os olhos. – Mas eu estava apaixonado por ela. Irremediavelmente. Quando o bando foi embora, vendi ao meu sócio a minha parte no posto e fui com eles. Eles não queriam me aceitar. Os jovens lutaram individualmente comigo e depois em grupos, tentando me expulsar. – Ele sorriu, relembrando. – Acho que simplesmente agüentei mais do que eles, que se cansaram de lutar contra mim.

– Por que eles não o mataram?

– Naqueles dias, os apaches tratavam os brancos com grande lealdade. Na verdade, odiavam eram os mexicanos. – Fez uma pausa. – Mais tarde, vieram a odiar os brancos.

Calando-se, Maggie insistiu:

– O que foi que aconteceu?

– Uma coisa mágica.

O velho começou a tossir excruciantemente, os olhos enchendo-se de lágrimas com a dor.

– Como assim?

– Yopon se apaixonou por mim – disse ele, mostrando os dentes de ouro num sorriso e prendendo a respiração. – Nós nos casamos. – Enxugou os olhos com a base da mão. – Nasceram duas crianças.

– Eskim e Lozen.

– Não. Dois meninos. Nolo e Ishpia.

– Onde estão eles?

– Ambos mortos. Quando eram pequenos, os mexicanos iniciaram uma campanha para expulsar os apaches de suas terras ao norte. Ao mesmo tempo, os americanos estavam cruzando essas terras à procura de ouro e prata e matando os índios. – Parou e olhou para o chão. – Depois de um ataque dos mexicanos ao nosso acampamento, tentei fazer com que Yopon deixasse a região comigo e com os meninos para ir viver entre os brancos. – Interrompeu-se e sorriu.

Maggie levantou a vista para ele e não conseguiu conter um sorriso ao notar o aspecto estranho que o sorriso escancarado causava no rosto feroz do velho.

– Qual é a graça? – perguntou ela.

– Como eu vivi cercado por mulheres fortes.

Maggie fitou-o atenta por um momento e disse em seguida:

– Você as escolheu.

Ele não respondeu. Em vez disso, olhou para as mãos, lembrando-se de coisas no passado. O rosto começou a anuviar-se de pensamentos sombrios. Maggie esperou.

– Ela não quis deixar seu povo. Tinha medo do que os brancos fariam com seus filhos. – Parou de falar por um momento. – Os tempos pioraram. Havia morte em toda parte. Em ambos os lados. Não podíamos ser vistos em terra mexicana sem que alguém atirasse em nós. Tornamo-nos iguais à coruja e ao coiote, criaturas da noite. Certo dia, o que eu temia aconteceu ao nosso filho mais velho. Nolo foi morto pelos mexicanos. Ainda assim, Yopon não quis deixar seu povo. E alguma coisa no mundo mudou para mim com a morte de Nolo. Eu não me importei mais com as coisas da vida.

E continuou:

– Era como se eu, também, tivesse morrido. Eu podia viajar pela terra, mas meu espírito não me acompanhava... ficava atrás com a criança. Se eu relaxava a mente, ele estava em meus pensamentos. Não podia escapar desse menino que eu amava, que não existia mais. Comecei a beber. Mas a bebida não fez com que eu deixasse de sonhar com o corpo de Nolo sob a terra, lembrando-me da criança que ele havia sido, das coisas que ele tinha amado. Da voz dele – as palavras se arrastavam na escuridão. – Certa vez, quando eu estava bêbado, pensei que ouvia seu choro, fui a cavalo até a sepultura e desenterrei-o. Agora, não consigo me lembrar como era o rosto dele... mas apenas da face terrível da morte que vi no chão.

Jones levantou-se com um esforço, pareceu sacudir para longe as lembranças e voltou a examinar a trilha embaixo, permanecendo de pé nas sombras durante um longo tempo, antes de voltar ao lugar onde Maggie o esperava. Sentou-se com um baque, respirando em pequenos haustos.

– Alguma coisa se partiu dentro de minha cabeça. O mescal era a minha única paz. Certo dia, fui capturado por uma patrulha americana em um olho-d'água, em companhia de dois apaches, e me mandaram para uma prisão no Arizona, onde passei dois anos. Quando finalmente fui solto, procurei Yopon e o menino por mais de um ano.

Interrompeu-se e pensou por um momento. Ergueu em seguida a vista para o rosto de Maggie, como se tivesse acabado de se lembrar que ela estava sentada próxima a ele.

– Outros apaches me disseram que os bandos da Montanha Branca haviam sido exterminados ou recolhidos a reservas. Passei outro ano dando busca nos acampamentos. Mas nada descobri. Tentei queimar com mescal as recordações. Eu não podia mais viver naquelas terras e segui para leste e para St. Louis, onde comprei um rancho.

Continuando sentado, olhou fixamente para a terra durante longo tempo. Virou-se depois e olhou para ela.

– Sua mãe morava a alguns quilômetros de distância. Eu estava bebendo mais.

Ligeiramente tenso, prestou atenção ao pio de chamada de uma coruja na noite. A coruja calou-se.

– Pensei que havia sepultado as recordações de Yopon e Ishpia. Mas não havia. Certa vez, um ano depois de ter conhecido Susan, voltei a procurá-los. Eu tinha que saber se estavam ainda vivos. Mais uma vez, os apaches com quem falei me disseram que todos os bandos das Montanhas Brancas haviam sido exterminados. Voltei para o rancho, acreditando finalmente que eles estavam mortos.

– E você e mamãe se casaram.

– Casamos. – Parou de falar e olhou para Maggie. – Você tem que saber. Eu nunca deixei de amar Yopon. – Pensou por um momento. – Eu amava as duas. Você pode entender uma coisa dessas?

Maggie pensou por um momento e respondeu:

– Posso.

Chaco rastejou para o colo do velho.

Maggie cutucou o chão com um galhinho.

Jones estudou-lhe o rosto por algum tempo, maravilhando-se com a maneira como o amor se revelava, com sua espantosa vulnerabilidade, sua durabilidade de pedra. A dor abriu subitamente suas asas negras sobre ele. O velho esperou até que a dor passase e disse:

– Você nasceu. Os anos se sucederam. Certo dia, porém, recebi uma carta de meu velho sócio dizendo que as coisas estavam correndo mal para os apaches. E que ele tinha visto Yopon e Ishpia no posto. E que Ishpia estava doente. Que os bandos estavam desorganizados, famintos e que caçavam constantemente para tirar, por dinheiro, escalpos de outros índios para os mexicanos e brancos.

Pigarreou e olhou piscando para as estrelas, antes de continuar:

– Eu estava lendo para você em seu quarto. Você caiu no sono e eu tirei do bolso a carta recebida uma semana antes e que eu não tinha aberto. Eu sabia que era de meu velho sócio e não queria revisitar velhas recordações.

Mudou de posição no chão e voltou a falar:

– Depois de ler a carta, não pude deixar de olhar para seu rosto. Fiquei sentado ali a noite toda, a seu lado. Simplesmente olhando para você. – Parou de falar e tossiu dolorosamente por um momento. – Eu amava você. Eu amava sua mãe.

Com visível esforço, ele se moveu novamente.

– A vida nunca deveria ter sido aquela opção. Amor contra amor. Nunca – murmurou.

Fitou o rosto da filha.

– Pensei que Susan voltaria a casar... que vocês duas teriam uma vida nova.

E, mais uma vez, calou-se por um momento.

– Ama. Fui embora porque eles estavam lutando pela vida.

Mais uma vez, Maggie cutucou a areia com o galhinho.

– O que aconteceu com Ishpia?

– Nunca soubemos. Ele saiu para caçar certo dia e não voltou.

Maggie abraçou o próprio corpo e orou por esses irmãos mortos que nunca soube, até aquela noite, que haviam existido. O velho a observava.

– Eu amava você. Todos os dias. Se não acreditar em nada, acredite nisso.

Maggie permaneceu calada. Olhou para o focinho da égua morta e pensou naquele homem e em suas mulheres e filhos. Todos mortos, menos ela. Examinando-lhe nesse momento o rosto e as mãos, soube nesse instante por que elas eram tão maltratadas. Ele havia lutado por todas suas mulheres e filhos, embora de maneiras diferentes.

Quando voltou a levantar a vista, lágrimas começavam a aflorar e ela disse:

– Pai... estou com frio. Você pode me abraçar?

Samuel Jones emitiu um som estranho com a garganta ao envolver a filha nos braços. Ficaram assim por horas, calados, Maggie com a cabeça encostada de leve no peito do velho, ouvindo-lhe as batidas do coração, embebendo-se daquilo pelo qual ansiara desde aquela noite, há tanto tempo. E dormiu.

Dessa vez, quando a vozinha em seus sonhos falou, ela sorriu. Lozen estava levando-a para algum lugar, que reconheceu como o rancho velho. Passaram por cima da cerca da pastagem, correndo e rindo até o topo do morro que ficava atrás da estrebaria. O dia estava ensolarado e quente, o céu brilhante cheio de nuvens esgarçadas à deriva. Ela e Lozen tinham os braços em volta uma da outra. Nesse momento, Lozen parou, soltou-se e virou-se. Maggie examinou-lhe o rosto por um momento. A meia-irmã sorria. Seguiu-lhe o olhar até a campina embaixo.

Durante um momento, não acreditou no que via. Elas estavam juntas, cruzando de mãos dadas o campo. Nem raiva nem ressentimento, apenas risos e conversas. Nesse momento, Lozen descia correndo o morro na direção delas e Maggie encheu-se de repente de alegria.

Observá-las – a mãe e Yopon –, de mãos dadas, andando juntas, conversando no campo verde, curou nela alguma coisa que a havia machucado durante a maior parte de sua vida. Não conseguiu despregar delas os olhos. Pareciam tão felizes juntas. Teve certeza nesse momento que nenhuma delas havia ferido a outra. Não havia ali ciúme... nem dor. Elas não eram esse tipo de mulheres.

As duas compartilhavam de algo belo e mudo, de alguma coisa maravilhosa e misteriosa nesta vida: elas amavam o mesmo homem. E essa constatação ligava-as para a eternidade. Filhos perdidos, dor e amor. E compartilhavam também dessas coisas.

Maggie acordou sentindo-se parte dessa situação.

O pai lhe sorria.

– Você tem alguma coisa que foi de Yopon? – perguntou ela.

– Tenho.

– Eu gostaria de ter alguma coisa que pertenceu a ela.

Jones olhou-a durante um longo tempo, incapaz de falar. Depois, inclinou a cabeça, estendeu a mão para os alforjes, procurou alguma coisa ali dentro e finalmente puxou para fora uma caixa de madeira com uma fivela de latão. Abriu-a. Dentro havia um cacho de cabelo preto e duas fotografias. Maggie olhou para as fotos. Era a mesma mulher que tinha visto no sonho com a mãe. Yopon. Tão bela e delicada quanto o xerife havia dito. O sorriso fez com que ela sorrisse também.

Jones pigarreou.

– Fique com esta – disse, tirando uma das fotos.

– Não.

– Por favor. Ela ia querer que você a tivesse. – Examinou a foto por um momento e em seguida entregou-a a Maggie. – Vocês duas teriam sido amigas.

Maggie aninhou nas mãos a foto durante algum tempo. Em seguida, levantou-se e dirigiu-se para a fogueira do acampamento. Ao voltar, trazia a moldura de prata que Jones lhe dera no dia em que deixou o rancho. Abriu-a, olhou para a velha foto dos três e em seguida colocou a foto de Yopon atrás do vidro vazio, no outro lado.

Jones passou as pontas dos dedos sobre um pequeno cacho de cabelo.

– Isso, também – disse, entregando-lhe metade dos cabelos pretos que formavam o cacho.

Maggie conservou-os na mão por algum tempo, tocando-os suavemente.

– Os cabelos dela eram macios.

– Estes não são de Yopon.

– De quem, então?

– De Lozen.

Os dedos de Maggie tremeram quando tocou os cabelos pretos macios da irmãzinha, que havia conhecido apenas em sonhos. Segurou-os durante longo tempo, em seguida colocou-os entre as fotos e fechou a moldura.

Depois de ter se controlado, virou-se, olhou para o velho e disse:

– Eu estava começando a acreditar que você tinha razão.

– Sobre o quê?

– Em Deus não escutar minhas orações. – Fez uma pausa. – Mas ele respondeu.

– Como?

– Ele me mandou você.

O velho mostrou os dentes de ouro num sorriso.

– Você não desiste.

Maggie retribuiu o sorriso por um momento, mas, depois, sua expressão tornou-se séria.

– Eu tenho receio por sua alma.

Ele sacudiu suavemente a cabeça.

– Não tenha.

Maggie encostou-se nele e fechou os olhos.

Na escuridão, Jones agachou-se na larga plataforma de granito que se projetava acima do precipício. Arrastou-se devagar para a frente, olhando para o abismo escuro, que chegava a uns 250 metros abaixo. Respirou fundo e escutou os sons da noite, sem saber bem que impulsos o haviam levado até ali, consciente apenas de que aquele era o local onde ele e o Coxo se encontrariam. Destino? Não sabia. E isso não importava. Tudo o que importava era destruir o inimigo. Se falhasse, nada importaria.

Jones usava apenas calça de couro e tinha consigo a machadinha de guerra e a faca na bainha enfeitada com contas. Armas de fogo não funcionariam. Não contra aquele inimigo. Ele tinha que ser derrotado de acordo com os velhos costumes. De outra maneira, sua gente – Yopon, Susan, Ama, Kayitah, Thelma e os outros – ficaria perdida. Perdida por toda a eternidade.

Ajustou o pequeno binóculo, tremendo no ar frio e respirando fundo, ignorando a dor lancinante nos pulmões e escutando uma vez mais os sons da noite. Havia convocado seu poder, mas se sentia fraco. Ainda assim, alguma coisa o guiara para aquele local isolado.

Apurou os ouvidos para não perder o menor dos sons. Ficou tenso. Alguém ou alguma coisa estava perto dele. Sentiu-lhe a presença. Virou-se devagar em um pequeno círculo, a mão apertando o cabo da machadinha. Nada, apenas a escuridão.

Uma coruja piou, e ele pensou que podia detectar alguém, um intruso, naquele som. Em seguida, o mosquito que vinha pairando em volta dele, procurando em vão por um ponto limpo na pele, afastou-se para aproximar-se da nova presa... e Jones teve certeza de que o homem-ser estava ali na escuridão, em algum lugar próximo.

Viu-o pelo canto do olho, uma sombra compacta movendo-se em uma andadura estranha, balouçante, movimentando-se mais rápido do que imaginou ser possível e girou tarde demais: um porrete de pedra desceu sobre ele, quebrando-lhe a clavícula e obrigando-o a cair de joelhos. Uma dor violenta subiu pelo pescoço e ele soltou a machadinha, o braço direito tornado subitamente pesado e inútil. Bracejou no ar, lutando para permanecer de pé e consciente.

Por qualquer que fosse a razão, talvez simplesmente para saborear a vitória, o homem-ser não acabou com ele: recuou alguns passos e ficou olhando-o. Jones tornou-se consciente de um senso de imponderabilidade e sentiu que estava desmaiando. Pestanejou com força para permanecer acordado.

O Coxo observava-o por baixo de um capuz preto. Era um homem muito mais pesado do que havia imaginado, maciço desde a cabeça de forma grotesca até a grossa cintura. Mal proporcionado e parecendo um monstro. Forte como um touro. Jones sentiu um calafrio correr por dentro de si, consciente de que era pequena a probabilidade de poder derrotar essa criatura horrenda.

Tal como Jones, ele trazia apenas um porrete e uma faca. Do rosto, apenas os olhos eram visíveis, mexendo-se incessantemente por trás das pequenas frestas do capuz. Mannito e Kayitah tinham olhado dentro daqueles olhos. Visto neles o reflexo do fim de seus dias.

Jones permaneceu calmo. Tentou mover o braço direito. Nenhuma reação. Notou os olhos do adversário moverem-se rápidos para o movimento abortado que fez, tentanto levantar o braço inútil.

Achando que podia divertir-se com ele, o apache deu um passo para o lado, descrevendo um lento círculo em seu movimento claudicante, na direção do braço inutilizado, obrigando Jones a girar com ele sobre os joelhos. Nenhum dos dois falou. Não havia necessidade. Ambos sabiam por que tinham ido ali. O que tinham de fazer. Aquilo era um ritual tão antigo quanto o Povo. Jones endireitou-se mais e apanhou a machadinha com a mão esquerda. Daria um jeito com ela. Se aquilo era o destino... então o destino já havia sido escrito nos ventos, na terra e nas pedras. Coisa alguma o mudaria. E ele teria de desempenhar nele seu papel.

De repente, Jones foi dilacerado por convulsões e tossiu sem controle, os óculos caindo do nariz. A tosse seca e dolorosa continuou. Caiu de quatro e soltou novamente a machadinha. O apache aproximou-se aos poucos. Nesse momento, com o guerreiro de pé bem em sua frente, a tosse parou tão de repente como havia começado e ele girou sobre a mão esquerda, lançando à frente uma de suas longas pernas. O chute violento pegou o guerreiro encapuzado no lado da perna boa, fazendo-o cair sem controle sobre o granito e na direção do penhasco.

Jones pegou a machadinha e rolou nas sombras escuras. Esperou, respirando fundo e procurando algo na noite. A plataforma estava vazia. Nenhuma massa de sombra. Sabia que o havia surpreendido e que haviam ficado bem próximos. Esperou, sondando a noite. Nenhuma massa de sombras. Lentamente, lutou para se levantar, movendo-se com cautela. Inclinou-se para a frente e para a escuridão profunda embaixo. Não conseguiu ver coisa alguma. Estava se esticando quando o porrete desceu violento sobre suas costelas, ossos quebrando-se, a dor como que lhe queimando o peito. Rolou para a esquerda, perigosamente perto do penhasco. O inimigo veio mancando e rosnando para pegá-lo, cruel como uma ave de rapina no chão.

Nesse momento, o inimigo estava em cima dele. Outro golpe com o porrete. E mais outro, desviado. Jones arrastou-se em desespero para o paredão, caindo contra as pedras. Esquivou-se de um golpe mortal dirigido contra sua cabeça. O *pesh-chidin* respirava com forte ruído. O homem-ser chutou-o nas costelas. Quase no fim, Jones não conseguiu mais evitar os golpes. Viu a faca e sentiu que o fim estava próximo.

– Kayitah... vá para a estrela – murmurou.

O homem estava sobre ele. Jones olhou para baixo viu sangue jorrando de seu ombro e a lâmina da faca vermelha. Nada sentiu.

– Doce Jesus, eu tentei. – As palavras pareceram-lhe estranhamente consoladoras e voltou a repeti-las: – Doce Jesus.

Tentou mover-se. Não adiantou. Olhou para a face encapuzada.

– *Pesh-chidin* – disse, esperando pelo golpe da faca. Naquele momento, ouviu um som diferente de tudo que jamais ouvira na vida. O Coxo girou sobre si mesmo e olhou para escuridão. Silenciosa, naquele momento.

Em seguida, saindo das sombras, viu uma pistola deslizando sobre a pedra plana e caindo no espaço vazio, seguida pela própria Maggie que se deitou com os membros esticados sobre a superfície de granito. O *pesh-chidin* estava tremendo, de costas para Jones.

Ele se levantou devagar – distraído pela mulher. A mulher na pintura do espírito. A mulher que nem mesmo o Outro pôde destruir. Ele tremia. Ergueu o porrete. Ela seria mais rápida do que o velho. Perigosa. Ele sabia que ela possuía um poder mágico tão forte quanto o seu.

Jones tomou uma respiração, combatendo a dor, conseguiu sentar-se e em seguida enfiou profundamente a faca, com toda sua força, na parte traseira do joelho bom do *pesh-chidin*, revolvendo-a, tentando em desespero cortar um ligamento ou uma artéria. O homem rugiu, arrancando de sua carne a faca e tropeçando para longe, os olhos ainda na mulher.

Maggie tinha parado de gritar e o silêncio pareceu descer forte sobre o local. Naquele instante, ela estava de pé, os olhos saltando por cima da superfície de granito à procura de uma arma, uma pedra, uma clava, qualquer coisa. Não havia nada ali. O pai ergueu a cabeça e fitou-a, estupefato. Ela viu o sangue e sentiu que a vida dele acabava. Ele murmurava alguma coisa. Ela queria ir ao encontro dele, ficar com ele no fim. O apache, porém, estava entre ambos. Jones falava novamente. Ela fez um esforço para escutá-lo.

– Doce Jesus... – disse, a cabeça caindo para trás.

Maggie olhou fixamente para o velho, chocada: aquelas palavras eram resposta a uma prece. Sentiu uma mistura de esperança e medo crescente. Esperança de que o pai estivesse estendendo as mãos para Deus e um medo sobrenatural de que este mundo pagão lhe destruísse a alma. Sabia que o pai tivera razão – havia alguma coisa terrivelmente errada com aquele homem.

Estendeu a mão, puxou o crucifixo por cima da cabeça e segurou-o na direção do pai. Ele havia se erguido sobre os cotovelos e, através do luar, fitava-a. Maggie examinou-lhe o rosto e deu-se conta de que ele, na verdade, não a fitava – olhava, sim, para a cruz. Apavorada como estava, aquilo a acalmou e trouxe ao mal um pouco de bem. Voltou a olhar para a criatura encapuzada. O Coxo havia saltado para longe quando Maggie puxou o crucifixo e nesse momento olhava cauteloso para ela e para a cruz.

Maggie deu um passo hesitante para a frente. O apache saltou novamente para trás, erguendo de maneira ameaçadora o porrete em sua direção, estranhamente com mais medo dela do que ela dele. Então, ela o viu. O relógio de Brake. O perverso inimigo tinha o relógio de Brake pendurado no pescoço.

– Dê-me o relógio – disse ela, calma, estendendo uma mão. O apache se afastou ligeiramente dela.

– Dê-me o relógio – repetiu Maggie.

Maggie viu que ele a observava nervoso através das frestas no capuz, sentiu-lhe o medo. Não o compreendeu. Nem se importou. Ele estendeu as mãos para as costas, puxou alguma coisa e estendeu-a para ela, como se lhe oferecendo conciliação. Os olhos de Maggie desceram para o objeto, examinaram-no atentos por um momento, a raiva crescendo lentamente dentro dela.

Apertou com força as pálpebras contra a luz do luar. Sim. Tinha certeza. Era a mesma. A raiva que sentiu ao ver o relógio de Brake multiplicou-se muitas vezes quando reconheceu a pequena boneca. A boneca que Lily havia posto nas mãos de Kayitah. A boneca que tinha pertencido à menininha assassinada. Lily pediu a Kayitah que a entregasse a ela. E essa coisa à sua frente – essa coisa que tinha torturado seu irmão e Mannito – a havia roubado.

Qualquer medo que tivesse sentido antes dissipou-se enquanto olhava furiosa para o ser degenerado que lhe oferecia ali uma boneca de trapos ensagüentada como desculpa por toda sua maldade. Apertou com mais força o crucifixo e empurrou-o.

– Como você ousa? – gritou. – Ela tremia profundamente. – Você torturou meu irmão! Você matou Mannito! E tentou matar meu marido! – gritava Maggie estridentemente.

O homem recuou outro passo. Naquele instante, ela estava inteiramente de frente para ele.

– Você seqüestrou minha filha. Espancou-a. Bateu em minha filhinha. E a teria vendido como escrava. E você machucou meu pai!

A fúria de Maggie explodiu na noite.

O índio recuou mais uma vez, os olhos saltando à procura de uma saída, de uma maneira de escapar dessa mulher-demônio. Ele jamais havia encontrado na vida um ser humano que lhe gritasse um desafio.

– Olhe para você – berrou ela, dando mais um passo para a frente. – Escondendo-se atrás de uma máscara. Você está com medo.

De repente, Maggie parou de gritar e ficou ali tremendo e respirando com dificuldade, o olhar preso nos olhos nervosos atrás do capuz. O homem estava meio agachado, como se para fugir ou atacar. Ela não sabia o quê. Sabia apenas que a fúria ainda queimava nela, alimentada por alguma coisa sobre a qual não possuía controle.

Ela se sentiu esquisita... respirava profundamente, como se juntando os ventos dos quatro cantos da terra. Preparando-se. Nunca havia se sentido assim em toda vida.

Deu outro passo para a frente. Estava nesse momento dentro do alcance de um golpe do porrete de pedra. O fato não a incomodou. Empurrou o crucifixo na direção dele, como se fosse uma arma. Mais uma vez, o índio recuou, os olhos saltando de um lado para outro. Maggie hesitou e, em seguida, com um grito que lhe deu a impressão de vir de um algum lugar oculto dentro de si, gritou:

– Em nome de Deus! Vá embora!

O grito pareceu trespassar o apache, empurrando-o para trás, a perna ferida cedendo desastradamente para trás, como se houvesse perdido de repente todo seu senso de equilíbrio, todo controle sobre braços e pernas... o pé deformado procurando uma pedra mas encontrando apenas espaço escuro. O corpo tombou descontrolado, mergulhando na noite.

Jones fechou os olhos e continuou deitado na plataforma rochosa.

Destino.

Jones deixou que Maggie lhe estancasse o sangramento no ombro, mas só voltou ao acampamento depois de ter descido, penoso como fosse, até o fundo da ravina e encontrado o corpo quebrado do *pesh-chidin.* Ele e Maggie cobriram-no com folhas secas de algarobeira e em seguida lhes atearam fogo. Era a única maneira de acabar com aquela coisa.

De volta em segurança ao estreito local, Jones fez outra fogueira com folhas de artemísia e chamou Maggie para lhe fazer companhia em meio à fumaça purificadora. Ela abraçou-o para que ele não caísse e chorou. Permaneceram imóveis durante um longo tempo. Maggie tremia muito, a fumaça lhe queimando os olhos. Finalmente, ergueu o rosto para ele.

– Você acredita agora? Você reza comigo?

Durante algum tempo, Jones permaneceu calado. Em seguida, olhou para ela e respondeu:

– Eu não estou pronto. Mas vou segurar o crucifixo e escutarei suas orações. Que elas sejam por Susan e Yopon e por suas irmãs e irmãos. Eu sentirei suas palavras. E acreditarei que elas são ouvidas além deste mundo.

Maggie puxou para fora o crucifixo e colocou-o nas mãos do pai, cobrindo-as com as suas. Ergueu o rosto para ele.

– Mas você acredita que Ele é o único Deus?

– Durante toda minha vida, procurei o Criador da terra. Certamente, isso não foi errado. – Jones sorriu-lhe mostrando os dentes de ouro e, suavemente, afastou-lhe o cabelo da testa.

Ela inclinou a cabeça e encostou-a suavemente no peito do pai. O que ele havia dito era quase o que queria ouvir.

– Deus é Deus – murmurou ela.

Aves noturnas piavam. Maggie acomodou-o no cobertor perto do cavalo morto e tratou dos ferimentos dele. Tinha ossos fraturados e contusões abertas no corpo, mas nenhuma delas capaz de matá-lo, e ela achou que ele ainda poderia cavalgar. Ao acabar a oração, notou uma grande aranha licosa pousada na perna do pai.

Puxou uma luva do bolso e jogou-a para longe. Ele, porém, sacudiu a cabeça e sorriu.

– Mannito – foi tudo que disse.

Samuel Jones dormia à luz da manhã, encostado nas rochas, quando Maggie e Dot chegaram montadas, trazendo um cavalo selado. Dot montava Alice. Encontrou Chaco aninhado no colo do velho. Lily, com o Sharps nas mãos, observava a trilha embaixo.

– Como está a situação? – perguntou Maggie.

– Vi um deles há pouco tempo. Eles não vão desistir.

Maggie tinha uma xícara de café na mão. Da sela entregou a Dot, que a levou ao avô. O velho fitou-as com olhos apertados.

– Hora de montar – disse Maggie. – Podemos conseguir uma boa vantagem sobre eles. Lily e Dot vão dividir este animal. – E apontou para um baio claro de aparência robusta.

Jones fez um esforço para se levantar mas estava fraco demais e voltou a sentar-se na areia. Pegou o café e tomou um pequeno gole. E olhou em volta.

– Bela manhã.

Maggie não gostou da maneira como ele disse isso, e por uma razão que não compreendeu.

– Pai, precisamos nos mexer.

– Isso mesmo. Pegue suas filhas e as mulheres e sigam em frente.

Lily foi a primeira a falar:

– Não.

– Vovô, você tem que vir com a gente – disse Dot, o medo transparecendo-lhe na voz.

– Vocês, meninas, cuidem de sua mãe.

– Não – respondeu Lily enfática.

Maggie nada disse. Simplesmente permaneceu montada, observando-o. Piscou com força umas duas vezes e pareceu que tinha problema para engolir. Em seguida, virou-se na sela e olhou para o céu, sacudindo devagar a cabeça.

Finalmente, disse:

– Nós acabamos de encontrá-lo, pai.

– Eu sei. Mas vocês devem prosseguir viagem agora. Ou eles a seguirão e emparelharão com vocês. Dessa maneira, posso ter certeza de que vão conseguir. Kayitah, Ho-nes-co, o pequeno mexicano e a tordilha morreram para que vocês vivessem. Vocês têm de fazer isso. Por eles. Por mim.

Com a cabeça colada no pescoço de Alice, abaixo da cernelha, Dot chorava copiosamente, enquanto a mula jovem se virava e lhe mordiscava a saia.

– Não – repetiu Lily.

– Sim. Tal como no caso da tordilha, chegou minha hora. É uma coisa maravilhosa... poder fazer isso. Vocês precisam compreender. E ficar contentes.

Dot chorava aos berros nesse momento. Lily simplesmente sacudia a cabeça e continuava a repetir:

– Não.

Maggie olhou durante um longo tempo para o velho e em seguida disse:

– Meninas, montem.

– Não, mãe. Eu não posso deixá-lo aqui – protestou Lily.

– Monte – voltou a dizer firme Maggie.

Lily ajudou a empurrar Dot para a sela de Alice e montou em seguida no baio escuro. As duas choravam baixinho nesse instante. Alice virou-se e foi a passo até o velho e cutucou-o com o nariz,

Chaco saltando para longe e mordiscando-lhe os tornozelos. O velho inclinou-se para a frente e puxou por um momento a cabeça da mula para o peito e em seguida lhe fez um carinho.

Dot desceu da sela de Alice e caiu nos braços do avô, seguida por Lily e Maggie. Os quatro ficaram abraçados por algum tempo, parando apenas quando uma bala zuniu através da estreita abertura, tirando fagulhas das rochas atrás deles. O velho empurrou-as suavemente para as montarias. Maggie hesitou e em seguida tirou o crucifixo e colocou-o nas mãos do pai. E amarrou no pescoço dele o colar de bolotas de carvalho que havia pertencido a Lozen. Ele sorriu para a filha, os olhos brilhando.

Samuel Jones apertou contra o peito cada uma delas e em seguida observou-as quando subiam para a sela. O velho olhou para seu cachorrinho e lhe disse alguma coisa em apache. Chaco lambeu-o. Ele pôs o cachorro no chão e ergueu a vista para Maggie.

– Vire o dedão do pé para fora e incline-se para o lado.

Tendo ela feito isso, Jones olhou para o cachorrinho sentado perto dele, tremendo no sol da manhã e inclinou a cabeça. Chaco não hesitou. Deu dois saltos, tocou de leve a bota de Maggie, bateu em sua coxa e em seguida aterrou no lugar costumeiro na anca do cavalo. Ficou ali se equilibrando e latindo fortemente para o velho. Jones lhe sinalizou alguma coisa que nenhuma delas compreendeu e o cachorrinho sentou-se e ganiu.

Maggie não conseguiu evitar olhar para o rosto do velho.

– Vão – disse ele, áspero.

– Eu sonhei com você todos os dias. Pensei em você. Rezei para que você voltasse para casa. Eu o amava. – Enxugou os olhos. – Eu o amo agora, pai.

– E eu amo você. Lembre-se da Estrela do Sul. Nós nos reconheceremos quando nos encontrarmos.

Alice virou-se sem que a mandassem e começou a subir a trilha. Dot virou-se na sela e olhou para ele.

– Procure-me quando a lua brilhar sobre o milho – gritou ele. – Eu estarei lá, no vento e nas sombras.

Dot fez o sinal de "mau". Jones fez os sinais de "amor" e "você". Ela retribuiu com os mesmos sinais e deu-lhe as costas.

Maggie, cavalgando ao lado de Lily, pôs a mão sobre o ombro da filha e as duas começaram a subir a trilha. Chaco uivava novamente.

Os cavalos das outras mulheres entraram silenciosamente na fila. Perto da borda rochosa, Maggie ouviu o gemido e teve certeza de que ele iniciava sua canção de morte. Não... sua canção de vida.

Chaco respondeu-lhe com um latido.

Este livro foi composto na tipologia Adobe Garamond em corpo 11,5/16,5 e impresso em papel offset 90g/m² no Sistema Cameron da Divisão Gráfica da Distribuidora Record.